魔女の断罪、魔獣の贖罪

境井結綺

GA文庫

カバー・口絵　本文イラスト

猫鍋蒼

「静粛に！」

聴衆のざわめきで溢(あふ)れ返ったホール内に、判事の鋭い声と木槌を打ち鳴らす音が響き渡る。

「判決を言い渡す」

続けて発せられた言葉で、法廷は水を打ったように静寂に包まれた。

「被告人、レオナルド・ニックス。死体損壊の罪により、三年の禁錮刑に処す」

それが、裁判所が僕に下した罰だった。

僕は俯(うつむ)きながら黙ってその結果を受け止めたが、傍聴席に詰めかけていた聴衆はそうではなかった。

「人でなし！」

「軽すぎるだろ！」

「人の皮を被った悪魔め！」

彼らは皆一様に侮蔑と嫌悪の入り混じった表情を浮かべながら僕を罵倒した。

「判事様！　なぜあいつがこんな軽い罪で済むんです⁉」

遺族の母親だろうか。聴衆の一人が判事に食って掛かっていた。

「あいつは息子に……息子にあんなことを……！　お願いですからあいつを死刑にしてください！　そうでなければ息子の魂が浮かばれません！」

彼女の必死な様子を見た周りの聴衆たちはそれに感化され、口々に「死刑だ！」と叫び出した。それはすぐに大合唱のようになり、法廷は怨嗟の声で満ちた。

「死刑だ！　死刑だ！　死刑だ！」

警備兵に引き立てられながら僕はその様をただただ受け入れた。

彼らの言うことはもっともだと僕も思う。

だってそれほど酷いことをしたのだから。あまりにも非道な行いであるがゆえに、法律にそれに値する罪と罰が定められていなかっただけの話だ。法律家もこんな罪を犯す人物がいるとは思いもよらなかっただろう。

それは誰（だれ）に教えられなくても人間が本能で理解している忌むべき行為。人が人である限りは犯すべからざる禁忌。

そう。僕は人を食べたのだ。

「五〇四一番！」

受刑者番号で呼ばれて僕は俯いていた顔をおもむろに上げた。

気づくと自分が入れられている独房の前で、看守が仁王立ちになってこちらを睨みつけている。物思いに耽っていたせいで彼が近づいてくるのに気づかなかったらしい。

「面会だ。出ろ」

看守は短く言うと牢の扉を開けた。

看守に連れられ、同じ見た目の牢がずらりと並んだ通路を歩いて面会室へと向かう。

ここヒエムス監獄は天然の洞窟を利用する形で造られているため、一年を通じて寒さと湿気が酷い。湿気はかびの繁殖を呼び、かびは不衛生を助長する。そのせいで牢からは常に囚人たちの老廃物とかび臭さが合わさった強烈な悪臭が漂っている。監獄暮らしが始まってからそろそろ三か月が経つが、この臭いだけは慣れないし、一生慣れることはないだろう。

ヒエムス監獄は本来、殺人や強盗などの重罪を犯した受刑者が収監される施設だ。僕のような禁錮三年程度の受刑者が入れられる監獄ではない。しかし、事件の重大さと世間への影響を考えて例外的な措置が取られたという。

新聞を通じて大々的に世間に報じられた僕の刑罰については「軽すぎる」との陳情が多くあがったらしいが、裁判所は法律に従うことを優先して判決を覆すことはしなかった。その代わりに厳重な監獄へと収監することで世論とのバランスをとった形だ。

僕としてもこの刑罰は軽いと感じてはいたが、結局どうすることが償いになるのかわからず、この三か月間ただただ思い悩む日々を送っていた。

そうして再び物思いに耽っていると、前を進んでいた看守が立ち止まった。いつの間にか面会室の前まで来ていたようだ。

看守が扉の鍵を開ける間、僕は近くの水たまりをちらりと見やった。

囚人服を着た痩せた少年がこちらを覗いている。久しぶりに見たその姿は間違いなく自分ではあるのだが、あまりに見覚えがなくて他人のように思えた。大きな紫色の瞳は落ち窪み、黒い髪はだらしなく伸びた上に艶を失っている。自分の心もそうだが、姿形さえもあの事件が起きる前には二度と戻れない気がした。

「入れ」

事務的な口調の看守に促されて中に入る。

そういえば一体誰が自分に面会に来ているのだろう――。

「あぁ！　レオ！」

「元気にしてたか？　レオナルド」

狭い室内を仕切る鉄格子越しに見えた二人の男女の姿に、僕は胸が締め付けられるような気持ちになった。

肩まで伸ばした明るい亜麻色の髪に丸くて大きな薄茶色の瞳。見るからに元気そうで、愛くるしい女の子はアンナ。

褐色の肌に短く刈り揃えた黒い髪、切れ長の目。いつもどこか皮肉っぽい笑みを浮かべている優男はカルロ。

二人共、僕と同じ十六歳で、同じ孤児院で育った。彼らは幼馴染であり、僕にとってきっと唯一家族と呼べる人たちだった。

「僕のこと、忘れてくれって言ったじゃないか……」

僕は用意された椅子に腰かけ、鉄格子越しに二人と対面した。まともに目を合わすことができず、うつむき加減になってしまう。

「あんな手紙一つで俺らが納得できるわけがないだろう」

カルロは呆れた様子で言った。

「そうだよ。私たち家族でしょ。レオの苦しみや悲しみも一緒に受け止めるよ」

以前と変わらないアンナの明るい笑顔に、僕は再び胸が締め付けられるような想いになった。

あの事件の直後、僕は二人を巻き込みたくない一心で絶縁状を残して出頭したのだった。人を食った罪人が身内にいると思われれば、周りからどんな仕打ちを受けるかわからない。だから事件が明るみに出る前に自分と縁を切り、平穏な生活を送ってほしかった。

　だが二人は僕の願いには従ってくれず、縁を切るどころかこんな監獄まで来てくれた。そのことがとてもうれしくもあり、また辛（つら）くもあった。

「僕は酷い罪を犯した。もう二度と普通に生きることはできない。たとえ無事刑期を終えても世間は許さないだろう。もう君たちと一緒に暮らすことはできないんだよ」

　僕は俯いたままで絞り出すようにそう告げた。

「僕のためを思うならどうか放っておいてほしい。自分のせいで君たちに迷惑をかけることが一番辛いから」

「お前さぁ……。自分が逆の立場だったらどうすると思う？　罪を犯した俺を知らないふりできるか？」

　カルロは苦笑しながら肩をすくめてみせた。

　そうだった。彼はそういう男だった。いつも軽口をたたいて周りを笑わせるのが得意だけど、本当はみんなのことを大事に思っていて決して誰かを見捨てたりしない。孤児院の中でも頼れる兄貴分だった。僕はそんな彼のことを誰よりも信頼していた。

「大丈夫だよ、レオ。誰がどれほどあなたのことを悪く言ったり、攻撃してきたりしたって。私たち負けない。あなたを守り通してみせる。だから安心して私たちのこと頼ってよ」

アンナはそう言って柔らかく微笑んだ。

彼女は笑顔を絶やさない人だ。幼いころ、カルロと二人で喧嘩に負けて帰ってきたときも呆れながらも明るく励ましてくれた。僕はいつだって彼女の笑顔を見れば心が救われたし、明るい気持ちになることができた。

「まあ、そういうことだ。残念だがお前も厄介な女に惚れられたと思って諦めるんだな」

「ちょ、ちょっとカルロ！　変な言い方しないでよ！」

カルロの言葉にアンナは顔を真っ赤にした。

アンナは昔から僕に好意を寄せてくれていた。本人はそのことを隠そうとしていたが、男女の機微に疎い僕でもわかるくらい彼女も不器用だった。カルロがその様子を見て彼女をからかうのがいつもの僕ら三人のやり取りだった。

帰りたい。

以前と変わらない二人の様子を見て心の底からそう願ったが、僕の内にある暗く重い澱みがそれを阻んだ。自分でさっき言った通りだ。もう二度と元には戻れない。汚れた人間である僕が彼らの未来に影を落としてはいけない。彼らの眩しさを目の当たりにして、よりその想いは増した。

「二人共、ありがとう……。でも本当に大丈夫だよ。どのみちあと三年はここにいなきゃいけないんだ。だからせめて罪を償って出てくるまで、僕の存在を忘れていてほしい。錬金術師になるっていう自分の夢が叶わなくなってしまった今、二人の幸せだけが僕の最後の願いなんだ」

今度は二人の顔を見て彼らに安心してもらえるよう、努めて穏やかに語り掛けた。

「お前がそこまで言うなら……」

カルロは困惑と苦悶の表情を浮かべながら引き下がりかけたが、アンナはそうはいかなかった。

「ねえ、レオ。でたらめな新聞記事を読んで勝手に騒ぎ立てている人たちの意見を真に受けたりしてないよね？ 裁判所が下した判決が正しいんだよ。何も知らない奴らの言葉に耳を貸す必要なんかないんだからね」

アンナは机に身を乗り出し、鉄格子をぶち破りそうな勢いと真剣な眼差しで詰め寄ってきた。どうやら僕の言い方があまりにも穏やかすぎて遺言のように聞こえてしまったらしい。

「死刑って話のことかい？ 気にしていないわけじゃないけど、さすがに自分から死刑を願い出たり、自殺したりするつもりはないよ」

それは僕の本心だった。

刑が軽いというのは自分でも感じるところだが、死刑が適当とは考えていない。むしろ今の僕にとって死ぬことは罰を逃れるよりも許されない行為だ。

だって僕の命はもう自分一人だけのものじゃない。あの事件で僕は生き残るために彼らの肉を食べた。倫理を破り、彼らの死を冒瀆してまで生きながらえたこの命を簡単に捨てるようなことは絶対にあってはならない。彼らの代わりに僕は生き続けなければならないのだ。

「それならいいんだけど……」

アンナはなおも不安げな表情を浮かべながら椅子に体を戻した。

「レオは真面目だからここにいる間、いろんなことを思い悩んでしまうと思う。でもその時は私たちのことを思い出して。私たちや孤児院の子供たちのこと。楽じゃなかったけど満ち足りていたよね？　私にとってはそうだから……。レオもそうであってほしい……」

アンナは今にも泣きだしそうな表情だ。

彼女が僕のことをどれだけ心配してくれているか痛いほどわかった。そこまで想ってくれていることに深い喜びを感じるとともに、彼女の気持ちに報いることができなくなってしまった自分が情けなくて消えてしまいたくなる。

「うん……。僕も幸せだったよ。だからこそ君たちに今まで通りでいてほしいんだ。出所したら必ず会いに行くからその時、また会おう」

僕は自分の心を鬼にしてきっぱりと告げた。

本当はあの事件が起きず、錬金術師の資格を取って故郷に帰ったら、アンナに結婚を申し込もうと思っていた。今となってはもうそれも叶わないが、僕の代わりに彼女を幸せにしてくれる人が見つかることを祈るしかない。

した。

カルロはそんな彼女の様子を気遣いつつ、部屋の中央に置かれた時計を見やって時間を確認

アンナはついに涙を堪え切れず、嗚咽を漏らし始めてしまった。

「レオ……」

「……そろそろ時間だな。レオナルド、アンナの言う通り、俺らはお前を待っている。だから
お前も諦めずに戻ってこいよ」

「うん……」

カルロが浮かべたいつもの皮肉っぽい笑みに僕も精一杯ぎこちない微笑みで応えた。

「ねえ、レオ……。あなたが罪を償ったら、私と……、私と一緒に……」

「もう時間だ。行かないと」

アンナの言葉はカルロの呟きと看守がドアをノックする音に阻まれた。

苛立った様子で室内に入ってきた看守が二人に退去を促す。

「私……、私、待ってるから！　待ってるからね、レオ！」

カルロに腕を引かれ、顔をくしゃくしゃにしながらアンナは僕に向かって呼びかけ続けた。

僕は泣き出しそうな想いを押し殺し、ドアの向こうに消えていく二人の姿を微笑みながら見
送った。

その夜、夢を見た。

大きかったはずの帆船が嵐によってあっさりと引き裂かれていく様。逃げのびた救命艇で洋上をさまよい、ただただ食料が尽きていく日々。次々と倒れていく仲間とその亡骸。そして僕の魂に刻まれた友の言葉。

『頼んだよ、レオナルド。僕の肉を食べて、生き残ってくれ……！　それがぼくの友人としての最期の望みだ……』

続いて自分の歯が皮を裂き、肉を千切っていくおぞましい感覚が襲ってくる。僕はそこで耐え切れなくなって、大声で叫びながら飛び起きた。

うなされていたせいか動悸が激しく、全身にびっしょりと汗をかいているのを感じる。あの日以来、何度も何度もこの悪夢を繰り返し見るが、慣れることも色褪せることも一向にない。その度に自分の罪の重さと、彼らのために生き続けなければならないという業の深さを突き付けられる。

僕は軽くため息をつきながら暗い独房の中で体を起こし、額に浮いた汗を腕で拭った。

あれ……？

そこで、何か違和感を覚えた。

額に触れた腕の産毛がやけに硬く、毛量も多い気がする。監獄生活で体の毛は伸び放題ではあるが、それにしても多すぎるし、まるでブラシのような手触りだった。寝ているうちに何か急激な変化が体に現れたのだろうか。

腕の様子を目で見て確かめたかったが、夜の独房は真っ暗でそれも叶わない。どうしたものかと思案していると、ちょうど見回りの看守が灯りを持って歩いてくるのが見えた。

看守はランタンを片手に通路をゆっくりと進んでいる。僕は看守に見咎められないよう四つん這いになり、できる限り灯りの傍に行こうと、独房と通路を仕切っている鉄格子の方に近づいた。

すると、信じられないことに自分の独房の錠が壊され、扉が開いていることに気がついた。

「っ！」

「お前っ！」

僕が声にならない悲鳴を上げたのと、看守が開け放たれた扉に気づいたのは同時だった。

「何をしているんだ！」

血気盛んそうな若い看守は大声を上げてランタンをこちらに向けてきた。

「違うんだ！　僕じゃない！」

僕は灯りの眩しさに目を細めながら弁解したが、自分の口から出た声に驚いた。低くてしわがれた老人のような声だ。腕だけじゃなく声までもおかしくなってしまったのか。

しかし、灯りで僕の姿を目の当たりにした看守の反応はその比ではなかった。

「ひっ！　ひぃぃっ！」

看守は驚きのあまり腰を抜かし、ランタンを地面に取り落としてしまった。

そして僕を指さして叫んだ。

「ば、ば、化け物！」

看守の顔は激しい恐怖のせいで引きつっていた。

一体なんだっていうんだ……。そこまで驚くなんて、僕の体はどうなってしまっているんだ。

「ち、違うんだ。ぼ、僕は——」

どうしたらいいか分からず、弁明しようと僕は看守の方に一歩踏み出した。その瞬間、

「ひぃぇぇっ！」

看守は大きな悲鳴を上げて飛び上がると、一目散に逃げ去ってしまった。

「な、何なんだよ……」

僕は自分の姿を見るのがたまらなく恐ろしくなった。それでも確かめざるを得ない。

近くに鏡はないが、幸いにも通路に落ちているランタンの傍に大きな水たまりがある。

僕は仕方なく独房から通路に出て、水たまりの前に立った。

「！！！」

そこに映っていたのは人ではなかった。

獰猛な牙(きば)が生えそろった獣の頭部と、それを囲う灰色のたてがみ。手足には四本の鋭い爪(つめ)。

全身は黒い体毛に覆(おお)われ、おまけに尻(しり)からは先端に針状の突起を持つ太い尾が伸びていた。

様々な動物の特徴を重ね合わせたような、醜くて凶暴な四足歩行の獣。

その姿は看守の言う通り、まさに化け物だった。

これは何かの間違いだ……。

そう思って水たまりを見直したが、何度見てもそこに映っているのは、この世のものとは思えないほどに醜い怪物の姿だった。

一体全体、何が起こったというのか。

僕は鋭い爪が生えた自分の手、いや前脚を見つめてただただ呆然とした。

突然変貌した自分の体。なぜか壊されている独房の鍵と、看守にも逃げ出されたこの状況。

何もかもが理解不能だ。夢を見ているとしか思えない。何をどうしたら人間がこんな怪物になるというのか。そもそもなぜ自分がこの姿になったのか。

そんな取り留めのない思考がぐるぐると頭の中を駆け巡ったが、監獄の通路に怪物が突っ立っていることは、普通の人間からすれば脅威でしかないということに思い至らなかった。

「あそこだ！　いたぞ！　撃ち殺せ！」

気づくとさっきの看守が応援を連れてこちらに向かって走ってきていた。

その数は五人。全員、銃剣を装着した小銃を手にしている。

まずい……！

激しく混乱した頭でもそのことは理解できた。人間のままの囚人ならともかく、どう見ても怪物にしか見えない今の僕は容赦なく撃たれ、殺されるだろう。それだけは何としても避けなくてはならない。

だって僕の命はもう自分一人だけのものじゃない。仲間たちの肉を食い、死を冒瀆する行為をしてまで生きながらえたこの命だ。彼らの代わりに僕は何としても生き続けなければならない。

だとしたら今できることはここから逃げることしかない。

僕は素早く周囲を見回した。牢の中に逃げ込むのは論外だ。追い詰められてすぐに殺されてしまう。ならば後ろの通路か。いや、確かこの先はどこまでいっても袋小路だ。

だとしたら……。

僕はこちらに迫ってくる看守たちに向き直った。

前に進むしかない。突進して彼らを通り抜け、その先にある監獄の通用口から外に出る。その後どうすればいいのかは全く分からないが、今は目の前の危機を避けることしか考えられない。

僕は意を決し、看守たちに向かっていった。

駆け出してみて僕は再び驚いた。この体の形状からどうしても四足歩行にはなるのだが、軽く四肢に力を込めただけで凄(すさ)まじく俊敏に体が動く。普通の人間だったときとは比べ物にならないほどの身体能力だと感じる。こんな体になったせいで殺されそうになっているのだから皮肉でしかないが、これならば銃弾を受けることなく逃げ切れるかもしれない。

僕は一瞬で加速してトップスピードに乗ると、一気に看守たちの手前に躍り出た。

「う、撃てっ！」

看守たちはぎょっとしながらもすぐに銃を構えたが、僕はその時には大きく跳躍し、彼らの頭上を飛び越えていた。

「後ろだ！」

彼らが方向転換し、銃を構え直した時には、もう十分な距離を取った後だった。

遥か後方で発砲音が聞こえたが、射程圏外からの銃撃が簡単に当たるはずもない。僕はそのままの勢いで走り続け、監獄となっている洞窟の外に飛び出した。

「――っ！」

久しぶりに吸った外の空気は新鮮でうまかった。まるで生まれ変わった気分だ。実際に生まれ変わったとしか思えないほど体のつくりが変わってしまっているのだが。

さて。ここからどうしようか。

僕は気持ちを切り替えて辺りを見渡したが、自分の置かれた状況を知って血の気が引く思いがした。

ここヒエムス監獄は重罪人を収監するための施設だ。そのため脱獄に対して非常に敏感であり、それを防ぐために二つの対策が取られている。

まずはその立地だ。ここは三方を崖に囲まれた狭い入り江になっている。周りの崖は木々さえ生えないほど急峻なためまず越えることはできない。したがって出入り口となるのは小さな船着き場だけで、僕も収監されるときは船で連れてこられた。

もう一つは警備体制だ。看守だけでなく軍の兵士がここを守っている。目の前には兵士たちの詰め所と思わしき建物が複数立ち並び、夜だというのにいくつもの篝火（かがりび）が灯されていた。まだ僕の脱走には気づいていないようだが、急がなければすぐに彼らが動き出してしまうだろう。

船着き場には中型の帆船が泊まっているが、簡単には近づけない。当然見張りがいるだろうし、気づかれれば大砲を撃ってくるかもしれない。船を奪おうにも、そもそもこの体では操船なんてできないだろう。だとすればやはり崖を登って越えるしかない。

僕は絶壁のようにそびえ立つ岩肌を見上げた。

大きな城の城壁ほどもある高さだ。これでは普通の人間では越えることは難しい。登るためにはロッククライミングの要領で岩肌に器具を打ちこみ、足場を作りながらになる。当然、囚人は登山用の道具など持ち合わせていないから脱獄対策としては十分だろう。

しかし、今の僕ならこの身一つで登ることができるかもしれない。さっき感じた身体能力に加え、四肢には鋭い爪がある。これを登山器具（ハーケン）の代わりに岩肌に打ちつければあるいは……。

いや、他に可能性がない以上、この方法でやり切るしかない。

僕は心を決めると、兵士たちに気づかれないように忍び足で山へと向かった。

人間よりも鋭敏になった耳に洞窟の中から僕を追ってくる声が聞こえてきたが、まだどこにいるか悟られてはいないようだ。ひとまず胸を撫で下ろしながら慎重に岩登りを始める。

始めてみると、この方法は予想以上にうまくいくことが分かった。前脚の尖った太い爪は岩肌を容易く貫き、しっかりと体重を支えてくれた。その状態から後ろ脚で岩肌を蹴り、上方へ跳び、次の足場に爪を突き立てる。僕はこれを繰り返して順調に絶壁を登っていった。

ちょうど全体の三分の二くらいに到達する頃、下の方から人々が騒ぐ声が聞こえてきた。

「見ろ！　あそこだ！」

とうとう見つかってしまったようだ。

この高さまで来てしまえば追いつかれることはないが、銃で狙われると危ない。登っている間は躱すこともできないから格好の的になってしまう。僕は撃たれる前に登り切ろうと力を振り絞って速度を上げた。

間もなく射撃が開始され、激しい発砲音が鳴り響く。途中、銃弾が何発か体を掠めたが、奇跡的に当たることはなく、ついにあと一跳びというところまで来た。

これなら行ける。僕がそう思って後ろ脚に力を込めた瞬間、バシュっという鋭い音とともに体重を支えていた右前脚に弾が命中した。

「っ！」

衝撃で岩肌から爪が離れる。左前脚に全体重がかかってぶら下がる形となったが、歯を食いしばって何とか耐えた。だが、この不安定な姿勢のままでは跳躍できない。僕はもう一度右前脚を岩に突き刺そうとした。

「っ⁉」

しかし、さっきの一撃で腱を断たれたのか右前脚はぴくりとも動かない。

その間にも銃撃は続く。

僕は何とか身を捩って逃れたが、そのせいでさらに左前脚に負荷がかかり、岩の亀裂が広がっていく。

もうもたない……！

完全に追い詰められたと感じたその時、僕の中の獣の本能が目を覚ました。

人にはなく、獣だけに存在する器官が一つだけある。尻尾だ。

僕は気づくと自分の尻尾を、その先端にある針ごと岩肌に打ちつけていた。爪よりも太く大きい針はしっかりと岩に食い込み、僕は安定した姿勢を取り戻した。

これならいける……！

そう確信した直後、体に鋭い痛みが走った。一発の銃弾が左の脇腹を抉ったのだ。

「ぐぅっ‼」

大量の血が腹を伝って落ちていくのを感じる。致命傷とまではいかなそうだが、内臓をやられたかもしれない。あまりの激痛に意識が飛びそうになる。

だがここで気を失っては一巻の終わりだ。僕は歯を食いしばって痛みに耐え、再度後ろ脚に力を込めた。脚を踏ん張り、強く岩肌を蹴る。

今度の跳躍は成功し、ついに崖の上に到達した。

そして、銃撃が岸壁を削る音を後ろに聞きながら、僕はヒエムス監獄を後にしたのだった。


監獄を脱出すると、すぐに西へ向かった。

すぐ近くにウルカヌス聖教国との国境があるからだ。僕が生まれ育ったセプテム王国とウルカヌス聖教国は国交がなく、静かな対立関係にあった。王国の兵士たちが僕のことを探していたとしても、非友好的な隣国に逃げ込んでしまえばさすがに簡単には追ってこられないだろう。ウルカヌス聖教国がどんな国かは全く知らなかったが、この状況で母国に留まるよりかは遥かに安全だ。

そんなわけで僕は国境になっている山脈に入り、木々の中を歩いていった。

銃撃を受けた腹の傷は良いとまでは言えないが、時間とともに血が自然に止まり、痛みも撃たれた直後よりましになっていた。これもこの獣の体の能力なのかもしれない。右前脚もある程度治癒していたが、やはり腱が切れていたようで三脚で歩かざるを得ない状態だ。それでも、人間が走るよりも遥かに速く山中を進み、一日とかからず峠を越えることができた。

僕は道中、水たまりを見つけては自身を映し出し、怪物としか言いようのない自分の姿を見る度に絶望して世界を恨んだ。

なぜ。なぜ僕はこんな姿になってしまったのか。一体、僕が何をしたっていうのだろう。

いや、わかっている。僕は酷いことをした。人を、それも友の肉を食べたのだ。あまりにも非道な行いであるがゆえに、法律にすらそれに値する罪と罰が定められていなかった。だからきっと法に代わって神々が天罰を下した結果がこの怪物の姿だということなのだろう。

それでも。仮に天罰だとしても、さすがにこの境遇は酷すぎやしないか。

こんな正体不明の獣みたいな怪物の体になってしまったせいで、僕の居場所はもうどこにもなくなった。本当にアンナとカルロの元に帰れなくなってしまった。彼らに迷惑をかけないよう二度と会わないつもりだったが、心のどこかでいつかまた会えたらという希望を持っていた。だが、今の僕は人間ですらない。

もはや僕には何も残っていない。全てを失った。家族も友人も、尊厳も人の体すら失った。果たしてこんな空っぽの僕に生きている意味なんてあるのか。いっそ死んで楽になりたかった。だけどそう思う度に友の最期の声が頭の中に響いた。

『頼んだよ、レオナルド。僕の肉を食べて、生き残ってくれ……！　それがぼくの友人としての最期の望みだ……』

それはもはや呪いですらあった。この呪いが僕を縛り続ける限り、死ぬことも許されない。こんな醜い姿になっても、彼らから受け継いだ命の灯を燃やし続けなければならないのだ。

僕はそれ以上深く考えることをやめ、ただ一心不乱に歩を進めた。一昼夜を通して歩き続けて無事山脈を下り終えると緑豊かな森に出た。

そこは美しい場所だった。あちらこちらから木々のざわめきや虫の声、動物たちの息遣いが聞こえてくる。自分があのじめじめとした監獄に入っているうちに、いつの間にか季節は春に移り変わっていたようだ。

僕は休まず歩き続けた疲れと、国境を越えた安堵（あんど）ですっかり気が抜けてしまった。ひとまず休もうと近くに見つけた大きな樫（オーク）の木の根元に体を横たえることにした。

横になると撃たれた脇腹の痛みが増してきた。今まで気を張っていたせいで気づかなかったが、かなり無理をして進んできたようだ。さすがの獣の体でも限界はあるらしい。

おまけに酷く腹が減っていることも思い出した。考えてみれば昼に干からびたパンを食べてから何も口にしていない。監獄の食事は酷いものだったが、今となっては恋しく思えてくる。

そういえばこの獣の体は何を食べればいいのだろう。この姿では当然食堂には入れないから、やはり森の動物を捕まえるしかないのだろうか。

ひとまず眠ろう。眠らなければきっと狩りもできない。まずは体力を回復させなければ。

目を閉じると急速に睡魔が襲ってきた。

今日はあの悪夢を見なければいいのだが。そう願いながら、僕はすーっと夢の世界に引き込まれていった。

眠りに落ちる寸前、わずかに人の気配と甘い匂いを感じた。そして「あら？」というどこか可愛らしい声が聞こえた気がした。


次に目を覚ましたとき、最初に目に入ったのは見覚えのない天井だった。

木目が美しい素朴な雰囲気の天井だ。背中には手触りの良いシーツの感触がする。どうやらベッドの上に仰向けに寝かされていたらしい。

体を起こして周りを見渡すと、そこは簡素な寝室だった。部屋の中はスッとする薬草の香りで満たされており、壁や扉、調度品まで全てが木でできていた。僕が育ったセプテム王国は煉瓦造りの建物ばかりだったので、こういった木のぬくもりを感じさせる空間は珍しく感じた。

誰の部屋かは分からないが、不思議と安心できる場所だと思える。

しかし、どうして僕はここにいるのだろう。森の中で横になっていたはずなのだが。

ここは明らかに人間の住む家だ。どう見ても人間ではない僕を、誰かが助けてくれたというのか。こんな怪物みたいな姿の僕を。

そう思って改めて自分の体を確認すると、撃たれた右前脚と脇腹に丁寧に包帯が巻かれていることに気が付いた。どうやらその誰かは本当に僕を助け、手当てまでしてくれたらしい。

一体誰が……？

ちょうどその時、扉が開き、一人の女性が部屋に入ってきた。

「あら？　目が覚めたのね。良かった。もう三日も寝たきりだったのよ」

彼女は仲の良い友人に挨拶する時のような気さくな様子で話しかけてきた。

歳は二十代後半くらいだろうか、茶目っ気を感じさせる鳶色の丸い瞳と、同じ色の長い髪が印象的な可愛らしい女性だ。こざっぱりした淡い緑色のチュニックを身に纏い、両手には薬草らしき植物の葉が入ったすり鉢を持っていた。

この人が僕を助けてくれたのだろうか。

「あの……」

僕は色々聞きたいことがあったが、何から話せばいいのか分からなくなり言葉に詰まった。

「まだ起き上がらなくていいのよ。酷い怪我だったんだから」

そう言われてようやく気が付いたが、僕の体はまともに力が入らないくらいに弱っていた。怪我のせいなのか、長期間寝ていたせいなのか、激しく体力を消耗していたようだ。他にどうしようもないので、言われた通りベッドに体を預けることにする。

彼女はそんな僕の様子には構わず、近くの棚にすり鉢を置くと、小さな椅子を引き寄せてベッドの近くに腰かけた。

「まだ名前、言ってなかったわね。私の名前はリース。あなたの名前は？」

彼女が発した何気ない言葉に僕は涙を流しそうになった。

それは人間が人間に接するときの言葉だった。僕みたいな怪物にしか見えない存在を人間として扱ってくれることが声にならないくらいにありがたかった。

「レオナルド……です」

「そう。よろしくね、レオナルド」

リースはにこりと笑って見せた。

春の陽だまりを思わせる柔らかい笑顔だった。彼女はどこか母性を感じさせる女性だ。僕には母の記憶がないが、まるで母の胸に抱きしめられているかのような、全てを包み込んでくれるような安心感を与えてくれる人だと思った。

「あの……、ありがとうございました。助けていただいた上に手当てまでしていただいて……」

なぜか僕はまた泣きそうになり、嗚咽を堪えながらとにかく感謝を伝えた。

「どういたしまして。でも私はそんな大したことはしていないのよ」

リースは事もなげに微笑みで応じた。

「ほとんどあなた自身の力で治っていっているわ。お腹の傷は中に銃弾が残っていたから取り出して、軟膏をたっぷり塗っておいたから、後は安静にしていれば良くなると思う。脚の方も簡単に固定はしておいたけど、こっちはもう治りかけているわね。本当にすごい力よ。私はただその手伝いをしただけね」

自分では実感がないが、身体能力だけでなく、傷の再生能力も人間の体よりも優れているらしい。そんな力などなくていいから普通の人間に戻りたいというのが本音だが、怪我をしている今は都合がいい。それにリースが褒めてくれたようで何だか少しうれしかった。

「リースさんはお医者さんなんですか？」

「私はそんな大層な者じゃないわ。ただのドルイドよ」

「ドルイド……？」

　聞いたことのない言葉だった。

「あなたひょっとして遠くから来たのかしら？　ドルイドとは森と共に生き、命の円環を守る者。なんて言うと大げさに聞こえるけど、森に籠もっている薬師みたいなものだと思ってくれればいいわ。この辺りでは昔からその地域の森にドルイドが住んでいるのよ。最近はちょっと減ってきてしまったけどね」

　リースは謙遜した様子で説明したが、最後の一言だけは憂いを帯びていた。それがドルイドの事情なのか、彼女自身の事情なのかは僕にはわからなかった。

「そうなんですか……。僕はセプテム出身なのでドルイドのことは初めて聞きました」

「あら？　セプテム？　それじゃあ、ひょっとしてあのアルペース山脈を越えてきたの？」

「まあ、そんなところです……」

「それは大変だったわねぇ。怪我もしているっていうのに……。体が頑丈だからってあまり無理しちゃだめよ」

　リースは呆れたような苦笑いを浮かべただけで、それ以上僕の出自や、獣の体について詮索しなかった。あり得ない容姿に加え、腹に銃撃まで受けている怪しい存在だというのに。僕はリースのそんな寛大さに救われた気持ちになると同時にバツの悪さを感じた。

「その……。リースさんはなんで僕みたいな醜い獣を助けてくださったんですか？」

「こら！　そんな風に自分を卑下しちゃいけません」

彼女は子供を叱るときのように人差し指を立てて僕を窘めた。

「あなたが何者なのか私には分からない。でも人だろうと獣だろうと関係ないわ。怪我をして困っていたら助け合う。それが私の考えるドルイドの生き方であり、世界のあるべき姿よ。世の中そう簡単じゃないってわかっているけど、せめてこの森の中ではそうであるよう努めたいの。あなたを助けたのはそういう理由」

リースはそう言って窓の外に広がる森に優しい眼差しを向けた。

彼女の言っていることの意味が僕にはまだよく理解できなかったが、素敵な考え方だと思った。少なくとも今の僕みたいな存在にとっては大きな救いだ。

「病み上がりなのに話し過ぎちゃったわね。さあ、あなたはもう寝なさい。今は寝ることが一番の薬よ」

その後の数日間、僕はリースに看病されながら過ごした。

彼女はあまり動けない僕のことを甲斐甲斐しく世話してくれた。僕は一日の大半を寝て過ごしていたが、起きているときは二人で取り留めのない話をした。

リースはおしゃべりが好きで、この森に棲む動物たちや季節の花々の話をよく語り聞かせてくれた。僕の方は昔、本で読んだ錬金術の話を披露した。基礎中の基礎で大した内容ではなかったが、彼女はとても興味深そうに聞いていた。

僕にとってリースとの日々は久しぶりに明るくて平穏で充実した日々だった。リースもよく笑っていたから彼女にとってもそうなのだと僕も信じることにした。ただ、一つだけ不満があるとすればそれはリースの作る食事だった。

僕の傷が早く治ることを考えてなのだろうが、朝も夜もたっぷり薬草が入った緑色の粥ばかりが出てくるのだ。安心して食事を摂れることだけで本当にありがたかったし、実際に飢えた胃は十分に満たされていた。それでも三日もそれが続くとさすがに味気なさを感じるようになってしまった。

リース個人の嗜好なのか、ドルイドの掟なのかは分からないが、この家では動物の肉が食されることはないようだった。僕は元々孤児院暮らしなので豪華な食事とは縁遠い生活を送っていたが、たまに食べることができる干し肉を楽しみにしていた。見た目が肉食獣じみているせいか、この体になってからは頻繁にそういう肉の味が恋しくなるようになっていた。しかし毎日食事を作ってくれるリースに、たまには肉が食べたいなど言えるはずもなく、僕はただ肉への欲求を抱いたまま悶々とした日々を送っていた。

目を覚ましてから五日経った頃、僕はようやくベッドから起きて動けるようになった。リースも僕の回復を喜び、外出を許可してくれた。

僕らは昼食を外で食べることにし、軽食を詰めたかばんを持った彼女と一緒に出掛けた。

外は穏やかな春の陽気に照らされ、暖かくて過ごしやすい天気だった。久しぶりに踏みしめた大地からは夏に向けて成長していこうとする草花の息吹を感じる。

僕はうきうきした気分になり、犬のように四つ足で辺りを駆け回った。リースはその様子を微笑ましそうに見守りながらゆっくりとついてきた。

「ここよ。あなたが倒れていたところ」

リースが立ち止まって指さしたのは、家から少し歩いたところに立っている背の高い樫の木だった。

人の身長の五倍ほどもあるこの樫は青々とした葉と枝を大きく広げており、木の下には広い木陰ができている。周りの木々も遠慮するかのように距離をとっているので、ここだけ少し開けた広場のようになっていた。

確かに言われてみればこんな木の根元で倒れ込むように寝た気がする。

「この木は私が生まれるずっと前からここに立っていたの。この森で一番古い樫よ」

リースは樫の幹にそっと手を置いて言った。

「ドルイドにとって樫は聖なる木なの。だから私の先祖はこの近くに家を建てた。この木が私たちを見守ってくれるように。私たちがこの木を守れるように」

「そんな大切な木の下で寝てしまってごめんなさい……」

リースにとっての聖域を侵してしまったような気がして僕は急に決まりが悪くなった。

「いいのよ。この木の恵みは誰のものでもない。森に住む者にも、訪れる者にも平等よ」

彼女が微笑んでくれたので僕は一安心した。

「さて。それじゃあ今日はここでお昼にしましょうか」

「え？　ここで？　家のすぐそばだけど……」

せっかく久しぶりに外に出たからもっと歩き回りたいと思っていた僕は不満げな声を上げたが、リースにぴしゃりと注意されてしまった。

「レオナルド。あなたまだ病み上がりでしょ。今日は無理しちゃいけません」

彼女の言うこともっともなので、大人しく樫の木陰に寝そべる。

リースはかばんから食事を取り出し、手早く昼食の用意を始めた。今日は薬草入り粥ではなく野菜のピクルスとライ麦のパンのようだ。肉ではないが粥から卒業できたことに僕は密かに喜んだ。

「はい。レオナルド。あーん」

どうしようもないことだが、獣の姿の僕は人間のように手が使えない。だからいつもリースに食事を食べさせてもらっていた。当然、今日も手が使えないことは変わらないのでリースはちぎったパンを口元に運んでくる。

今までは寝たきりだから仕方ないと自分を納得させていたが、動けるようになったのにこうして女性に世話をされるのは恋人同士のようで少し照れ臭い。それでも彼女の笑顔を見ると無碍にできないので僕は黙って従うことにした。

「……ねえ、レオナルド。あなた、怪我が治ったらどうするの？」

食後のデザートに果物を取り出しながら、リースがポツリと問いかけてきた。

僕もこの数日、そのことを何度か考えた。

故郷のセプテム王国ではお尋ね者になっているはずだから当然帰れない。この国や他の地域ではまだ安全だが、こんな珍妙な姿の存在が知られれば、動物学者や好事家が捕まえようとやってくるかもしれない。さすがにそんな事態は避けたかった。禁忌を犯し、友人たちの肉を糧にしてまでつないだこの命は、見世物にするために生きながらえたわけではない。

ならばどうするべきなのか、と問われるとそれも分からない。願いがあるとすればそれはこの身を元の人間の体に戻すことなのだが、そんな方法があるのかもわからないし、どう調べたらいいのかも皆目見当がつかなかった。

「僕は……」

「あなたさえよければ、ずっとここに居てもいいのよ」

リースが口にした提案はとても魅力的だった。

彼女は僕を人間として接してくれる。穏やかで優しい素晴らしい人だ。こんな風に彼女と一緒に森の中でのんびりと暮らせたらきっと幸せだろう。人間の姿に戻れなくても、彼女が人間として扱ってくれるならそれで充分ではないか。

断る理由などないはずなのに、僕はすぐには答えを出せなかった。

「今すぐじゃなくていいのよ。少し考えてみて」

「すみません……」

「いいのよ。まだ時間はたっぷりあるわ。はい」

リースはそう言っていつものように微笑み、皮をむいた果実を差し出した。

僕がそれを口にしようとしたその瞬間、茶色い毛玉のような何かが凄まじい速さで僕とリースの間を駆け抜けていった。

「キャッ！」

その茶色い毛玉は通り過ぎる際にリースに接触したようで、彼女は小さな悲鳴を上げながら尻もちをついてしまった。

「全く……。アライグマね。あの子ったら……。ごめんなさいね、レオナルド。あなたの果物を持っていかれてしまったみたい」

リースの申し訳なさそうな言葉はほとんど僕の頭に入ってこなかった。

そんなことよりも――。

「リース、血が……」

アライグマの足が引っかかったのだろうか。リースの白い頰(ほお)に小さな切り傷ができていた。そして傷口からは真っ赤な血がうっすらと滲(にじ)んでいる。

僕はあまりにも鮮烈なその赤色に魅入られて、食い入るように見つめた。

「レオナルド……？」

リースの怪訝そうな声が耳朶(じだ)を打ったが、それはもう僕の頭には意味をなさない音になっていた。

血だ。血だ。血だ。血がそこにある。血と肉が、肉が——。

動悸が一気に激しくなる。目の前が真っ赤になり、体中の血が沸き立つような興奮を覚えた。気づくと僕はリースを押し倒していた。前脚で肩を押さえ、後ろ脚で腹を挟んで動きを封じる。全ては一瞬だった。肉食獣の本能が獲物を捕らえるための動きを完全に理解していた。

リースの傷口からは甘く香しい血の匂いがする。

僕は長い舌でペロリとそれを舐(な)めた。

なんと甘美な味だろう。体中の細胞がこれを求めていたのだと狂喜乱舞する。

もっと、もっとだ。もっとこれを味わいたい。この素晴らしい生物を喰(く)らいたい。血だけじゃなく肉もだ。血を舐めただけでこれだけ旨いんだ。肉を喰らえばどれほどの幸福感に満たされるのだろう。想像するだけで涎が止まらない。

僕は味見をするように獲物の細くて白い首筋も舐めてみた。

やはり思った通り、最高の舌触りと旨味だ。もう我慢できない。一息に噛みついて血肉を啜ってしまおう――。

そう僕が牙を突き立てようとした時、リースの鳶色の瞳と目が合った。

「……どうしたの？　レオナルド」

彼女はいつもの笑顔を浮かべていたが、その瞳の奥にあるわずかな恐怖の色を僕は見逃さなかった。

「ぼ、僕は……」

冷水を浴びせられたように僕は正気を取り戻した。

何なんだ。一体何なんだ、今の衝動は……。

あり得ない。信じたくない。認めたくない。それでも、確かにそれは僕が起こした行為であり、頭の中に存在した感情だった。

僕は……。僕は本当にリースを食べようとしたのか……。

言いようのない怖気に背筋が凍る思いがした。

「うわぁぁぁぁぁぁぁ!!」

僕は自分という存在に心底恐怖した。そしてそれ以上に、そんな僕を映しだすリースの瞳が恐ろしすぎて、彼女を置いてその場から逃げ出した。

僕はリースから離れたい一心でひたすらに森の中を駆けた。

僕は人間だ。体が獣でも思考も心も人間で、誰かにあるいは何かによって無理矢理こんな体にさせられたのだ。そう、信じていた。

しかし違った。

僕は紛れもなく怪物だ。体だけではなく心までも正真正銘の怪物だった。

本当は人間だったときが仮初めで、今の姿が本性なのではないかとすら思った。だって僕は以前、実際に人を食べている。あの時、僕は泣く泣く彼らの肉を食べたと思っていたが、それが本心だと証明する方法はない。ひょっとしたら僕はもっと前から人の肉を好んで食べる怪物で、ずっと人間の皮を被っていただけなのかもしれない。

怪物でしかない僕はもうリースの傍にはいられない。彼女が示してくれた未来は僕自身の愚行によって壊れてしまった。こんな僕のことを世話してくれた彼女にこれ以上危害を加えないために、どこか遠くに行かなくては。

だが、一体どこに行けばいいというのだろう。

リースだけではない。これから会うどんな人間とも僕は一緒に過ごすことはできない。あんなに優しくしてくれたリースすら食い殺そうとしたのだ。他の誰に対してだって僕の中の獣は牙をむくだろう。だとすればもうこの世界のどこにも僕の居場所なんてない。どこかの山奥か絶海の孤島に行って一生独りで過ごすしかないのだろう。

僕がそんな絶望を抱きながら森を走っていると、ふと遠くから人間の声が聞こえてきた。

拡張された獣の聴覚はかなりの距離があっても声を拾うことができる。もしかしてリースが追いかけてきてしまったのか、と不安になり僕は立ち止まって耳をそばだてた。

「お母さん、一体どこ行っていたのよ？　こんな森の奥にきているなんて……」

「すまないね。心配をかけて。ちょっと司祭様を案内していたんだよ」

二人の女性が会話をしている声だった。どうやら若い娘とその母親が話しているようだ。

僕はリースではなかったことに安心し、その場を離れようとしたが、続けて聞こえてきた名前に思わず足を止めた。

「司祭様ってあの最近村に来た方？　なんであの人がこんなところに？」

「リースだよ。あの怪しい女」

母親の方は声をひそめるようにして彼女の名を口にした。

「リースってこの森に住んでいる彼女のこと？」

「そうだよ。あいつさ。あいつが異端者だって言って司祭様に教えて差し上げたのさ」

「なんてこと⁉　あの子、いつも村に薬草を分けてくれるいい人じゃない！　なんでそんなことをしたのよ⁉」

異端者という言葉が何を指すのかはわからなかったが、娘の方の口調からすると、かなり悪い意味なのだということは察せられた。リースの身に何か危険が迫っているのかもしれない。

僕は一層耳に神経を集中させ、母娘の会話を聞き取ろうとした。

「はん。そんなことは関係ないよ。異端者は異端者じゃないか。あいつら、ドルイドなんて名乗っているが、結局は怪しげな宗教を信じている、いかれた連中なのさ。それにあたしゃ、元々あいつらが嫌いなんだよ。あの娘の鼻につく母親が生きているときからずっとね」

「そんな……！　あの司祭様がリースに何をするか分かっているの？　異端者と認定されたら酷い拷問を受けて最後には殺されてしまうのよ！」

それだけ聞けば十分だった。

母娘はまだ問答を続けていたが、僕はそれを無視して方向転換すると、全速力で元来た道を引き返した。

僕はなんて間の悪い奴なのだろう。

森を駆け抜けながら僕は自分を恥じた。怪物の僕が役に立てることがあるとするなら、この頑丈な体と獣じみた力で彼女を守ることくらいだ。今がその時だというのに、肝心なときに傍にいないなんて。

どうか間に合ってくれ！　無事でいてくれ！

それだけを願いながら走り続け、あと少しというところで、嫌な臭いが鼻孔を刺激するのを感じた。

これは木が燃えるときの臭いだ。それと同時にパチパチと火が爆ぜる音が聞こえてくる。

僕は頭によぎる最悪の想像を振り払いながら、息もつかずに道を急いだ。

そうしてようやくたどり着いたリースの家は真っ赤な炎に呑まれていた。

呆然とする僕の目の前で板葺きの屋根がゆっくりと燃え落ちていく。この五日間彼女と過ごした思い出の場所、平穏と温かさに満ちていた小さな家は、今やごうごうと燃え盛る炎に包まれ、みるみる崩れていっていた。この火の勢いでは中にいる人間が生きている可能性は無いに等しい。

そんな……。間に合わなかったのか……？

僕は絶望しかけたが、まだ彼女が死んだと決めつけるのは早計だとすぐに考え直した。リースが僕と別れた後、家に帰ったとは限らない。森の中を歩いているかもしれないし、ひょっとしたら僕を探して回っているかもしれない。

何か手がかりになるものはないかと辺りを見渡すと、近くの草に赤い液体が付着しているのを見つけた。顔を近づけてみると甘く香しい匂いがする。間違いない。これは彼女の血だ。

リースの血は他にも点々と残されていて一定の方向に続いていた。これはあの大きな樫の木の広場の方だ。これだけ血が流れていては彼女の身が危ない。僕は粟立つ心を抑えながら急いで血の痕跡をたどっていった。

果たして僕は樫の木の下でリースを見つけた。

リースは樫の幹に縫い付けられていた。比喩ではなく、文字通りの意味で縫い付けられていたのだ。手のひらと足の甲、四か所それぞれに短剣が杭のように打ちつけられ、磔にされている。そして、胸の中心には大きくて太い剣が深々と突き立てられ、彼女の体を刺し貫いていた。

木の幹と根元には彼女から流れ出した血の跡がべっとりと残っている。

呼吸を確認するまでもなく、こと切れていることは明白だった。

「リース……‼　あぁ、リース……‼」

震える声で呼びかけたが、亡骸となった彼女の俯いた顔は二度と上げることはなかった。

「なんてことだ……。どうしてこんなことに……。こんな、酷い……」

僕は半ば放心しながらも、とにかくリースを戒めから解かなければと彼女の方に踏み出した。

その瞬間、突然足元の地面から三本の鎖が飛び出し、後ろ脚と尻尾に絡(から)みついた。

「っ！」

僕が驚く間もなく、今度は樫の枝の隙間(すきま)から別の二本の鎖が伸びてきて前脚を捕らえる。

「こ、これは⁉」

五本の鎖は一瞬にして僕の四肢と尾を拘束し、空中に縛り上げていた。

「やれやれ。小屋に残されていた髪の痕跡から仲間がいると判断して餌を用意してみましたが……。まさかこのような醜い化け物が釣れるとはね。しかし、人の言葉を話す魔獣とはまた珍しい」

背後から聞こえてきた粘っこい癖（くせ）のある声に振り返ると、ぞっとするような笑みを浮かべた男が立っていた。

オールバックにした黒い髪に切れ長の鋭い目。体にぴったりと張り付くようなタイトなデザインの黒い服の上に白いコートを纏い、腰には長剣を差している。

両手は腰の後ろで組んでおり、即座にこちらを攻撃してくるような姿勢ではないが、微塵の隙も感じさせない構えだった。その様は獲物に襲い掛かる直前の蛇を思わせる。

彼の放つ気配はどう見ても殺し屋か、傭兵にしか思えなかったが、コートに施された赤いT字型の刺繍は宗教的なシンボルに見える。だとするとこの男が母娘の言っていた例の司祭なのか。

「お前がっ……！　お前がリースを殺したのか⁉」

僕は自分が宙づりになっている状況など忘れて怒鳴った。

彼女を殺されたことへの怒りが、命の危機に対する恐怖を凌駕していた。

「リース？　ああ。そこの女のことですか。ええ、私が殺しましたよ」

男はそれがどうしたと言わんばかりにあっさりと答えた。

「どうして……⁉　どうして彼女が殺されなきゃならないんだ⁉　リースは優しい、こんな僕なんかにも優しくしてくれる立派な人だったのに……！」

「どうして？　簡単なことです。その女が異端者だからですよ」

男は僕の嘆きが心底理解できない、というように首をかしげた。

「ウルカヌス聖教以外の邪教を信じる者は全て悪だ。善良なウルカヌス聖教徒を誘惑し、悪行に走らせようとする害虫だ。故にこの世から殲滅せねばならない。私はそのための権限と力を与えられた神の使徒なのですよ。そもそもこの国では邪教を信じることは罪だと法にも明記されていますが、私のような異端審問官には容疑者を裁判にかけることなく即時量刑、即時執行する権限が与えられている。見ればわかりますが、その女は磔の上に死罪です。ドルイドなど異教の中でも邪悪極まりない。我ながら神の御心に添った正しい判決でした」

自分で得心したように頷（うなず）く男の言葉は狂気に満ちていた。

何を言っているのか微塵も理解できない。こんな奴に無意味としか思えない理由でリースは殺されたのか。

「貴様ぁっ！　よくも！」

僕は生まれて初めて本気で人を殺したいと思った。

許せない。一分一秒でもこの男が息をしていることが我慢ならない。今すぐここで八つ裂きにしてやる。

真っ赤な怒りに支配された僕は脚が千切れるくらい力を込め、激しく暴（あば）れたが、きつく縛られた鎖はほどけず、逆に強く食い込んできた。

「無駄なことですね。その鎖は神の祝福を受けている。あなたのような邪悪な者は決して逃れることはできない」

男は僕の抵抗をひとしきり嘲笑うと急に真剣な顔つきになった。

「さて。死んだ異端者の女のことよりもあなたです。なぜこんなところにあなたのような魔獣、●●●●●●がいるのです？」

「なんだって……？」

僕は鎖を振り払おうと暴れていたが、くぐもったような音の妙な言葉に思わず動きを止めた。

「おやおや。これは滑稽だ。人語を解するのに自分がどう呼ばれているかも分かっていないとはね」

男はそう言って愉快そうに笑った。

「いいですか。あなたは●●●●●●と呼ばれる魔獣です。獅子に似た胴体と蠍（さそり）のような尻尾を持つ凶悪な獣。鋭い牙と爪を持ち、尾の毒針には致死性の猛毒がある。優れた身体能力を有し、高速で動いて獲物を捕食する。そして最も危険で邪悪な点は、人間の血肉を好んで食べるという特徴です」

僕は男の言葉に衝撃を受けた。

人肉を好んで食べる……。それではあのとき、リースに襲い掛かろうとしたのはこの獣の体の本能だったのか。

「理解できましたか。あなたがどういう魔獣か」

やはり僕の体は怪物のものになってしまったようだ。悔しいがこの男の説明でそれが理解できた。しかし、一方でそれはあくまで体だけが怪物だということだとも思った。僕の心までが歪んだわけではなく、獣の本能に突き動かされているだけだとすれば、やはり心はまだ人間のままだ。何より、この男に魔獣と言われて見下されるのが許せない。

「……違う！　僕は人間だ。確かに今のこの体は獣だけど元は人間だったんだ！」

「うんうん。確かにあなたは人間の言葉を話すのがとても上手い。ですが人の顔を持ち、人の言葉を話すからといって人間ではありません。神の慈悲を理解できない異端者どもが人間ではないのと同じようにね」

僕は男の言葉に寒気を感じた。

この男はやはり狂っている。僕だけでなく、リースのことも人間だと思っていないのだ。自分が信仰している宗教の教義に従っているような口ぶりだが、結局この男個人の価値観で人を選別して殺しているだけではないか。むしろこの男の考えこそ本物の怪物だ。

「さて。魔獣の自己認識など私にとってはどうでもいいことです」

男は再び真顔に戻って問いかけてきた。

「私が聞きたいのはあなたがどこから来たのか、ということ。それと他に仲間の個体がいるのか。いるならばその巣はどこかということです。せっかく人間の言葉をしゃべれるのですから答えていただきましょう」

「……さあね。リースを殺したお前に何も答えるつもりなんてない」

質問の意図はよく分からなかったが、とにかくこの男の邪魔をしてやろうと僕は皮肉な笑顔を浮かべた。

「そうですか。では」

男は急に一切の感情を消した無の表情となった。そして一瞬で僕の目の前に移動すると、無造作に何かを投げつける動作をみせた。

「っぁ！」

次の瞬間、腹に強烈な痛みが走った。見ると二本の短剣が深々と突き刺さっている。

「勘違いしないでください。これは質問ではない。審問だ。拒否権はありません」

男はいつの間にか新しい短剣を手にしており、それをちらつかせてきた。

「さあ、どこから来た？　仲間はいるのか？　巣はどこにある？」

僕は顔を背けて、じっと苦痛に耐えた。この男の脅しに屈してなるものか。

男は僕が答えないとみるとすぐさま短剣を投擲した。

再び二本の短剣が僕の腹を突き刺したが、歯を食いしばって悲鳴を呑み込む。どうせ抵抗できないなら、せめて相手の思う通りにさせないことで一矢報いたい。

「ああ、そうだ。大事なことを忘れていました。一応、あなたという魂が犯した罪の重さを確認しておかなければ。何人です？　何人の人間を食い殺した？」

「僕はっ……！　人を食べたりしない！」

看過できない問いに僕は声を荒らげた。

「これは面白いことを言う。本当に？　本当にただの一度もないというのですか？　人食いの魔獣のくせに人肉を食べたことがないと？」

男は嗜虐的な笑みを浮かべて嘲る。

「っ！　違う！　僕は食べていない！」

思わず声が震えた。

僕はこの体になってから人の肉を食べたことはない。それは絶対に間違いない。だが、人間だったときには……。

「ごらんなさい。その目。やはり嘘をついている目だ。さあ言え！　何人食べた⁉」

三度目、合計六本の短剣が僕の腹に突き立てられる。

「かはっ！」

大量の血が逆流して口からあふれ出た。さすがのこの体でも立て続けに急所である腹部を攻撃されては持たない。僕は自分の意識が徐々に薄れゆくのを感じた。

「おっと。少々やり過ぎましたか。まあ所詮魔獣の言葉など信頼に値しないですし、別途調査するとしましょう」

こいつ……！

最初から僕から情報を聞き出すつもりなんてなかったのか。ただ痛めつけたかっただけだったのか。リースもそんな風に嬲り殺されたのだとしたら益々許せない。

僕は何とか男に打撃を与えようと最後の抵抗を試みたが、やはり鎖はびくともしなかった。むしろ無理に力を入れたせいで余計に血が流れ出していく。

「このまま失血死を見届けるのも一興ですが、私もそこまで暇ではないのでね。一息に引導を渡してあげるとしましょう。これも神の慈悲ですよ」

男はそう宣告すると、腰の剣を抜き放った。

美しい刀身を持つ優美な造りの剣だ。狂気に満ちたこの男には相応しくない装備に思える。

男は剣を構えると、それを僕の頭に叩きつけようと振りかぶった。

やられる……！

そう覚悟した瞬間、男は何かに気づいたような素振りで急に身を翻し、横に跳んだ。

直後、さっきまで男がいた地点を、影を塗り固めたような黒い塊がすごい速度で通り抜けていった。

男はすばやく体勢を立て直すと、剣を構えて辺りを注意深く警戒した。

「何者です⁉」

「ほう。意外といい勘をしている。胡散臭い司祭のくせにやるじゃないか」

誰何に応えて姿を現したのはすらりとした華奢な女性だった。

僕はその姿を一目見ただけで、自分の置かれた状況を忘れて見惚れてしまいそうになった。

夜を溶かしたみたいな漆黒の髪。艶やかな薄紅色の唇。スッと整った鼻筋。胸元と腹部を大胆に露出させた黒色のイブニングドレスに包まれた白い肌。そして何よりも印象的なのが、この世の全てを射貫くかのような強い光を宿した真紅の瞳。

完璧過ぎてこの世のものではないのではないかと思えるほど、全てが整った美しい人だった。

ただ一つ欠点があるとすれば、やけに不機嫌そうな仏頂面を浮かべているということだけだ。

「気づかれないうちに終わらせるつもりだったんだがね。あまり手間をかけさせないでくれよ」

彼女は腕組みをしながらその柳眉をひそめた。その口調もなんだか気だるそうで、場末の酒場のマスターみたいだ。全くの無防備に見えるし、戦う気概を感じさせない人だが、さっきの攻撃は彼女によるものなのだろうか。

「先ほどの魔術攻撃。それにその赤い瞳……。貴様、まさか〈復讐の魔女〉か⁉」

男は僕と相対していたときの余裕っぷりはどこへやら、彼女に対しては別人のように怒りと恐れが入り混じった態度を取った。

「ご名答だ。ウルカヌス聖教の異端審問官、ヴィットーリオ・アルゼンタム司祭殿」

「なぜ私の名前を⁉　まあよい。ここで会ったが百年目！　我が同胞を手にかけたその罪、死を以て贖わせてくれる。異端審問官特別権限により現時刻をもって貴様を異端者と断定。殲滅行動に入る。拘束術式発動！」

ヴィットーリオと呼ばれた男がそう叫びながら拳を地面に打ちつけると、僕を戒めているものと同じ鎖が女性の足元から飛び出した。

危ない！

僕はそう叫ぼうとしたが、その必要はなかった。鎖は彼女に触れようとした瞬間、見えない何かに弾かれ、吹き飛んだのだ。

「何⁉」

驚くヴィットーリオの前で鎖は塵のように消滅していく。

「無駄だな。この程度の魔術では私は傷つけられん」

彼女はさっきと同じく腕を組んだまま一切動いていなかった。

「ふ、ふざけるな！　我々審問官が使う神聖術と邪悪な魔術を一緒にするな！」

ヴィットーリオは明らかに狼狽しながらも諦めず、二度三度と鎖の攻撃を繰り返したが、結果は変わらない。全ての鎖は魔女に到達する前に吹き飛ばされ、悉く消えていった。

圧倒的な力の差だ。傍から見ているだけの僕にもそのことはすぐに理解できた。

ヴィットーリオもこれ以上は無駄と判断したらしく、剣を両手で構え直した。

「これで終わりか？　ウルカヌス聖教の術は思ったほどではないな」

「黙れ、魔女！　私の神聖術が未熟なのは認めよう。だが、審問官の力は術だけではない。覚悟せよ！」

ヴィットーリオは引き絞られた矢のように魔女に向かって跳んだ。

それに対し、魔女は動かず、パチンと一度指を鳴らしただけだった。

長大な剣が容赦なく魔女に振り下ろされる――。そう思った瞬間、ヴィットーリオはピタリとその動きを止めていた。

見れば彼の右腕に黒くて長い人の腕のようなものが無数に絡みついている。その腕たちはヴィットーリオの背後の地面にできた真っ暗な穴から伸びており、そこに彼を引きずり込もうと蠢いていた。

「邪悪な魔術め！」

ヴィットーリオは何とか剣を振り抜こうともがいたが、一向に動く気配はない。逆にじりじりと穴の方へ引っ張られていく。

「どうだ？　なかなかに重いだろう？　これは亡者の怨念を呼び寄せる魔術でね。それがお前がこれまで奪った命の重みというわけだ」

「異端者共を消した人数など覚えておらぬわ！」

「そうか。ならあの世でよく思い出すといい」

怒りに任せて吠えるヴィットーリオに対し、魔女は酷薄な笑みを浮かべただけだった。

それと同時に腕の群れの力が強まる。ヴィットーリオはもはや穴に引き込まれる寸前になっていた。

「おのれ！〈復讐の魔女〉！　この屈辱忘れんぞ！」

ヴィットーリオはそう叫ぶと、懐から短剣を抜き左手に持った。そしてなんと、魔術に絡めとられている自分の右腕をスパリと切り落としてしまった。

「何？」

これにはさすがの魔女も驚いた。

ヴィットーリオはその一瞬の隙をつき、何かの玉を地面に向かって投げつける。

直後、大きな破裂音とともに大量の煙が発生し、辺りは霧が立ち込めたような状態になった。

「魔力攪乱とはやってくれる」

魔女が悪態をつきながらパンと手を打ち鳴らすと、強風が吹き、すぐに煙は霧散した。

しかし、煙が晴れたときにはヴィットーリオの姿はどこにもなく、ただ置き去りにされた右腕だけが地面の上に残されていた。

「これは一本取られたな。まあ、一応目的は果たしたからよしとするか」

魔女はヴィットーリオが右腕ごと忘れていった剣を拾い上げるとため息交じりに呟いた。

「さて。君、大丈夫かい？　災難だったな」

縛られた状態でずっと傍観していた僕に魔女が向き直った。

かなりの血が流れているせいで頭がくらくらするがまだ気を緩めることはできない。ヴィットーリオを撃退してくれたとはいえ、この女性が味方とも限らないからだ。

魔女はそんなこちらの気を知ってか知らでか、無造作に近づいてきて僕を戒めている鎖に手を触れた。

するとたちまち鎖が消え去り、僕は解放されて地面の上に落下した。

「……あの、ありがとうございます。危ないところを助けていただいて」

僕は痛みに顔をしかめながら起き上がり、ひとまず礼を言った。

明らかに人間離れした存在であるこの女性をあまり怒らせたくない。

「ふむ。別に君を助けるつもりもなかったが、結果的にそうなったわけだから礼は受け取っておこう。ところで君はなぜあの男に捕まっていたんだ？　狡猾な魔獣として知られる●●●●●●にしては随分と間抜けじゃないか」

「僕は……。これまでいろいろあって……」

何から話したらいいか分からず、僕は樫の木に磔にされたままのリースの方に視線を向けた。

彼女の亡骸を目にすると再び悲しみと悔しさがこみ上げてくる。

なぜ彼女を救えなかったのだろう。傍にいられなかったのだろう。

僕は未だに血を流し続ける腹の痛みに堪えながら奥歯を噛み締めた。

「どうした？　そこの死体を食いたいのか？　なら私に遠慮する必要はないぞ。私は別に同族が食われているからといって騒ぎ立てる性分ではない」

僕の仕草をどう解釈したのか、魔女は淡々とした口調でとんでもない言葉を放ってきた。

「ち、ちがいます！　僕はそんなことしない！　思ってすらいない！」

いくら事情を知らないとはいえ、そんな言い方は酷い。僕は思わず声を荒らげていた。

「なぜだ？　自然なことだろう。人間の肉を食うことによって魔力を得るのが君の種族の本能だ。深い傷を負った体を癒やすには、そこの肉を食うのが最善の手段だと思うが」

「僕は……！　僕は人間を食べたりしない！　そんなこと考えたくもない！　だって元々僕は人間なんだから……。ましてや彼女を。大切な人を食べたりなんて絶対にしたくありません！」

僕は確かに人の肉を口にしたことがある、罪深い存在だ。だけど、怪物の本能だからといって同じ罪を重ねていい理由はない。そのせいで自分が苦しむことになったとしてもそれを受け入れるくらいの覚悟はある。

「……ほう。人を食べたくない人食い魔獣か。しかも元は人間だった、と。なかなかに面白いことを言うな、君は」

魔女は興味深そうに何度か頷くと、人差し指を顎にあててニヤリと笑った。

「いいことを思いついたぞ。君、私の使い魔になりたまえ」

何かいたずらを思いついたときの子供みたいな表情だ。僕は嫌な予感がしたが、魔女の赤い眼に射すくめられると、なぜだか断れない気がしてしまう。

「一体何なんですか？　その使い魔って」

「使い魔とは我々魔術師に使役される存在だ。偵察やら伝言やら戦闘補助やらいろいろ役割はあるが、とにかく魔術師をサポートする。黒猫とかカラスとかネズミなんかがよく知られているな。契約を結んで主従関係になったら絶対服従となり、主が命じれば例え火の中だろうと水の中だろうと突っ込んでいかなくてはならない。まあ、要するに私の下僕ということだ」

「……その説明で僕が使い魔になりたいです、と言うと思いますか？」

「む？　何かおかしかったか？　私の下僕になれるという時点で至上の喜びだと思うがな」

魔女は心底不思議そうな様子で首をかしげた。

薄々感じてはいたことだが、彼女は常人の感性を持ち合わせてはいないようだ。

「まあ、それ以外にも君が私の使い魔になる利点はいくつもあるぞ。例えば簡単に傷をふさいでもらえる」

魔女が僕に向かってサッと手を振ると、腹に刺さっていた六本の短剣が音を立てて抜け落ち、みるみる傷口がふさがっていく。

「すごい……！」

まだ痛みは感じるが、一見すると傷など無かったと思えるくらいに綺麗になっている。

「なに。今のは表面を補修しただけだ。中身の再生はまだ時間がかかるだろう」

見たこともない力だ。この人は魔術師を名乗っているが、本当におとぎ話に出てくるような魔法使いみたいに思えてくる。

「それだけではないぞ。私は薬の調合にも自信があってな。君の躰が持つ人肉嗜好、それを抑える薬を与えてやれる」

「そんなことできるんですか⁉」

思いもよらぬ言葉に僕は勢い込んで聞き返した。

リースを襲おうとしたあの衝動はこれから一生耐え忍んでいかなければならないものだと思い込んでいた。まさか薬で抑えるという選択肢があるとは。

「無論だ。私を誰だと思っている。魔術師の中の魔術師、古の知恵を受け継ぐ〈七賢者〉の一人だぞ。それくらい造作もない」

彼女の言うことはよく分からなかったが、先ほどの一件からしても強い力を持っているということは何となく理解できる。ひょっとしたらこの人は僕が思っているよりも遥かにすごい人物なのかもしれない。

「それともう一つ。君は自分が元は人間だったと言ったな」

「はい……」

「それなら元の姿に戻す方法も見つけてやれるかもしれん。魔獣になったのも魔術が原因だろうからな」

「本当ですか⁉」

「確約はできないが可能性は高い。魔術というのは引かれ合う性質を持つ。私と共にいる方が解決策は得やすいはずだぞ」

そうだとしたら彼女の提案を断る理由はない。食人の衝動を抑えられ、人間に戻る方法を探るためなら、どんなにこき使われようとも歯を食いしばって耐えてみせる。

「……分かりました。僕をあなたの使い魔にしてください」

僕は覚悟とともに魔女に告げた。

「理解が早くて助かるよ。君の願い、確かに引き受けよう」

魔女は妖艶な笑みで応じた。

「さて、使い魔は主から名を貰わなければならない。人間だったころの名は何という?」

「レオナルド。レオナルド・ニックスです」

「よろしい。では今日から君の名はレオニスだ」

魔女がパチンと指を鳴らすと、どこからともなく銀色の輪っかが現れ、僕の首に嵌った。

「これより君を私の使い魔とし、使役し、支配することを宣言する。君の血と肉は私の手の中にあり、君の魂と運命は私と共にある」

その宣告と同時に、僕の中の見えない何かが動き出し、彼女の持つ何かと共鳴するのを感じた。それはまるで新たに生まれ変わるような奇妙で不思議な、それでいて心地よい感覚だった。

「私の名はエレーナ。魔女エレーナだ。よろしく頼むぞ、我が使い魔、レオニスよ」

魔女は新たな使い魔に向かって艶やかに微笑みかけた。

魔女エレーナの使い魔となってから五日後、僕は主の家にいた。

傍若無人な彼女のことだから、いきなり何かとんでもない命令を下されるのかと思ったが、まずは療養して刺された腹の傷を治せ、というのがエレーナの指示だった。

魔女のすみかというと暗い洞窟の中や、人里離れた森山の奥深くを想像していたが、エレーナの屋敷は開けた盆地の中にある湖のほとりに建てられていた。僕の故郷のセプテム王国、リースと出会ったウルカヌス聖教国、それとセプテムの南に位置するフランマ王国、これら三国の国境が交わる中央山脈の中腹にあたる場所だ。

屋敷は白い煉瓦に青い屋根の瀟洒な造りで、様々な植物が植えられた広大な庭を備えていた。建物の中は広々とした二階建てで、大きな書庫と居間、食堂、書斎の他、三つの来客用の部屋で構成されている。

僕はそのうちの一つを自分の部屋として与えられており、今は備え付けのベッドに横になって本を読んでいるところだった。

魔獣となった僕の腕では普通の本は開くこともできない。しかしさすがは魔女の家というべきか、ここにある本は手を触れなくても読めるよう、勝手に浮かび上がる仕組みを持っていた。しかも開いたページを全て読み終えると、それを察知して自動でページをめくってくれる機能までついている。

元々読書好きの僕にとって、この姿になっても本が読めるのはうれしい限りだが、内容は興味のある錬金術のものではなく、よく分からない魔術に関するものばかりだった。

「ふぁーあ」

僕は欠伸をかきながら読書を一時中断し、窓の外に広がるヒジュラ湖に目をやった。陽が落ちた後の湖面は真っ黒な水盤のようで、夜空に輝く黄色い満月を静かに映し出していた。

水面でたゆたう月影をぼんやりと眺めながら、今読んでいた内容を反芻してみるが一向に頭に入ってこない。ちらりとベッドの端に目をやるとうずたかく積まれた本の山が目に入り、僕は思わずため息をついた。

実は今読んでいるものも含め、この部屋にある本は全てエレーナから療養中に読むように命じられていた魔術の解説書だ。これからの使い魔としての任務で必要になるから、と言われたのだが、素人が読むにはあまりにも難解すぎる内容だった。

しかも、これまで読んだ本の記述からすると、魔術というものは僕が今まで学んできた錬金術とは対極にあるように思える。錬金術は実験を重ねることによって事象を分析し、この世界の自然法則を解き明かしていこうという学問だが、魔術は魔力という説明不能のエネルギーを使って特定の目的を為そうという技術論なのだ。錬金術の考え方に慣れ親しんできた僕にとってはより理解しづらいといっていい。

そもそも魔術などという便利な技術があれば、世界中の人が使っているはずだが、エレーナに会うまで魔術師という存在には会ったこともなかった。それがなぜなのか、ここに来るまでの間にエレーナに聞いてみたが、〝魔術素質〟を持つ限られた人間にしか魔術は使えないから、というこれまた素人には理解できない回答だった。

結局、僕の中では未だ魔術も魔術師もおとぎ話の中の存在であるため、本を読んでいてもなかなか頭に入ってこないのだ。それでも主の言いつけである以上は何とか読み進めるしかない。

それを命じたエレーナはというと、初日に本を受け取ったきり一度も会っていない。物音からして家の中にいるのは確かだが、全く姿を見せずひたすら何かの作業をしているらしかった。

リースとは全然違うな……。

比べるものではないし、比べてどうなるものでもないと分かりながら、僕はそう思わずにはいられなかった。

怪我の療養中、リースは甲斐甲斐しく世話を焼いてくれただけでなく、話し相手になってくれた。あの時の彼女の手厚い看護があったから僕は自分を取り戻せた気がする。そんな彼女があんな目に遭うなんて。思い出すだけで胸が締め付けられるような気持ちになる。

あの後、リースの遺体はエレーナの手を借りて丁重に埋葬した。場所は彼女が大切にしていた樫の木の根元にした。家も燃えてしまっていたから一緒に埋葬するものも墓標も用意できなかったが、その代わりに僕はあのヴィットーリオという男を倒し、リースのような犠牲者をこれ以上増やさないことを墓前に誓った。

エレーナもそれを聞いて、ヴィットーリオとはいずれ再戦することになるだろうと言ってくれた。それまでに僕を鍛え上げるとも。だからこの少々辛い読書もきっと自分の糧になるのだろう。そう思えば乗り越えられる気がする。

僕は再び本のページに目を落として読書を再開した。

しかし、廊下に響いた靴音とそれに続く扉の開閉音によって、僕の集中はすぐに破られることになった。

「調子はどうだ？　レオニス」

部屋に入ってきたのは主のエレーナだった。

初めて会った時と同じ黒いイブニングドレスを身に纏い、燃えるような真紅の瞳でこちらを見つめている。

「……だいぶよくなりました」

僕は思わず息を呑みながら答えた。

本人にとっては何気ない仕草なのだろうが、目線を向けられるだけで萎縮してしまうような特別な雰囲気がこの人にはある。おかげで読書の辛さや放置されていたことに対する小さな不平は一瞬で頭から吹き飛んだ。

「どうした？　私の美貌が完璧過ぎて目を合わせられないのか？」

エレーナはさも当然というように唇の端を吊り上げた。

「……そんなところです」

正直それだけでもハッとさせられるほど艶やかな笑みだが、素直に認めるのもなんだか情けない気がして僕は曖昧に答えた。

「まあそれは当然として」

エレーナは近くの椅子を引き寄せて腰かけると、優雅に脚を組んだ。

「今日は君にいい報せと悪い報せを一つずつ持ってきたぞ。さて、どちらから聞きたい？」

「では……いい報せの方から」

「うむ、よかろう。いい報せというのは薬のことだ。君の魔獣としての人肉嗜好を抑える薬が無事できあがった」

「本当ですか⁉」

待ち望んでいた報せに僕は勢いこんで聞き返した。

あれから僕の中で人を襲おうとする本能が目覚めたことはなかったが、いつまたあんな恐ろしい衝動に駆られたら、と思うと何をするのにも落ち着かない気分だった。薬さえあればその不安が解消されるだろうと考えていたが、まさかこんなに早く用意してもらえるとは。

「無論だ。私を誰だと思っている。ほら」

エレーナがパチンと指を鳴らすと、次の瞬間には彼女の手の中に深緑色の液体が入った小瓶が現れた。

「一度この瓶を飲み切れば一か月の間は人肉嗜好を完全に抑えることができる。ただし、一月が過ぎれば薬の効果は途端に切れ、反動で強烈な人肉食の欲求に襲われることになるだろう。だから必ず効果が切れる前に新しい薬を飲むように。今日は満月だから、毎月満月の前までに飲むと覚えておきたまえ。分かったかな?」

エレーナの説明に僕はごくりと息を呑んだ。

もし人前で薬が切れるようなことになったら一巻の終わりだ。きっと僕は食人衝動を抑えきれない。

「分かりました。肝に銘じておきます」

「よろしい。私としても自分の使い魔が誰彼構わず人を襲って肉を食らうという事態になるのはさすがに心が痛むからね」

エレーナは冗談とも本気ともつかないような口調で言うと妖しげな笑みを浮かべた。

「さて、では早速飲みたまえ。効果は早いに越したことはない」

僕はエレーナが差し出した開栓済の小瓶を顎で咥えて受け取った。

人間なら手で持てばいいだけの話だが、獣の前脚ではこういった簡単な道具も扱えない。

「くいっと一気にいった方がいいぞ」

彼女の助言に従い、僕は瓶を逆さにして一息に薬を飲み干した。

次の瞬間、強烈な臭いと味が鼻と喉を通り抜けていった。

ま、不味い……！

この世のものとは思えないほど酷い味だ。まるで草の青臭さを極限まで煮詰めたものに泥の塊を混ぜたような液体だった。あまりの不味さに涙すら出てくる。

「ハハハハハ！　いやレオニス、君は実にいい反応をするなぁ」

エレーナはというと、そんな僕の様子を見て愉快そうに笑い転げていた。

「言い忘れていたがその薬の味は最悪だぞ。私も味見してみたわけではないがね。臭いが酷すぎてそんな気も起きなかったよ。だがまあ、効き目は全く問題ない。良薬は口に苦しというやつだ。諦めて慣れることだな」

これから一か月置きにこの辛さを味わうことになるかと思うと気が滅入るが、それに耐えるだけの効果はあるはずだ。エレーナの言う通り、慣れていくしかない。敢えて事前に味を伝えなかったことからは悪意しか感じないが……。

「さて、それじゃあ悪い方の報せについて話そうか」

エレーナはスッと真顔に戻って話し始めた。

「いろいろと書物を漁った結果、君がその姿になった原因となる魔術の正体が判明した」

「え？　それっていい報せじゃないですか？」

僕は彼女の意図が読めず思わず聞き返した。原因が分かれば対応策や解決策を打ち出せるのではないだろうか。

「判明したということそれ自体は良いことだ。だが、その原因が問題なんだ」

エレーナは渋い顔で告げた。

「レオニス、君にかけられた魔術は〈魔獣化の呪い〉というものだった」

「〈魔獣化の呪い〉……」

聞き覚えのない魔術だ。ここ数日何冊かの本を読んだがそのどこにもそんな魔術については記されていなかった。

「ああ。極めて古い魔術でね。その名の通り、人間を何らかの魔獣に変えてしまうというなかなかに悪趣味なものだ。厄介なことに一度かけられるとあらゆる魔術、魔法薬を用いても解呪することができない」

「そんな……」

僕は目の前が真っ暗になった。

エレーナなら。何でも簡単に成し遂げてしまう彼女なら、いつか僕を人間の姿に戻す手段を見つけてくれると勝手に期待していた。しかし、そんなに簡単な話があるわけがない。結局、僕は一生この姿のまま生き続けなければいけないのか。

「落ち着きたまえ、レオニス。あらゆるものには例外がある。この呪いもそうだ。魔術も魔法薬も効かないが、一つだけ呪いを解く方法がある」

エレーナは安心させるように僕の毛むくじゃらの腕に優しく触れた。

「その方法って……?」

「単純なことだよ。呪いをかけた相手を殺せばいい。君自身の手でな」

彼女はさも当然のことのようにあっさりとそう言った。

「こ、殺すって……。そんな……」

僕はその言葉に慄いた。

誰かを殺す。そんなことは今までの人生で一度たりとも考えたことがなかった。思いつくことさえなかった。僕はただ元の体に戻りたいだけなのに。そのために他人の命を奪わなければいけないのか。

「そう尻込み(しりご)することもないだろう。なんせ殺す相手は君を魔獣に変えた張本人なんだからな。君もこの前はあのドルイドの女の仇を取ると息巻いていたじゃないか。それと同じだと思えばいい」

「それとこれとは……」

ヴィットーリオを倒すことと、呪いをかけた相手を殺すことは決して同義ではない。少なくとも僕の中ではそうだ。だってあの司祭は悪人じゃないか。リースを殺し、他の罪の無い人間も殺すに違いない。だから彼を殺すことで誰かを救うことができるはずだ。

しかし、呪いを解くために相手を殺すのは僕自身のためでしかない。どんな人間かは分からないが、僕の個人的な恨みで人の命を奪うというのは許されないことではないのか。

「まあもっとも、今回の場合はそもそも殺すべき相手の顔も居場所も特定できないというのが問題なんだがね。悪い報せというのはそのことさ」

「特定できない？」

「ああ。さっきも言った通り〈魔獣化の呪い〉は古い魔術だ。太古の昔に生み出され、今や忘れ去られた魔術のうちの一つ。そんなものを使える魔術師は限られている。おそらく〈七賢者〉とその直弟子くらいだろう」

「〈七賢者〉……。そういえばこの前エレーナさんもその〈七賢者〉の一人だって言っていましたよね？　それなら連絡が取れたりしないんですか？」

「……確かに私も〈七賢者〉の一人だがね」

エレーナは露骨に顔をしかめた。

「他の六人は人里離れたところに引きこもっている偏屈者どもで、私は奴らとは馬が合わない。奴らは私と関わり合いになりたくないだろうし、私の方も奴らと関わるつもりはないよ」

〈七賢者〉というから何かのつながりがあるのかと思っていたのだが、どうやらそうではないらしい。とにかく分かったのはエレーナが他の賢者とは疎遠だということだけだ。

「まあそんなわけで現時点では犯人を特定できそうにない。付け加えていうなら賢者どもは市井の人間に興味を持つということなどないはずだから、君に呪いをかける動機も思いつかないな。あり得るとしたらその弟子が暴走したといったところか」

「……いずれにしても手がかりがないってことですね」

　僕がその相手を殺せるのかどうかは置いておいたとしても、まずは誰が呪いをかけたのかを探すところから始めなければならないようだ。

「確かにその通りだがね。前にも言った通り、魔術というのは引かれ合う性質を持つ。君が魔術に関わり続けていれば、いつか必ず呪いをかけた相手が目の前に現れるだろう」

　エレーナは軽く手を組み、真紅の瞳を煌めかせながら告げた。その様はまるで預言者の宣託のようで、僕は内心戦慄（せんりつ）を覚えるとともに落ち着きを取り戻した。

　今は食人衝動を抑えられているだけで十分だ。エレーナの言う通り焦（あせ）らず時が来るのを待とう。そしてその時までに自分がどんな選択をすべきなのか、結論を出さなければいけない。

「さて。君はその日のために強くなっておく必要がある。知力、洞察力、戦闘能力。いずれにしても経験を積むことが第一だ。傷も癒えたようだし、そろそろ私の仕事に付き合ってもらうとしようか」

「はい。喜んで。でも一体どんな仕事なんですか？」

僕の問いに彼女は再び艶やかな笑みを浮かべて答えた。

「私が何と呼ばれているか知っているだろう？　〈復讐の魔女〉だよ」

翌朝、僕はエレーナに連れられ、屋敷の近くにあるヒジュラ湖の岸辺に向かって歩いていた。

「レオニス、昨日言った通り、君には今日から私の仕事を手伝ってもらう。仕事中は必ず私の指示に従うように」

「はい。わかりました」

「まあ、仕事中にかかわらず私の命令に背けば、その首輪が君の喉を締め付けることになるから従わざるを得ないだろうがね」

エレーナは僕の首に嵌められている銀の輪っかを指して愉快そうに笑った。

まさかこの首輪にそんな機能が隠されていたなんて。契約する際に彼女が言った下僕という言葉はその通りの意味だったようだ。命令に背けば殺されるのなら絶対服従せざるを得ない。

別に今のところエレーナに抗おうという気もないからまだいいが、まるで命を握られているような感覚に僕は今さらながらうすら寒さを覚えた。

「さて。まずは目的地に移動するとしよう。今日はこれを使う」

岸辺に着くとエレーナはそう言って湖に浮かぶボートを指さした。

人が二、三人乗るのがやっとくらいの小さな木製の舟だ。どこにでもあるありふれた造りに見えるが、なぜかオールがない。これにも何かの魔術がかけられているのだろうか。

エレーナは無造作に船首の方に乗り込むと、僕にも乗船を促した。

「どうした？　早く乗りたまえ」

僕は一瞬、何もかも忘れて逃げ出したい衝動に駆られた。

舟が恐いのだ。

いや、正確には舟に乗ることが恐いというべきか。この水に浮かぶ木製の塊を見るとどうしてもあの事件のことを思い出してしまう。壮絶な漂流の日々と自分が犯した罪のことを。

ここは湖であって大海原の真っ只中ではないし、遭難しているわけではない。頭ではそのことは理解できているのだが、再びあの狭い棺桶のような空間に乗ると思うと足が震え、体中から冷や汗が噴き出してくる。

僕は舟に乗り込むべく足に力を込めたが、理性に反して体が動かない。いざ飛び乗ろうとすると本能がそれを拒もうとしているかのようだ。

「レオニス、舟に乗れ」

そんな僕の様子を冷静に見つめていたエレーナは冷たく赤い瞳をこちらに向けて静かにそう告げた。

するとと僕の首輪がぎしりと音を立てた。そしてゆっくりと縮み、僕の気道を圧迫しはじめた。

「っ！」

息が詰まる。さっき言われた通りだ。主の命令に逆らえば死あるのみ。

しかし、こんなところで死ぬというのか。こんな下らない理由で。それは許されない。彼らのためにも僕の命はそんな簡単に失われていいものではない。

そう思った瞬間、理性に抗っていた本能は立ち消えた。足は力を取り戻し、すぐさま舟に向かって跳躍した。

「行くぞ」

エレーナは僕の獣の巨体が舟に収まるのを見届けると、舳先をノックするようにコンコンと叩いた。

すると舟は湖面を滑るように静かに進み始めた。

それと同時に急に周りに霧が立ち込めてきた。霧はみるみる舟を包み込み、あっという間に一寸先も見通せないほど視界が白い靄に覆われてしまった。

僕が乱れた呼吸を整えながらその様子に驚いていると、すぐにエレーナが説明してくれた。

「これは私の持つ移動手段の一つでね。〈霧行船〉という。自ら霧を生み出し、その中を進んでいく。霧と霧をつなぐ能力を持ち、別の霧から出ることによって長距離を短時間で移動することができる。水辺の近くの目的地に向かう時には重宝する道具だよ。さて、レオニス」

濃い霧の中、一対の赤い光がこちらに向かって鋭い輝きを放った。

「先ほどの行動の理由を教えてもらおうか。私は君の主として把握しておく必要がある」

あの事件の詳細は誰にも話したことがない。あまりにも苦しくて恥ずかしく、後悔にまみれた記憶だから自分の口で語ることが恐ろしかったのだ。取り調べや裁判では淡々と事実だけを述べてきた。

だが、きっとエレーナの前では取り繕うことはできないだろう。だから僕はありのまま全てを伝える決心をした。

「お話しします。僕の過去を」

そうして僕はあの繰り返し夢に見るおぞましい体験を語り始めた。


話は昨年の秋まで遡る。

その時の僕は大海原のど真ん中で小さなボートに乗って黙々とオールを漕いでいた。遭難したのだ。

生まれ故郷であるヒエムスの街を発ったとき、僕は大きな帆船に乗り込み、大陸南西部のガリレイ王国を目指していた。難関といわれる名門校、王立学院の試験に合格し、晴れて入学が認められたからだ。王立学院は出身や身分を問わず大陸中から生徒を集めており、入学試験がとても難しい代わりに、それさえ突破すれば学費と寮費の全てが無償になるという庶民にも優しい学院として知られていた。

僕はそこで錬金術を学ぶはずだった。

錬金術は実験を重ねることによって事象を分析し、この世界の自然法則を解き明かしていこうという学問だが、その結果として銅や鉄などの卑金属を金へと変成させることを究極の目的としている。まだ金の錬成に成功した例は報告されていないが、仮にその技術を確立させれば膨大な利益(りえき)を獲得できるため、各国はこぞって錬金術師をお抱えにしていた。

僕も無事錬金術を修めて故郷へ帰れば軽くひと財産を築けるだろう。そうすれば自分を育ててくれた孤児院や、そこに暮らす仲間たちに良い暮らしをさせてあげられる。そんな希望を持って船に乗り込んだ。

だが出航してから五日後、洋上で嵐(あらし)に遭い、その希望は打ち砕かれた。

強い風と雷に襲われて船は呆気(あっけ)なく沈み、僕はたまたま乗り合わせていた王立学院の新入生二人と一緒に救命艇に乗って命からがら逃げのびた。嵐を何とか切り抜けた僕らはぎらつく太陽の下でオールを漕ぎ続けたが、陸地はおろか小さな島影一つすら発見できなかった。救助してくれる船は一向に通りかからず、大海原をさまよう日々が続いていた。

そんな絶望的な状況の中でも、独りではないことが唯一の救いだった。

僕と一緒に漂流することになった彼らの名はバルトロメオとアントニオ。

バルトロメオは青色の瞳とアッシュブロンドの髪が特徴的な穏やかな表情の少年だった。僕は帆船の船内で彼と出会い、専攻も同じ錬金術という偶然も重なり、すぐに意気投合した。彼は中流階級の出身で、子供の頃から両親にたくさん本を与えられて育ってきたという。そのせいかたびたび本の知識を引用して話すことがあった。僕も本は大好きだったが、孤児院は常にお金がなかったから、たまに寄付されるぼろぼろの本を何度も読み返すくらいしかできなかった。だから本に困らないバルトロメオの境遇は素直に羨ましいと感じていた。

アントニオは長い金髪に真っ白な肌のひょろりとした少年だった。裕福な上流階級の出身のせいか、船内にいたときは何かにつけて取り巻きと共に自慢話を披露してくるので、僕は少々疎ましく思っていた。それでも、こうして一緒に遭難するうちに仲間意識が芽生えてきて、今は彼が一緒にいることを心強く感じていた。

嵐を抜けて一週間がたった今、目下の課題は食料難だった。

救命艇にはあらかじめこういった緊急事態を想定して、少量ではあるが保存食や水が積まれていた。僕らはそれをできる限り温存しながら少しずつ食いつないでいったが、五日が過ぎたときには全て尽きてしまった。そして今やまる二日飲まず食わずの状態で、徐々に衰弱していっていた。

「喉がからからだ……。もういっそ海水を飲んだ方がいいんじゃないか」

アントニオは陽光にさらされ続けてガサガサになった唇で力なく呟いた。

「……死にたいなら止めはしないよ」

それに答えたのはバルトロメオだ。彼も飢えと疲労で弱ってはいたが、まだしっかりと目に輝きを宿していた。

「海水は真水と違って塩がたくさん含まれている。脱水症状を起こしているときに飲めば命取りになるんだ。水は雨が降るのを待つしかない」

おそらく本で得た知識なのだろう。誰もサバイバル技術がない中ではバルトロメオの知識だけが頼みの綱だった。

アントニオもそのことをよくわかっているようで、特段反論せずに話題を変えた。

「……腹も減ったな。何か食料が入った樽でも流れてくればいいのに……」

僕も口には出さなかったが同じ気持ちだった。今となってはまずいと思っていた船内食が懐かしい。もはやかびが生えていても何でもいいからパンや干し肉を食べたいと心底願った。

「あぁっ⁉」

その時、アントニオが突然叫び声をあげた。

「魚だ！」

その言葉に僕とバルトロメオは跳ね起きて彼の指さす方を見た。

確かに海面に赤みがかった平たい形の魚が見える。

「エイだね」

バルトロメオの言う通りそれはエイという魚だった。故郷では食用で売られているから僕も知っていた。

エイはすでに死んでいるようで、ぷかぷかと海の表面に浮かんでいた。

これなら獲れるかもしれない。

僕らはこの発見に浮足立った。この数日の間に魚は何度も目にしていたが、釣り具なしでは海中を素早く動く彼らを捕まえられず、食料にすることを諦めていたのだ。だが、あの死んでいるエイならさすがに大丈夫だろう。

慎重にボートを近づけてエイに接近し、最も手先が器用なアントニオが先端を輪っか状にした縄を投げた。縄は見事にエイに引っかかり、釣り上げることに成功した。

「やった！」

皆、手を叩いて喜んだ。久々の食料を確保したことですっかり浮かれていたのだ。そのせいで海の生き物が持つ危険性について考えるのを怠った。

「痛っ！」

エイを摑んでいたアントニオが悲鳴を上げたのは、それを引き上げてすぐのことだった。

「どうした、アントニオ⁉」

「刺されたっ……！」

見るとアントニオの手は真っ赤に腫れあがっていた。

引き上げた時は気づかなかったが、よく見るとエイの尾の部分には棘がついていた。アントニオはエイを摑んでいる間に誤ってそれに触れてしまったらしい。

思わぬアクシデントに僕らは意気消沈しかけたが、アントニオは大丈夫だと言って笑った。

エイはバルトロメオが持っていたナイフで捌かれ、すぐに僕らの胃の中に収まった。

その日の夜は僕もよく眠れた。わずかだが食料を口にしたことで、明日にも船が通りかかって救出してもらえるのではないかと楽観的な気持ちになっていた。しかし、明け方に響いたバルトロメオの叫び声ですぐにその希望は砕かれた。

「まずい！　アントニオが……」

バルトロメオの掠れた声から僕はすぐに事態の切迫を悟った。

仰向けに寝かされたアントニオは酷く浅い呼吸を繰り返していた。顔は土気色になり、手足は微かに痙攣している。一目で重篤だとわかる状態だった。

「もしかしたらエイの棘に毒が入っていたのかもしれない」

バルトロメオは今や紫色に腫れあがったアントニオの手を指し、沈痛な面持ちで告げた。

「どうすれば……。どうすればアントニオを助けられる⁉」

僕は初めて人の死を目の前にして半狂乱になりバルトロメオに泣きついた。

「ぼくにだって……わからないよ」

バルトロメオは泣き出しそうな声を出して顔を背けた。

当たり前のことだが彼は僕より少し知識があるだけで普通の少年だ。医者でも何でもない彼がこんな洋上の真ん中でできることなどあるはずがない。それでも、僕らの中で一番頼りになるバルトロメオが諦めのような言葉を口にしたことで、もはやアントニオの死が宣告されたかのように思えた。

「死にたくない……。死にたくない……」

アントニオは徐々に弱っていく呼吸の中で、うなされたように何度も繰り返した。

「大丈夫だ。大丈夫だよ、アントニオ。もうかなり陸地に近づいた。もうすぐにでもどこかの船が見つけてくれる。だからそれまでの辛抱だよ」

僕とバルトロメオはそう繰り返し呼びかけながら必死にオールを漕いだが、一つの船影も見つけることはできなかった。

「……君たち、一つ頼みがある」

発作が始まってから数時間後、朝日が水平線に顔を出した頃にアントニオが呟いた。その声はあまりに掠れすぎていて聞き取るのがやっとなほどだった。

「なんだい？」

僕らはオールを漕ぐ手を止めてアントニオに向き合った。

彼の真っ白な顔を見れば、もう長くは持たないのは明白だった。

「父上と母上に伝えてほしい……。愛していた、と。こんなことになってすまない、と。だから……君たちはどうにか生き延びてほしい。生き延びて、俺がどう生きて、死んだのか伝えてくれ……。頼む……」

その言葉を最期にアントニオはこと切れた。

漂流し始めてから十一日が経った。

アントニオの死で僕は消沈し、バルトロメオともほとんど口を聞かず、黙々とオールを漕いでいた。

新しい食料は一向に手に入らず、陸地も見えてこない。もう限界だ。

こんな風に一人ずつ仲間が死んでいくのを見送りながら、飢えて朽ちていくくらいなら、いっそあのまま嵐の中で沈没した方がましだったのではないかとさえ思えてくる。

いや、今からでも遅くないかもしれない。ナイフで心臓を一突きしてしまえばもうこれ以上苦しむことはない。もう渇きを覚えることも、飢えることもない。その方がずっと楽ではないか。

僕がそう思ってボートの真ん中に置かれているナイフを見やった時、突然バルトロメオが漕ぐ手を止めて話しかけてきた。

「レオナルド、ずっと考えていたことがあるんだ」

僕は今しがた頭をよぎっていた考えを悟られないよう、ナイフから目をそらしてバルトロメオの青い瞳を見つめた。

バルトロメオの表情は今まで見た彼のどんな表情よりも真剣で深刻だった。

それに気圧されて僕も思わず固唾を呑んだ。

「……一体、なんだいそれは？」

「食料のことだよ」

バルトロメオはそう言って船尾の方に視線を投げた。

そこにはアントニオの遺体があった。ボートの上で空気にさらし続けるよりも、水中の方が腐敗の進行を抑えられるというバルトロメオの意見に従い、彼の遺体はボートの船尾に縄で括りつけることにしていたのだ。

僕は彼が何を言わんとしているかを察し、金槌で頭を殴られたような衝撃を受けた。

「バ、バルトロメオ……。君はまさか……」

その先は恐ろしくて口にできなかった。

「そうだよ。アントニオの遺体を食べるんだ」

バルトロメオは静かに、しかしはっきりとそう言い切った。

「そんな……」

僕はあまりのことに言葉を失った。

それは身の毛もよだつ恐ろしい考えだったが、僕だってそのことに全く思い至らなかったわけではない。飢えに喘ぐ中で何度かその発想が頭の片隅によぎることはあった。それでも。それでも、その度に理性と倫理観が立ちはだかり、そんなことをしてはいけない、考えるべきですらないと自分を固く戒めてきた。

だって、それは人間がすべきことではない。それは誰に教えられなくても本能で理解している忌むべき行為。人が人である限りは犯すべからざる禁忌だ。まさに悪魔の所業、許されざるべき悪徳だ。そんな魂を穢すようなことをしてまで生き延びなければならないのか。

「そんなことできないよ……。やってはいけないことなんだよ……」

僕は掠れる声で何とか反論したが、バルトロメオは全く動じず、僕の両肩を摑んで顔を近づけ、強い口調で語り掛けてきた。

「もちろん本来すべきことではないし、ぼくだってやりたくはないよ。でももう他に生き残る手段はない。アントニオだって言っていたじゃないか。自分の代わりに生き延びて最期の言葉を伝えてくれと。それを果たすためにもぼくらは死ぬわけにはいかない」

「でも……」

そのためにアントニオの遺体を辱めるようなことをしてもいいというのか。

「大丈夫。昔本で読んだことがあるんだ。こういった緊急事態時の行為は特別な減刑や酌量が為されるって。場合によっては罪に問われないこともあるそうだ」

罪に問われないから、罰を受けないならやってもいいというのか。

「僕は……」

「レオナルド、ぼくらは錬金術師の卵だろう」

バルトロメオは目に異様な輝きを宿らせながらたたみかけてきた。

「君だって知っているはずだ。人間の体は神によって作られた特別なものなんかじゃないってことを。突き詰めて分解していけば、人間も牛や豚や他の動物と同じで、全て等しく元素へと還元される。だとしたら牛や豚の肉を食べることと、人間の肉を食べることは錬金術の観点からいえば大きな差はないはずだ。ぼくらが感じている忌避感は、倫理観や宗教観という曖昧とした考えによって刷り込まれているだけのものなんだよ。

だから、これも実験の一環だと思えばいいんだ。牛や豚と人間が同じ元素で構成されていることを食の観点から証明するための実証実験さ」

バルトロメオの言っていることは全くの支離滅裂というわけではなかった。彼ほど博識ではないが、僕にも錬金術の基礎知識はある。彼の言う通り、肉として見れば人間と他の動物に差異はない。ただそれでも、そんな論理的に結論を出せることではないはずだ。少なくとも僕にとっては無理だった。

「バルトロメオ、僕は……」

僕が言いよどむのを見て、バルトロメオは目をそらした。

「いや、ごめん。君の言いたいこともわかる。簡単に割り切れることじゃないって。だけどぼくは生き残る方法があるなら、試さずにはいられない。それがどんなに倫理に反していてもね。でも無理強いはしないよ。君が嫌だというならぼく独りでやる」

そう言ったバルトロメオの顔は酷く寂し気だった。それによく見れば手も細かく震えていた。

そうか。

僕はようやく気づいた。バルトロメオはもう十分に葛藤して葛藤して苦しみ抜いた後なんだということに。その上で苦渋の結論を下したのだろう。そして僕に否定される恐れを抱きながらも、僕と共に生き残るために必死に説得してくれたのだ。

そのことに気づいてしまったら、倫理と正義を振りかざして冷たく彼を突き放すような真似はできなかった。バルトロメオは友人だ。ここまで一緒に生き抜いてきた大切な仲間だ。人の肉を食べることが罪だとするなら、それを彼一人に背負わせるわけにはいかない。僕も同じ重みを背負って、共に生き、その上で共に償えばいい。

「わかったよ……。僕も一緒にやる。だから何としても二人で生き残ろう」

こうして僕は決断を下し、人の肉を食べたのだった。


「バルトロメオ！　バルトロメオ！」

僕はぐったりとして意識を失いかけているバルトロメオに必死に呼びかけていた。

既に漂流し始めてから三〇日近くが経過していた。その間、僕とバルトロメオはアントニオの遺体を口にし、何とか飢えを耐え凌いできたが、未だ他の船も陸地も見つけられずにいた。

過酷な状況に僕も激しく衰弱しきっていたが、バルトロメオはもっと酷かった。数日前からは頻繁に咳(せき)をするようになり、寝込むことが多くなっていた。そして今朝(けさ)、僕が目を覚ますと口から血を流しながら倒れていたのだった。

「しっかりするんだ！　バルトロメオ！」

僕はバルトロメオを抱き起こし、なんとか元気づけようとしたが、腕越しに伝わってくる彼の呼吸が徐々に弱くなっているのを感じていた。医学の心得がない僕には全く分からなかったがきっと何かの病に冒されているのだろう。しかしこの状況ではたとえどんな知識があっても治療は不可能だ。結局、今すぐ他の船に見つけてもらうという奇跡にすがるしか彼を救う方法はなかった。

「ぼくは……もうだめみたいだ……」

バルトロメオは意識が朦朧とした様子で、うわごとのように呟いた。

「そんなことないさ！　今に船が僕らを見つけてくれる。だから、諦めちゃだめた！　一緒に生き残るって決めただろう！」

僕は自分の目から涙が溢れ出すのを感じながら、嗚咽まじりに叫んだ。

「そう……だね。レオナルド、君と一緒に……生き残って……。一緒に錬金術を学べたら……きっと楽しかっただろうな……」

「できるさ。一緒に行こう。王立学院へ。だから……」

「レオナルド」

バルトロメオは口から血を吐き、激しく咳き込みながらも強い力で僕の手を掴んで言った。

「頼む……。君だけでも生きてくれ。一緒に罪を背負うって言ってくれたのに、君だけを残してしまうことになって、本当にすまない……。だけど君まで死んでしまったらぼくもアントニオも浮かばれない。だから何としても生きて、生きて、生き抜いてくれ。……ぼくの肉を食べてでも生き残ってくれ」

バルトロメオは病人とは思えないほど力強い眼差(まなざ)しで僕を見つめた。

「バルトロメオ……。できないよ……」

僕はバルトロメオの胸にすがりながら泣きじゃくった。

バルトロメオが死んでしまうことが悲しいのか、彼の肉を食べてでも生き残らなければいけないことが辛いのか、自分でも分からないままただ泣いた。

「大丈夫……。錬金術師らしくないことを言うけど、ぼくが死んでもぼくの魂がきっと君を見守るよ。君が食べたぼくの肉が分解され、君の中で再構成される。そうしてぼくの魂は生き続ける。だから君は一人じゃないよ」

「バルトロメオ……!」

腕の中でいよいよバルトロメオが逝(い)こうとしていることを感じ、僕は強く彼を抱きしめた。

「頼んだよ、レオナルド。僕の肉を食べて、生き残ってくれ……! それがぼくの友人としての最期の望みだ……」

そう言うとバルトロメオは静かに目を閉じ、疲れたように息を吐き出した。そして二度と動

かなくなった。

　僕は徐々に冷たくなっていく友の体を抱きながらわんわんと泣いた。涙が枯れるまで泣き続けた。

　その日の夕刻。沈みゆく太陽に照らされながら、僕は友人だった男の肉を口にしたのだった。


　僕が過去を話す間、エレーナは身じろぎもせず聞き入っていた。そして聞き終えると深い嘆息を漏らした。

「……なるほどな。いろいろ合点がいったよ。まさか人間だったときの君が噂の食人事件の当事者だったとはね」

「僕のことをご存じだったんですか？」

　意外な感想にこちらも驚いた。全く住む世界が違うであろうエレーナがあの事件のことを知っているとは。

「少し前に仕事でヒエムスを訪れていてね。そのときに聞いたのさ。事件から随分日が経っているというのに未だに新聞に取り上げられていたよ。孤児の少年が軍の重鎮の息子を食い殺した、とね。君から真相を聞いた後で思い返すとなかなかに酷い書かれようだったな」

「そうだったんですか……」

　あの事件が新聞で取り沙汰されていたことは知っていたが、僕自身は逮捕拘束されていたから詳しい内容までは知らなかった。周りの反応からかなり厳しい扱いを受けているのだろうと覚悟はしていたが、まさか事実無根な話まで出回っているとは。アンナやカルロが身内と見なされて迫害されていなければいいのだが……。

「それと君がなぜその人食い魔獣の姿になったのか、という理由も理解できた」

「それは〈魔獣化の呪い〉という魔術が原因という話でしたよね？」

「ああ。それは間違いない。〈魔獣化の呪い〉は人間を●●●●●に変える呪いではない。何らかの魔獣に変える呪いだ。その魔獣が何かは対象者の深層心理に依存している。〈魔獣化の呪い〉は対象にされた者が最も忌避する性質を備えた魔獣へと変身させる魔術なんだよ」

「最も忌避する性質……。それじゃあ……」

「そう。君は過去の心的外傷から再び人の肉を食べることを恐れている。だから人肉を好んで食べるという性質を持つ魔獣、●●●●●になったんだ」

　悪夢のような魔術だ。魔獣に変えられるだけではなく、自分が最も恐れていることを無理やりさせられるなんて。それは死ぬよりも辛い責め苦ではないか。

「なんで……。そんなの酷すぎますよ……」

「〈魔獣化の呪い〉は元々、法が整備されていなかった古代に刑罰として執行されていたものだからね。性質（たち）が悪い話だが、相手が苦しむことを意図して作られた魔術なのさ。まあ、君の場合は幸運にもこの私の下僕になれたおかげで、その食人嗜好を回避できているわけだから問題ないだろう」

エレーナはそう言って得意げにニヤリと笑った。

「そう、ですね……。ありがとうございます」

確かに彼女の言う通り僕は恵まれている。同じ術をかけられた人がどれくらいいるのか分からないがその中では最も幸運だろう。そもそもこの呪いをかけられること自体が不幸以外の何者でもないわけだが……。

「そういえば、エレーナさん。さっき、僕のことをなんて言いましたか?」

「ん? ああ。●●●●●●のことかね?」

「その言葉です。何かくぐもったような音でよく聞き取れないんですが……」

「なるほど。君にはそう聞こえているのか。それも〈魔獣化の呪い〉の影響だな。この呪いは対象者を魔獣に変えて最も忌避する行為を強要したいわけだが、君のように拒む者を追い詰めるために、自らの正体をわからなくさせているのだろう。といってもこれは副次的な影響だろうから、一度食人行為を受け入れればその効果だけは解除できそうだがね」

「……そんなこと絶対にしたくありません」

「まあ、いずれにしても呪いをかけた相手を探して殺せば万事解決だな。その相手の魔術師だが、もしかしたら君に遺体を食べられた子供の親から依頼を受けたのかもしれないな」

確かにその可能性はあり得る。法廷でも傍聴席から多くの憎しみの感情をぶつけられた。その中の一人が魔術師に呪いをかけることを依頼していたのかもしれない。

呪いをかけられたこと自体は許容できるものではないが、僕が犯した罪が重いことも間違いない。他ならぬ僕自身がそう感じている。だから依頼をしたのが遺族だったなら簡単に憎むことはできない。それを受けただけの魔術師だってそうだ。果たして僕は本当にこの手で呪いを解くことができるのだろうか……。

「まあそんなことで恨むというのは私には理解できんがね。そもそも人間の肉体は死ねば魂が抜け、土に還るものだ。魚のエサになるのも人が食べるのも本質的には何も変わらない」

淡々としたエレーナの言葉は自分の信条なのか、僕の心情を慮ってのことなのか。どちらかは分からなかったが、いずれにしても少しだけ心が軽くなった気がした。

「さて。話を戻すが、君が先ほど舟に乗るのを拒んだのはやはりその事件が原因ということかな」

「はい……。どうにもあの時の記憶を思い出して体が震えてしまうというか……」

「それは悪かったな。しかしこの〈霧行船〉に乗るのはままあることだ。君には慣れてもらう必要があるな」

「その……。差し出がましい話なんですけど、エレーナさんは瞬間移動みたいな魔術を使えますよね？　それで移動することはできないんですか？」

リースと共に過ごした森からエレーナの家まで移動する際、彼女は僕を抱えながら瞬間移動を繰り返し、ものの数分で目的地まで到達してみせた。そんな便利な魔術が使えるならそもそもこの舟を使う必要がないのではないか。主に意見するのはおこがましいとわかりつつ、僕は思わず尋ねてしまった。

「……いくら魔術の知識が無いとはいえ、それは浅はかな考えと言わざるを得ないぞ、我が使い魔よ」

エレーナは呆れたように応じたが、しっかりと理由を教えてくれた。

「いいかね。魔術というのは万能であるが無限ではない。魔術を用いれば瞬間移動をすることも、火の玉を作り出すことも、他人の体を意のままに動かすことも、それこそ人間を別の存在へと変えてしまうことも不可能ではない。優れた魔術師であれば人が想像しうるいかなることも実現することはできる。だが、そのためには必ず対価となる魔力が必要だ。強力な術であればあるほど膨大な量の魔力を消費する。魔術で実現できることには魔力の量という限界があるのさ。それを踏まえれば瞬間移動と舟を動かすこと、この二つにかかる魔力の差は歴然だろう」

「なるほど……」

今まで魔術は神秘の技であり、人智を超えたものだと思っていたが、魔術には魔術の法則があるようだ。そう考えれば錬金術と通じるところもある気がする。物質の変化の前後でその質量が変わらないというのは錬金術の基本の考え方だがそれと似ている。

「前回は怪我をしていた君の体への負担も考えて特別に大量の魔力を投下する判断をしたが、

毎回できることではない。私の魔力の貯蔵量も無限ではないからね。そういうわけでやはり君には舟に慣れてもらうしかないな」

「いえ……。よく分かりました。生意気なことを言ってすみません」

「いや、構わんさ。使い魔である君が魔術への理解を深めることは私にとっても有益だ」

エレーナはそう言って満足そうな微笑を浮かべた。

その表情はまるで弟子の成長を見届ける師匠のようで僕は少し照れ臭くなった。

ちょうどそのとき、周囲の霧が薄くなり陽光が差しこんできた。舟が霧を抜けたようだ。

霧が引いていくと自分たちがいるのがゆったりとした流れの大きな河川の上だと気が付いた。

遠くに見える両岸には鬱蒼とした木々が生い茂っている。

「着いたようだな。あそこが目的地だ」

エレーナが指さした先には川岸に建てられた十軒ほどの藁ぶき屋根の家屋からなる集落が見えた。家々に吊された器具や魚の干物から察するに、川での漁を生業とする小さな村のようだ。

「おっと。そういえば君の変装をしなくてはな。さすがにそんな愉快な姿のまま村に入ったら人々が腰を抜かしてしまう」

言われてみればその通りだ。この姿になってから人里に近づいたことはなかったが、普通の人間からすれば僕は猛獣以外の何者でもない。

「ちょっとむずがゆいかもしれないが我慢したまえ」

エレーナはそう言うと、どこからともなく取り出した長い杖（つえ）を僕に向け、無造作に振るった。

「エレーナさん……。もう少し事前に説明してもらえませんか」

僕はエレーナの後ろを歩きながら思わずぼやいた。

「口で説明するよりも結果を見せた方が早いだろう」

彼女はこちらを振り返ることもなく面倒くさそうに答えた。

僕らは今、川の上から見えた村の中を進んでいた。外からは小さな集落に見えたが、入ってみると意外と広く、中央の細長い広場沿いに家々が並んでいた。

「この場合、結果を見るというより体験する、というべきじゃないですか？」

「どちらも同じことだ。君は何か私の術に不満があるのかね？」

「いえ……。そういうわけではないですが……」

エレーナが使った魔術はすごかった。その副作用で僕の体が雷に撃たれたかのような激しい衝撃を受け、一瞬気絶したこと以外は完璧だった。

目を覚ましてから川面に映った自分の姿を確認したとき、僕は驚きのあまり開いた口がふさがらなかった。それは変装というよりほとんど変身に近く、あの恐ろしい人食い魔獣の姿は今や、ちょっと目つきの悪い、どこにでもいる黒猫の姿に変わっていた。その上、発する言葉も全て猫の鳴き声になっているのに、魔術の素養を持つ人間だけには意味が通じるという配慮まで備わっている。

だから結果に不満があるというわけではないのだが、せめて何が起こるのかくらいは前もって教えておいてほしいとは思う。特にこういった痛みを伴うような魔術の場合は。

「言い忘れていたが、君のその変装は昼の間しか保てないから注意したまえ。それと中身は変わっていないから体重もそのままだ。だから間違っても私の肩に飛び乗る、などという愚行を犯してくれるなよ。もしそんなことをしたら、その首輪を全力で締め上げて首をねじ切ってやるからな」

「……」

この様子ではなかなか事前に説明をもらうのは難しそうだ。むしろ下手をすれば事後でも重要な説明を忘れられかねない。そもそもこの魔女の仕事というのも「付き合え」と言われただけで何をするのか全く知らされていないのだから、もはやそういう人なのだと思って受け入れるしかなさそうだ。いつもより高い彼女の背中を見上げて僕は心中でため息をついた。

村の人々は余所者の来訪に奇異の目を向けていたが、もちろんそれはただの猫にしか見えない僕に対してではなく、真っ黒なドレスを着た赤眼の美女に対してだった。言うまでもないが、エレーナは傍から見れば絶世の美女だし、普通の人にはない高貴な雰囲気を身に纏っている。村人たちからすればどこぞの王侯貴族が、供も連れずに片田舎を歩いているように見え、好奇心をそそられるのだろう。

　エレーナは村人たちの視線を堂々と受け止めながら悠然と歩を進め、やがて村はずれの小さな家の前で足を止めた。

「ここだ」

　それだけ言うとノックもせずに扉を開けて中に入っていった。

　慌てて僕も後に続く。

　家の中は狭くて薄暗かった。薄い木製の壁にくり抜かれた小さな窓が唯一の光源だ。室内は狭かったがよく整理されていて、家主の几帳面な性格がうかがえる。

　僕らが中に入るとすぐに奥の方から人が近づいてきた。

「誰ですか？」

　怪訝そうに問いかけてきた声は甲高い。

　小柄なシルエットと併せて考えると十二、三歳の少年のようだ。ぼろぼろの布切れのような服を身に纏っている。一見して苦しい生活をしているであろうことが分かる身なりだったが、彼の大きな黒い目には強い輝きが宿っていた。

　僕はそんな彼の様子を見て昔の自分やアンナ、カルロのことを思いだして懐かしくなった。生活は辛かったがそれに負けずに毎日希望を持って暮らしている。きっとこの少年もそうなのだろう。

「私だ」

「ああ！　魔女さんですか！　一週間前にお会いしたばかりなのに、まさかこんなに早く戻られるなんて。……もしかしてもう、ぼくの願いを叶えてくださったのですか？」

「もちろんだ。言ったろう？　私が再びここを訪れるのは君の依頼を果たしたときだと」

「では……!?」

「ああ。あの男の手から奪ってきたぞ」

エレーナがパチンと両の手のひらを打ち鳴らすと、次の瞬間、彼女の手には一振りの剣が握られていた。

あれは確か……。

それは美しい刀身を持つ優美な造りの剣だった。僕にも見覚えがある。リースを殺した例の司祭、ヴィットーリオが持っていたものだ。

彼はこの剣で僕やエレーナを斬り殺そうとしたが、エレーナの魔術にやられて自らの腕ごと切り落として残していったのだった。思い返せばエレーナはあの時、剣を回収していたが、この少年のためだったのか。いやむしろ今までの口ぶりからすると彼女があそこに現れたのは剣を求めてのことだったのかもしれない。

「これは君のものだ」

エレーナはいつの間にか取り出していた鞘に刀身を納めると、剣を少年に手渡した。

「あぁ……、あぁ……。間違いありません。これは兄の剣です……」

少年は震える手で剣を受け取ると目から大粒の涙をこぼした。

「ありがとうございます！　ありがとうございます……！」

「ああ。それが君の依頼だからな」

何度も頭を下げ、感謝を伝える少年に対し、エレーナの態度はあっさりしたものだった。真紅の瞳は瞬きもせず、無表情ともいえるほど冷静に彼を見つめている。

僕はその光景を見てうすら寒さを覚えた。普段はあまり感じないが、エレーナは時折どこかずれたような雰囲気を醸し出す。非常識とか浮世離れしているとかそんな範疇では収まりきらない。まるで人間とは別の生き物なのではないかと感じる。そんなずれだ。

しかし幸いにも少年はそれに気づくことなく顔を上げた。

「いったいどうお礼をしたらいいのか……」

「礼は不要だ。君に渡しておいた例の石。それを返してくれるだけでいい」

「これ、ですか？」

少年が懐（ふところ）から取り出したのは水晶のように透き通った胡桃ほどの大きさの石だった。石の中央部には青白い光が灯り、微かに輝いている。

「うむ。いい感じだな」

エレーナは石を手にするとわずかに微笑みを見せた。

「これで君の依頼は完了した。では私は去るよ。このことを君がどう話そうと私は気にしない。

だが、私としてはこの魔女の存在自体を忘れることを推奨している。まあ、また心の底から果たしたい願いが生まれたなら、遠慮なく手紙を送ってくれたまえ。君のためにそうならないことを祈っているがね」

　エレーナはそう言うと踵を返し、とっとと家を出て行った。

　置き去りにされた僕は急いで彼女の後を追いかけたのだった。


「さて、レオニス。理解できたかね？」

　僕とエレーナは村を出て再び船上の人となり、滑るように霧の中を進んでいた。

　川面に映る僕はまだ黒猫の姿のままで、舟の後ろにちょこんと座った様は我ながら少々愛らしく見える。

　霧に入るとすぐに彼女が先の問いを投げかけてきたのだが、僕は訳が分からず聞き返すことしかできなかった。

「えっと……。何の話でしょうか？」

「察しの悪い奴だな」

　そんな僕の様子を見てエレーナは呆れたようにため息をついた。

「私の魔女としての仕事のことだ。実際に見て理解できたろう？」

「……すみません。まだよくわかっていないです」

「全く。頭の回転まで鈍いのかね？　君は」

今度は不機嫌そうな声を出しながらエレーナは眉をひそめた。

　さすがに理不尽すぎると思ったが、また首輪をキュッと絞められてはたまらないので、僕は黙って彼女が話し始めるのを待つことにした。まだ短い付き合いだが、これまでのやり取りを思い返す限り、こちらが無知を示せばエレーナはしっかりと説明してくれる。

「いいかね。私の仕事は端的にいえば願いを叶えることだ。人々が依頼内容を手紙に書くと、私の飼っている大鴉たちがそれを集めてくる。その情報を元に各地へ飛び、私は彼らの代行者となって願いを成就させるのだ」

　願いを叶える。それだけを聞くと慈善事業のようにも思える。だが、エレーナの性格を考えれば何の見返りもなく魔術を行使するはずはない。何か対価を要求しているはずだ。

　そのことを尋ねると彼女は唇に薄い笑みを浮かべた。

「君も魔術というものが分かってきたようだな。その通り。何かを為すには対価がいる。これは魔術の世界では絶対の法則だ。私の仕事でもそれは変わらない。ただし、俗世の人間とは違い、私は金銭を要求したりはしない。代わりに受け取るのは魔術師にとって最も有益なもの。即ち魔力だ」

「魔力……？　それって普通の人間からもらえるものなんですか？」

　エレーナの口からたびたび聞く言葉だが、僕にはまだ魔力が何なのかよくわかっていない。

目に見えないエネルギーのようなもの程度の理解だが、一体どうやってそんなものを手に入れるのだろう。

「そう難しくはない。魔力は人間の精神に起因するものだからね。手っ取り早いのは殺して魂を啜ることだが、私の場合は依頼者の感情の相転移を利用している」

「え……⁉」

今さらりととんでもないことを口走っていた気がする。

しかしエレーナは僕の動揺には気づかずに説明を続けた。

「さっきの少年から石を受け取っただろう。あれは〈魔水晶〉といって人間の感情に反応する石でね。事前に〈魔水晶〉を渡しておき、願いを叶えることで依頼者の感情が揺れ動いて相転移エネルギーが発生し、魔力となって石に宿るのさ。簡単だろう？」

「いや……えっと……」

全く簡単ではない。

相転移という言葉は錬金術でも出てくるからある程度理解はしている。確かある状態から別の状態へ変化するという意味だったはずだ。それが感情や魔力とどう結びつくのだろう。

「やはり君は頭の回転が鈍いようだな。仕方あるまい。今回の件を例にとってじっくりと解説してやろう」

エレーナは頬杖をつき、少し遠くを見るようにして気だるげに語り始めた。

「あの少年にはテセウスという歳が離れた兄がいた。両親は早くに亡くなり兄弟二人暮らしだったが、テセウスは若くしてウルカヌス聖教の聖騎士に叙された優秀な男だった。彼は聖教会からの援助で弟を養い良い教育を受けさせた。少年は彼を大層慕っており、二人は満ち足りた生活を送っていた。

しかしあるとき、突然テセウスが異端審問に呼びだされた。以前暴漢から彼が助けた女がドルイド信仰者だったため、彼にもその嫌疑がかけられたんだ」

「そんな理由で？」

「無論、それだけでは有罪にはならない。テセウスはそもそも聖教会に仕える聖騎士だしな。しかし、この審問においてはある異端審問官が追加の証言を行った。実は助けられた女と彼は恋仲にあった、とな。この証言により審問は紛糾し、二人が逢い引きしているところを目撃したという証人が現れたことでテセウスは有罪判決。聖騎士でありながら堕落したとしてその場で処刑された」

「酷い話ですね……」

「そうかい？　人間の世界ではよく起こることだと思うがね。そしてこのとき追加の証言を行い、証人まで用意したというのが君も知っているヴィットーリオ司祭だ」

「ヴィットーリオ……⁉」

まさかリースを殺したあの男の名前をここで聞くことになるとは……。

「ヴィットーリオはその後、教会内の異端者を摘発した褒賞として、テセウスが持っていた宝剣を貰い受けた」

「自分で彼をはめておいて褒賞までもらうなんてとんでもない奴ですね」

　僕はリースを殺された恨みを思い返して思わず口をはさんだが、エレーナに窘められた。

「確かにヴィットーリオはいかれているが今は奴の話は本筋ではない。あの少年に話を戻すぞ。

　少年は当然、悲嘆に打ちひしがれた。全てを奪われたわけだからね。ヴィットーリオを憎んだが、手練れの審問官である奴には敵わない。そこで噂に名高い〈復讐の魔女〉に依頼を出したのさ。奴を懲らしめて兄の形見である剣を奪い返してほしいと。

　手紙を受け取った私は少年の元を訪れ、〈魔水晶〉を渡した。このときの彼の感情は絶望、悲哀。強い負の感情だった。その後は君も知っての通り、ヴィットーリオを襲撃し、殺すには至らなかったが、腕を失わせ、剣を手に入れることに成功した。そして今日、剣を受け取ったことにより彼の感情は希望と歓喜、正の感情へと大きく変化した。これにより感情の相転移が生まれ、魔力に変換されて〈魔水晶〉に宿った。かくして少年は願いを果たし、私は魔力を手に入れたというわけだ。これが私の魔女としての仕事だよ」

　エレーナは語り終えると得意げな笑みを浮かべた。

「どうだね？　さすがの君でもここまで話せば理解できただろう？」

「はい、何とか……。その……、魔力をもらうことで依頼者が傷ついたりとかはないんですよね？」

「おいおい。君は私のことを何だと思っているんだ？　そんな欠陥のある仕組みを作るほど私は浅はかではないぞ。これはあくまで感情の相転移を利用するだけで当事者には何の害もない」

エレーナは僕の質問に少々憮然とした表情で答えた。

そんな彼女の表情に僕は内心少し慄いたが、返ってきた言葉を聞いてほっとした。自分がこれから関わる仕事で誰かが傷つくとしたらいい気分はしない。しかし依頼者も傷つかないというのであれば、むしろこれは人々の役に立つ仕事なのではないだろうか。

「すみません……。でも思ったより善い仕事で安心しました。それなのになんでエレーナさんは〈復讐の魔女〉なんて呼ばれているんです？」

成し遂げたいという願いを持ちながらも力が足りない人を助ける。それは弱きを助け、強きをくじく、正義の味方ともいえるだろう。しかしそれなら復讐などという、禍々（まがまが）しい言葉は相応（ふさわ）しくないように思える。

「レオニス、君は何か勘違いをしているようだな」

そう言ったエレーナの赤い瞳が妖しげな光を宿したように見え、僕は寒気を感じた。これはさっき少年の家で感じたものと同じ感覚だ。人でありながら人とは思えない存在。時折エレーナが発する危険な気配だ。

「私の目的は他人の願いを叶えることではない。あくまで魔力を得ることだ。そして魔力を効率よく得るためには、当事者の感情の振れ幅が大きい必要がある。落差が激しいほど相転移で発生する魔力量が増えるからね。そのためにはより深い絶望、強い憎悪を起点とした依頼が最適だ。私は数ある依頼の中から殊更そういった案件を選んでいる。ここまで言えばわかるだろう？」

　エレーナは口の端を歪めて妖しく笑った。

　僕はそんな彼女に気圧され、思わず唾を飲み込んだ。

「そう。私の受ける依頼はその大半が復讐の願いなのさ。子供を殺された親、夫を奪われた妻、出世争いで追い落とされた官僚や政治家。彼らの憎しみを晴らしてやることで莫大な魔力を得ることができる。まさに復讐は蜜の味というやつだな。この仕事を始めてもう一〇〇年以上経つが、そのうちに人々が私につけた二つ名が〈復讐の魔女〉なんだよ」

　霧の中で爛々と光る赤い眼、異様なほどに美しい容姿と真っ黒なドレス。改めて彼女を正面から見て僕はようやく察した。エレーナは人間ではない。何か別の生き物なのだ。

「最もシンプルな復讐とは何か、わかるな？　無論、仇を殺すことだ。今回の件のように殺しが依頼内容に含まれないことは稀。つまり君はこれから私と共に多くの殺人に加担することになる」

「人を殺すことが仕事……」

　正義の味方などではない。これでは殺し屋と大差ない。僕はその事実に戦慄した。

「今さら怖気づいてももう遅いぞ、レオニス。君の命は私が握っている。私が命じれば君は拒めない。だが私の命令に素直に従えないような使い魔ならそもそも必要ない。だから今ここで選びたまえ。私に絶対服従するか、それともその首輪に絞殺されるかを」

エレーナは瞬きもせず、鋭い視線で僕の目を射貫いた。

「僕は……」

殺人は許されることではない。相手がどんな悪人であっても法によって裁かれるべきだ。少なくとも僕はそう思っている。だからこの手で人を殺す覚悟なんてない。

しかしエレーナは違う。魔力を得るために躊躇わず人を殺してきた。彼女の使い魔になった以上、僕も人を殺すか、僕自身が殺されるしか選択肢はない。そして僕は、僕の命をつなぎとめるために糧になってくれた彼らのためにも、死を受け入れることができない。つまり、僕には他人を殺して生き残るしか道は残されていないのだ。

エレーナの言う通りもう遅い。そんな状況に追い込まれていたことに今気づかされた。彼女を恨む気持ちが僕の中にないといえば嘘になる。

だけど……。

エレーナは傍若無人だ。いつも説明なしに僕を巻き込んでくる。そして彼女が今自分で言った通り、容赦なく人を殺す残酷さも持っているのだろう。

しかし、本当に残酷で冷徹な悪魔のような存在であれば、そもそも僕を助けたり、薬を作ってくれたりするだろうか。もちろん珍しい魔獣だからと面白がっているだけという可能性もあるし、実際に僕をからかって楽しんでいるのは間違いない。それでも、僕はエレーナに優しい側面があると思っているし、そう信じたい。きっと僕は既に彼女の持つ何かに惹かれてしまっているのだ。

エレーナは人間ではない何か別の存在、敢えて言うなら魔女なのだろう。だが、人間でないのは僕だって同じだ。人間でないから人の心や情を持たない、だから信じられないというのであれば、それは今の僕自身を否定することになる。その意味でも結局僕は彼女を信じるしかない。

「僕はあなたに従います。どんな命令でもあなたを信じて受け入れます」

「……そうか」

エレーナは僕の答えを聞くと、ふっと頬を緩めた。

「まあ、私の使い魔としては当然の答えだな。では一層の精進をしたまえ。君に期待しているぞ、レオニス」

こうして僕は、僕自身の命と居場所を守るために他の誰かを殺す道を選んだ。これから僕はきっと多くの罪を犯すことになる。そうして罪にまみれた僕の魂は一体どこにたどり着くのだろうか。

霧の中で微笑む魔女の顔を見つめながら、僕は奥歯を強く噛み締めた。

「次だ。構えたまえ、レオニス」

主(あるじ)の声に従い、僕は目の前の標的に向き直った。

ぎらつく夏の日差しに照らされながら僕と対峙(たいじ)しているのは青銅でできた人形だ。のっぺりとした頭の真ん中に大きな目玉が一つという気味の悪い外見をしているそれは、エレーナが戦闘訓練のために用意した、ゴーレムという魔力で動く機械だった。

このゴーレム、見た目は鈍重そうだが、実は甲冑のように中が空洞になっていて、人間と同等の動きが可能な造りになっている。元々は魔術師が物資などを運搬させるために使うものらしいが、エレーナの魔術によって改造されたこの機体は大幅に強化されており、魔獣になって身体能力が上がっているはずの僕でもついていけないほどの膂力(りょりょく)と俊敏性を備えていた。

僕は「動きが鈍すぎる」という主の一言によって、夏に入ってからの二か月間、湖のほとりで永遠とこのゴーレムと取っ組み合いの訓練を続ける羽目になっていた。最初のうちはあっさりやられて、しょっちゅう投げ飛ばされていたが、最近は相手の動きを捉(とら)えられるようになり、三本に一本は取れるようになっていた。毎日朝から晩まで稽古を続けてきた成果だろう。

エレーナはそんな僕の様子をたまに見にきてはいたが、ほとんどは書斎に籠もって過ごしていた。例の剣の一件後、何回か大鴉が手紙を運んでくることもあったが、エレーナは僕に同行を命じず、一人で仕事をこなしているようだった。力が足りていないから使い物にならないと判断をされているのかもしれない。魔女の仕事に関わらなければ人殺しに加担しなくて済むので僕は正直ほっとしていたが、一方で期待されていないというのもそれはそれで少し悲しかった。

「うむ。それなりに動けるようになってきたようだな」

僕がゴーレムの腕をかいくぐり、飛び掛かって組み伏せたのを見て、エレーナは満足そうに頷いた。

「今日の訓練はここまでにするとして。明日からは魔術に対抗する練習も取り入れてみようか」

「魔術に対抗する……。そんなことできるんですか？」

僕はゴーレムを解放し、額に流れる汗を自分の腕の毛皮で拭いながら尋ねた。

「無論だ。魔術による攻撃は魔力によって構成されるものだからな。正しく魔力をぶつけてやれば相殺することができる。こんな風にな」

エレーナは杖を取り出してゴーレムに向けて振った。

命令を受けたゴーレムは金属の指を器用に折り曲げると手で銃の形を作った。すると人差し指の先端に小さな炎の玉が出現した。と思った瞬間、それは真っすぐに空を切ってエレーナに向かって飛んだ。

僕は思わず「あっ」と声を出しそうになったが、火の玉は彼女にぶつかる前に霧のように立ち消えてしまった。

「簡単だろう?」

エレーナは事もなげに言って笑ったが、僕は自分が同じことをできる気がしなかった。

「私が見るところ、君は潜在的に高い〝魔術素質(インゲニウム)〟を持っている。訓練すればそこいらの魔術師相手なら訳なくいなせるはずだ。以前、あのヴィットーリオが私に向けて鎖の魔術を仕掛けてきたことを覚えているかね? あれと一緒さ。攻撃側の術者と防御側の術者の魔術素質の差が大きければ息をするように容易いことだ」

僕は初めてエレーナに会ったときのことを思い出してみた。確かにあのとき、ヴィットーリオが魔術で放った鎖はエレーナに到達する前に消滅していた。あれはエレーナとヴィットーリオの力の差が大きいからできたことだったのか。しかし……。

「僕はあのとき、奴(やつ)の術の前で為(な)す術がありませんでした。訓練すれば対抗できるようになるんでしょうか……」

「訓練を積めば難しいことではない。だがヴィットーリオと戦うのは君がもう少し力をつけてからの方がいいな。奴は魔術の才もなかなからしいが、剣術、体術はずば抜けていていずれも達人の域だ。一対一の戦闘能力は相当なものだよ。まあ無論、私の相手ではないがね」

エレーナは笑って言ったが、僕の気持ちは沈み込んだ。

リースの仇はエレーナがここまで言わせるほどの強さの持ち主なのか。

「……一体何なんですか？　あのヴィットーリオという男は」

よく考えたら僕は奴のことをほとんど知らない。知っているのは異端審問官という肩書きと容赦なく人を殺す男というくらいだ。

「そういえば君はヒエムスの出身だったな。それならあの男のことを知らないのも無理はない。そうだな、いい機会だからまずウルカヌス聖教のことから話そうか」

エレーナによるとウルカヌス聖教は半世紀あまり前に興った比較的新しい宗教だという。古くから大陸で信仰されている数多の神々のうち、火と鍛冶の神ウルカヌスを唯一にして神聖な神として崇拝しており、その他の神々や信仰は邪悪と断ずる過激な一面を持っている。最初は鍛冶職人の多い北部で広まった教えだったが、徐々に勢力を増していき、今や五〇〇年の歴史を誇ったエレボス王国を呑み込み、ウルカヌス聖教国という国家を打ち立てるに至った。

そんなウルカヌス聖教国が国内の異教徒撲滅を掲げて組織しているのが、〈神の鉄槌〉と呼ばれる戦闘集団だ。司祭にして戦士である彼ら異端審問官は、ウルカヌス聖教以外の宗教を信じる者や国家体制への反乱分子を見つけ出しては、神の名の元に異端審問と称して粛清を繰り返していた。ウルカヌスの槌をモチーフにした赤いT字型の刺繍が施された白いコートを羽織った彼らは、市民の畏怖の対象となっているという。

「幸いなことに奴らは教義上の理由で銃火器を使ってこないが、そうでなければ上級魔術師でも苦戦を強いられるほど厄介な連中さ。その中でも最も強く、最も残酷な審問官として恐れられているのが、ヴィットーリオだ。君も含めて奴を恨む人間は多い。いずれは再び私の仕事の対象となるだろう。それまでに君は万全の準備をしておかないとな」

あらためてヴィットーリオの話を聞いて僕はぞっとした。

残忍な男だと思っていたが、僕の想像を遥かに超える狂人だ。そんな奴と出会ってしまうなんて僕はどれだけ不運なのだろう。遭難した上に、魔獣になるというだけでも十分すぎるほど不運だというのに。

そこまで考えて、ふと恐ろしい想像が頭をよぎった。

「……エレーナさん。前に魔術は引かれ合う性質を持っているって言っていましたよね。あのヴィットーリオが僕を魔獣に変えた張本人ってことはあり得ますか？」

ヴィットーリオには魔術の才もあるとエレーナが言っていた。だとしたら〈魔獣化の呪い〉を操れる可能性もある。僕が魔獣になってすぐに出会ったのはリースとヴィットーリオだ。魔術が引かれ合うなら、奴が呪いをかけた術者なのかもしれない。

もしそうだとすれば、リースが命を落としたのは僕のせいだ。僕に出会わなければヴィットーリオがやってくることもなかったはずだ。

僕は自分が導き出した推論に慄いたが、それはあっさりエレーナに否定された。

「それはないな。ウルカヌス聖教は魔術を邪悪なものと定義し、魔術師も粛清対象と認識している。ヴィットーリオも言っていただろう？　奴が使ったのは魔術ではなく神聖術だと。原理は同じものだが、奴らからすればどこかに譲れない差があるのだろう。そんな奴が〈魔獣化の呪い〉などという古代の生粋の魔術を使うとは思えない。魔術が引かれ合うというのは間違いないが、これから君が出会う相手が呪いの術者だと考えるのが妥当だな」

「そう……ですか」

それを聞いて僕は安堵を覚えるとともにほんの少しだけ落胆もした。

ヴィットーリオを呼び寄せたのが自分でなかったのはせめてもの救いだが、あの男なら憎しみに任せて殺してしまえるかもしれないと思ったからだ。結局僕はまだ人を殺す決心がついていない。元の体に戻るためには必ず相手を殺さなければいけないというのに。ヴィットーリオを殺したとしても僕の戦いは終わらないのだ。

「まあともかく今はヴィットーリオのことを考える必要はない。それよりも次の仕事の話だが、レオニス、今回は君にもついてきてもらうことにする」

「え⁉　僕もですか？」

突然の宣言に僕は動揺した。

初回以来呼ばれていなかったので気を抜いていたが、エレーナの仕事に同行すれば僕は殺人の片棒を担がされることになる。それどころか主から命じられればこの手で人を殺さなければばならない。以前命令に完全服従すると誓ったが、僕に本当にそんなことができるのか。

「当然だ。何せ今回は——」

エレーナが何かを説明しようとしたそのとき、突然甲高い声が割って入ってきた。

「ああ！　ようやく見つけましたよ、師匠！」

湖に反射する陽光を背景に現れたのは、明るい茶髪をポニーテールにした女の子だった。年齢は十五、六歳くらいだろうか。六芒星が刺繍された白いローブを着て、手には短い杖を持っている。切れ長の大きな薄紅色の瞳(ひとみ)とツンとした高い鼻が印象的な可愛(かわい)らしい少女だ。

「お屋敷にいらっしゃらないから、またどこかへお出かけになったのかと」

「……しまった。今は夏休みの時期だったか。どこかへ雲隠れしておくべきだったな」

エレーナは僕だけが聞こえるくらいの小さな声で呟いた。いつも堂々としている彼女にしては珍しい行動だ。

「何かおっしゃいましたか？　師匠」

「いや、何でもない。というかルチア、君はいつから私の弟子になったんだ？　そんなことを認めたつもりはないぞ」

これまた珍しいことに、エレーナは辟易したような表情を見せて額に手をやった。

対してルチアと呼ばれた少女の方は心底不思議そうに小首をかしげている。

「何をおっしゃっているのですか。わたしは五年も前からずっとエレーナ師匠の弟子じゃないですか。もうずっと前からわたしの心は決まっています！」

「だから私は認めていないと――」

「そんなことより！　こいつですよ、師匠！」

ルチアはエレーナの話を全く聞かないまま、こちらを指さしてきた。

関係性が分からない二人の会話を冷や冷やしながら聞いていた僕は、突然自分に水を向けられてドキリとした。

「わたしという弟子がありながら使い魔と契約するなんて！　一体どういうつもりですか、師匠⁉」

「どういうつもりも何もあるか……。私がいつ使い魔を取ろうと勝手だろう」

「しかもよりによって人食いの魔獣だなんて！　こんな危険極まりない生物を飼っていると知られたら師匠の品位が疑われてしまいます！　ただでさえ部屋が汚いことで有名でいろいろと噂されているというのに……」

「……彼は別に危険ではないよ。ちゃんと薬も飲ませているしな」

エレーナはルチアの勢いに疲れた様子でぶっきらぼうに答えると、ふと何かを思いついたような顔になった。

「大体、師匠はいつも急なんです！　わたしが来るといつだって――」

ルチアはそれに気づかずひたすら話し続けていたが、エレーナのわざとらしい咳払い（せきばらい）と大声に言葉を遮(さえぎ)られた。

「ああ！　そうだ！　今思い出したんだが、私と彼は急ぎの仕事ですぐに発たなければいけないんだ。すまないが夏が終わる頃まで帰れないから、君は適当に私の部屋を掃除したら学院に戻りたまえ。というわけで、行くぞ！　レオニス」

エレーナはこちらを見てニヤリと笑うと、パチンと指を鳴らした。

直後、僕とエレーナの姿は湖のほとりから掻(か)き消えた。


瞬間移動の魔術で飛んだ先はどこかの山道の途中だった。

辺りは新緑の木々に囲まれて静けさで満ちており、人の気配も獣の気配も感じられない。時折吹く風で葉が擦(こす)れる音が響くだけの寂(さび)れた道だった。

「ここまで来ればさすがに一安心だな」

エレーナはほっとした様子で笑顔を見せ、元気に山道を登り始めた。

「一体何者なんですか？　あのルチアという子は」

僕は彼女の後をついて歩きながら問いかけた。

どこに向かっているのかも気になるが、エレーナをたじろがせるような存在であるあの少女のことの方がもっと気になる。

「別に何者でもないよ。単に昔仕事で関わったことがあるだけの少女だ」

エレーナは面倒くさそうに答えたが、さすがにそれでは納得できない。

「でも彼女、エレーナさんの弟子だって言っていましたよ」

「それはあの子が勝手に名乗っているだけだ。私は弟子にしたつもりはないし、認めるつもりもない」

エレーナはきっぱりと言ったが、その後に呟くように続けた。

「……だがな。なぜかあの子は諦めないんだ。冷たく突き放したり、無視したり、優しく諭したりもしたが、何度言っても諦めずに弟子にしてくれとせがんでくる。仕方がないから、そんなに魔術を学びたいなら学校に行け、と魔術学院に推薦状を書いてやったんだが……。そのせいで今度は弟子として認められたと勘違いを始めた」

エレーナは困ったようにため息をつく。

「それからというもの、ルチアは学院が休みに入ると必ず屋敷にやって来る。今年は先に逃げておこうと決めていたんだが……。君を鍛えていたせいで忘れてしまったじゃないか」

「いや、僕のせいにしないでくださいよ」

僕はエレーナの悩んでいるようなそぶりを見て、軽い驚きを覚えた。

エレーナが本気になれば記憶を消すなり、完全に行方をくらませるなり、いくらでもルチアを遠ざける手段はあるはずだ。それをしないということは、きっとあの娘に対する情があるということだろう。そもそもこの前は魔力がもったいないからという理由で舟に乗せられたのに、ルチアから体よく逃げるために瞬間移動の術を使ったという時点で、彼女がエレーナにとって特別な存在であることは明白だ。

エレーナは人間とは異なる存在で、躊躇いなく人を殺す冷酷な面も持っている。それでも、彼女も普通の人と同じように誰かを想って悩むこともあるのだ。そう思うと僕はなぜか少しうれしい気分になった。

「でもそんなに何度も弟子にしてほしいって言ってもらえるのは、なんというかちょっとありがたいことじゃないですか？　もういっそ弟子として認めてあげるっていうのはどうでしょう？」

僕は二人の仲を取り持とうという老婆心からつい口を出してしまったが、振り返った主の顔を見てすぐにそれが余計な一言だったことを悟った。

「……それだけはあり得ない」

エレーナは僕を見下ろして強い口調で断言した。

「私は弟子を取らない。これは絶対の信念だ。未来永劫、金輪際、誰であろうと弟子を取るつもりはない」

そのときのエレーナの表情は今まで一度も見せたことがないほど険しいものだった。

彼女は自分勝手でいつも僕を振り回してくる傍若無人を絵に描いたような人だが、何かに対して怒りを見せたことはない。そんな彼女が静かな怒りを発した気がして、僕は心臓が止まりそうな思いがした。

「す、すみません！　勝手なこと言って」

「……いや。君が謝ることではない。これは私自身の問題だからな」

エレーナはそう言うと怒気を収め、黙って歩みを進めた。

僕は四つ足を震わせながらその後をおっかなびっくりついていく。

どうやら調子に乗ってエレーナの逆鱗に触れてしまったらしい。珍しく彼女の人間らしさを感じて舞い上がっていたのだろうか。

僕は黙々とエレーナの後を歩きながら、頭を切り替え、これから向かう先とそこで行うであろう仕事のことに想いをはせた。思い返してみれば彼女がそのことを話そうとしていたときにルチアがやってきたのだった。

話の続きは気になるが、さっきの僕の失態で今はそれを聞き出せるような雰囲気ではない。どうしたものかと悩み始めたとき、エレーナがちらりと振り向いた。

「どうした？　レオニス。これから取り掛かる仕事の内容が気になるのかね？」

「……わかりますか？」

「ああ。そんなびくびくした歩き方をされたらさすがにな」

エレーナは苦笑交じりに言った。

「ルチアの件はもういい。それに仕事の話は君も把握しておくべき内容だからな」

僕は主がいつもの泰然とした様子に戻ったことに心底ほっとした。

「さて、さっきの続きだが、今回君を同行させた理由は標的が魔術師だからだ」

「魔術師ですか……」

「魔術師である以上、君に呪いをかけた人物ということもあり得る。本当は魔術に対する防御の練習を進めてからの予定だったが、まあ今回は名の知れた相手ではないし、今の君でも問題ないだろう」

〈魔獣化の呪い〉をかけた張本人を自分の手で殺せば、呪いは解ける。今回の件はその可能性を考えてということのようだ。

「それにな……」

エレーナは低い声で続けた。

「魔術師というのは基本的に人でなしだ。情けや倫理観などというものは持ち合わせず、私利私欲で動き、平気で他人に不幸をまき散らす。そういう連中ばかりさ。君の性格を考えれば最初の殺しはそういう相手の方がやりやすかろう？」

どうやらエレーナは僕の良心に配慮して仕事を選別してくれたらしい。

「そう……ですね」

きっとありがたいことなのだろうが、暗に「きっちりと殺すのだぞ」と念を押されているような気がして僕は曖昧な答えを返した。

「うむ。では標的の説明に入ろう」

エレーナは僕の態度は気にせず話を進めた。

「今回の相手はこの山道の先、ヴェリテという村の領主代行の女、コルネリアだ」

エレーナはすでに先方から依頼を受けてきており、その内容を僕に聞かせてくれた。

依頼人は村の老夫婦。彼らは年頃の娘を領主代行に殺され、その恨みを晴らすために領主を殺してほしいというのが依頼の主旨だった。

ヴェリテ村は大陸南東部のフランマ王国に属する村で、三年前に前領主が死去し、その息子が跡を継いだ。しかし、彼は生まれつき病弱でほとんど人前に出ることができなかったため、すぐにその妹であるコルネリアが領主代行に就いた。そこからヴェリテ村の悪夢が始まる。

小さな山間の村であるヴェリテの住人は一〇〇人にも満たないが、この三年間で実に二〇人もの若い女性が行方不明になったのだ。初めのうち、村人たちは神隠しにあったのだと考え、超自然の力を恐れた。だが、犠牲者が十を数える頃、ある共通点に気づいた。行方不明になった彼女らは皆、奉公人として領主の城に上がった娘たちだということに。それから間もなくして城の近くの丘の下から娘たちの遺体が見つかったことで、コルネリアへの疑念は確信に変わった。

村人たちはコルネリアへの制裁を求めて国へ提訴したが、古くから国王と親交のある領主一族への配慮からその訴えは黙殺された。業を煮やした村人たちは青年団を中心に武装蜂起し、城へ攻め込んだが、翌日には彼ら三〇人全員の首が城門へ晒（さら）される結果に終わった。そして、全（すべ）ての希望を失った彼らが最後にすがったのが〈復讐の魔女〉というわけだ。

「酷い……」

エレーナの説明を聞いて僕は思わずそう呟いた。

コルネリアがどんな人物かわからないが、どんな理由があろうと五〇人もの人間を殺すなど許されることではない。家族や隣人を奪われた村人たちの悲哀や苦悩を想像するだけで胸が痛くなる。

「ああ。酷い話だな。さすがにこんな非道をやらかす人間は殺して止めるしかなかろう？　国も裁判を放棄しているようなものだからな」

エレーナはこちらを見てニヤリと笑ったが、僕はそれに答えず問いを返した。

「……エレーナさんはその領主代行が魔術師だと考えているんですよね？　なぜ彼女がそんなにも人を殺す必要があるんです？　魔術師は私利私欲で動くって言っていましたけど、罪の無い女性を殺すことで魔術師に何の得があるんでしょう」

「その答えは実に明快だぞ、レオニス。無論、魔力を得るためだよ。前にも言ったが人間から魔力を得るための最も効率的な方法は殺して魂を啜ることだからな。効率を追求するなら妥当な手法だよ」

エレーナの話を聞いて僕は背筋が寒くなった。

魔術師というのはそんなにも平然と人を殺す連中なのか。それをあっさりとした口調で話すエレーナもやはりどうかしている。できればそんな危険な存在と関わり合いになりたくはないが、彼女の使い魔である以上、僕には他に道がない。極悪非道な魔術師と対峙して殺すしかないのだ。

僕は迷いない足取りで先を歩く主の背中を見つめながら、悲壮な決意を固めていた。

辺りの高い峰に日が落ちる頃、僕らは山道を登り切り、ヴェリテ村にたどり着いた。

ヴェリテは小さく、静かな村だった。村の中心を石畳の太い道が走り、その奥には高い尖塔を持つ石造りの城が見える。道に沿って二〇軒ほどの丸太づくりの家々が並んでいたが、全ての家の扉が固く閉じられており、窓すら塞がれていた。まだ日が暮れたばかりで明るい時間帯だというのに人っ子一人出歩いておらず、人の声どころか生活の音すら聞こえてこない。

住人の半数以上が殺されている状態なのだから当然といえば当然かもしれないが、あまりにも静かすぎる。山の上に位置するためこの季節でも涼しいことも相まって、僕は体の芯から冷えるような寒々しさを感じた。

「これだけ人目がなければ君の変装も不要だな。まあ日が落ちているから例の術も使えないわけだが」

エレーナは冗談めかして言ったが、とても笑える気分にはなれない。

人通りのない道を進み、村を抜けるとすぐに厳めしい城門に迎えられた。

間近で見るヴェリテ城は鄙びた様子の村とは違い、重厚な造りを誇る立派な城だった。大きな箱に尖塔を組み合わせた形の天守と、それを支える小さな館が複数組み合わさり、一体となってそびえ立っている。その周りには人の背丈の倍以上ある高い城壁が張り巡らされ、外部からの干渉を固く拒んでいるかのようだった。目の前の城門は大きな石柱の間に鉄製の分厚い扉が二枚並んだ頑丈そうな構造で、上部に取り付けられた槍状の突起が来訪者を威嚇している。

僕は反乱を起こした村人たちの首がここに晒されたという話を思い出して胃がむかむかしてきた。よく見ると槍状の突起部分に黒い染みがついているような気がする。

「さすがに簡単には開かないか」

エレーナはそんな染みなど気にも留めず、扉を開けようと押したり叩いたりしている。

「内側から閂がかけてあるんじゃないですか？　他の入り口を探しましょう」

一見立派に見える城だが、どこかに穴が空いていたり崩れていたりする箇所があるかもしれない。そう思って僕が辺りを見回していると、突然「バキッ」という何かが折れるような大きな音が響き渡った。

「問題ない。もう開けた」

見るとエレーナが杖を片手に鉄扉を押し開けたところだった。

「ちょっと、エレーナさん！　そんな大きな音立てないでくださいよ！」

悠々と城壁の中に入っていく主を僕は慌てて追いかけた。

開け放たれた扉の内側を見ると、太い鉄製の門が直角に折れ曲がり、それにかけられていた南京錠も潰れたように壊されていた。

これはエレーナが魔術をぶっ放したに違いない。

「うるさい奴だな。開いたのだからいいだろう」

今の音で相手の魔術師に侵入を気づかれたかもしれないのになぜそんなに余裕でいられるのだろう。僕らは暗殺をしようというのだからもっと密やかに行動するべきだと思うのだが。

「わざわざ大きな音が出る開け方しなくてもいいじゃないですか。魔術で門を動かすとか、鍵を開けるとか、いろいろ方法はあるでしょ？」

「私は鍵は壊す主義なんだよ。解錠みたいなケチくさい魔術は性に合わなくてね。どうも覚える気がしない」

「……」

僕は驚きと呆れで続ける言葉をなくしてしまった。

〈復讐の魔女〉と恐れられる凄腕の魔術師が、実は鍵も開けられないなど同業者が聞いたらひっくり返りそうな話だ。

「それに奴を殺しに来たのにわざわざ隠れる必要がどこにある。気づいて迎え撃ってくれるなら探す手間が省けてむしろ好都合だろうが」

「……そうですね」

傍若無人もここまで来るとむしろ美学だ。僕はもう考えるのをやめて主に同意することにした。

幸か不幸か城の人々に気づかれた様子はなく、僕らは無事にコルネリアがいると思わしき天守の建物の中に入り込めた。

入り口すぐの玄関ホールはがらんとしていて、明かりも灯っておらず、真っ暗な廊下が奥に続いているだけだった。これだけの大きな城なのに召使いや警備兵の気配もない。ひょっとしたら既にこの城の人間も皆コルネリアに殺されてしまっているのかもしれない。

「思ったよりも上手く作り込んでいるな」

杖の先に魔術で明かりを灯しながらエレーナが呟いた。

「作り込んでいる。……というのは何をですか？」

「結界だよ。魔術師の根城というのは大概、結界が張られているものだ。ここの結界は外部の魔術師に建物の構造や魔術師本人の気配を察知されないよう、巧妙な防御機能が働いている。その上、厄介なことに高速移動や瞬間移動系統の魔術も封じているようだな」

「それはつまりエレーナさんの想定よりも相手が手強いということですか？」

「そうだな。思ったより手強いかもしれない。もっとも、どんな魔術師でも私の相手になどならないがね」

エレーナはいつも通り不敵な笑みを浮かべた。

「ただ、標的を見つけるのには手間がかかりそうだ。……よし。ここは二手に分かれて探すとしよう」

「え⁉　僕一人で探すんですか……？」

「その方が早いだろう。各々見つけたらその場でコルネリアを殺す。ああ、心配しなくていいぞ。もし私が見つけたら、拷問して〈魔獣化の呪い〉を使っていないことを確認してから殺すからな」

その心配をしているわけではないのだが、エレーナはすでに僕を置いて歩き始めていた。

「私は上から探す。レオニス、君は下からだ」

「は、はい……」

結局主の命令には従わざるを得ないが、果たして僕の実力でコルネリアを倒せるのだろうか……。いや、そもそも倒せたとして、僕は相手を殺すことができるのだろうか。

そんなことを考えながら僕も歩き出そうとしたところ、ふとエレーナが振り返り、僕の目を見据えて言った。

「いいか、レオニス。必ず殺すのだぞ。やらなければやられると理解することだ。君は私の所有物なのだから、勝手に死ぬことは許さん。これは命令だ」

その言葉を残してエレーナは闇(やみ)に消えていった。

やらなければやられる。確かにその通りかもしれない。五〇人も殺した人間が、自分を襲ってくる相手に情けをかけるはずはない。だけど、そもそもなぜこんな因果なことをする羽目になっているのだろう。

僕は長いため息をつくと、四つ足で伸びをしてから暗い廊下を歩き始めた。

廊下はどこまで行っても暗いままだったが、夜目の利く魔獣の体にとっては何の不自由もなく、僕は順調に探索を進めていった。

一階は全ての扉を開けて中を確かめてみたが、未だコルネリアどころか使用人も見つけられていない。もう二階に移ろうかと思い、フロア中央の階段に向かうと、ふと階段の裏側から微かな明かりが漏れていることに気づいた。人間の目なら見落としてしまいそうなほどの僅かな光だが、魔獣の僕の目はしっかりとそれを捉えていた。

光は石畳みの床の、石の切れ目から漏れている。その石を掘り起こしてどかしてみると、地下へと続く階段が現れた。

これはどうやら当たりらしい。この先にコルネリアがいるとみて間違いなさそうだ。

できればエレーナを呼んで一緒に行きたいが、こちらから連絡を取る方法を知らないし、分かれて探すという命令を出されている以上退くこともできない。コルネリアに気づかれて逃げられないためにもこのまま一人で進むほかない。

僕は覚悟を決めて地下へと続く階段を下っていった。

階段を抜けた先は再び廊下になっていた。さすがに隠し通路なので地上よりも狭く、僕の巨体がぎりぎり通れるほどの幅しかない。通路は真っすぐ延びており、その先には明るい空間の入り口が見える。

僕は石でできている床に爪が引っかかって音が出ないよう細心の注意を払いながら、慎重に廊下を進んだ。そうして光源となっている空間の入り口までたどり着くと、そっと中の様子をうかがった。

中は思ったよりも広い空間だった。街の大きな食堂くらいの広さだろうか。四方は石組みの壁に囲われており、床には一面真っ赤な絨毯が敷かれている。僕がいる入り口側から部屋の中央に向かって緩い下り坂が続いていて、部屋の半分が傾斜しているという不思議な形状だ。その残りの半分には、壁に沿って檻や礫、ギロチンなど物騒な品が整然と並べられている。

それらの中心部に鉄製の立派な玉座が鎮座しており、やせ細った顔色の悪い男が目を瞑ってもたれかかるようにして腰かけていた。これが病弱で人前に出られないという領主の男だろうか。そして玉座の目の前に置かれた机に一人の女性が座っていた。

こちらから見て横向きに机に向かっているその女性は、輝くような金の髪に青い瞳の美しい人だった。歳は二十代前半くらいだろうか。肩には黒地に金色の刺繍が入った仕立ての良さそうなガウンを羽織り、絹で織られた臙脂色のネグリジェを着ている。髪と同じく金色の長いめていた。

睫毛に縁どられた瞳は、物憂げな様子で机の上に置かれた赤色の液体が入ったフラスコを見つ
　磨き上げられた宝石のような美しさと高貴さを纏（まと）っている女性だった。

　まず間違いなく彼女がコルネリアだろう。しかし、こんなたおやかな人が本当に五〇人もの村人をその手にかけたのだろうか。一瞬僕はその事実を疑いかけたが、魔獣としての優れた嗅覚のおかげでフラスコに入っている液体が人間の血液であることを察知し、すぐに気を引き締めた。

　コルネリアは殺人鬼だ。依頼を達成するためにも、自分の命を守るためにも、確実に彼女を殺さなければならない。今はまだ、僕の存在を彼女に気づかれていない。この有利を活かして一瞬で命を断ち切ろう。

　僕はそう決心すると、滑るように静かに部屋に入り、コルネリアの視界に入らないように気をつけながら傾斜している床を進んで行った。絨毯が敷かれているおかげで足音が立たなかったことも幸いした。そして彼女まであと数歩というところで、四肢に力を込めて跳躍し、上空から襲い掛かった。

「誰⁉」

　コルネリアは僕が床を蹴（け）る音に気づいて立ち上がったが、そのときには既に僕の前脚が彼女の肩に届いていた。

コルネリアは金切り声を上げて身を捩ったが、僕は体ごとぶつかって彼女を床に押し倒した。そのまますぐに前脚で肩を押さえ、後ろ脚で腹を挟んで動きを封じる。この夏のゴーレムとの取っ組み合いで鍛えられた動きが活かされた。

「何なのです⁉　この魔獣！　離しなさい！　私はこの城の主ですよ！」

コルネリアは甲高い声で叫んだが、こうなってしまってはただのか弱い女性だ。僕の脚の下では身じろぎ一つできない。

『必ず殺すのだぞ』

僕は主の命令に従うべく、コルネリアの細い首に牙を突き立てようと口を大きく開けた。

そうして噛みつこうとしたその瞬間、コルネリアの青い瞳と目が合った。

その瞳に映っていたのは純粋な死への恐怖だった。それはかつてリースが僕に向けたものと同じだ。僕はそのことに気づいて思わず動きを止めてしまった。

コルネリアは人殺しだ。多くの人を殺してきた罪深い存在だ。その報いを受けなければならない。国も裁判所も彼女を罰しなかった。だからエレーナが代わりに罰を下すのだ。僕はそのために振り下ろされる刃なのだ。

そう思っても一度彼女の目を見てしまってから僕は動けなくなった。ほんの一瞬、ただの一噛み。それだけで終わる。それなのに僕にはできなかった。そうしなければならないのに、それをしたら大事な何かを失ってしまうような気がして、僕はただ彫像のようにコルネリアの上で立ち尽くした。

それがどれくらいの時間だったかわからない。一瞬の逡巡だったような気もするし、かなりの時が経った気もする。だがいずれにしても、僕にかけられた使い魔の魔術が命令違反と認識するのには十分な時間だった。

「っ⁉」

気づけば銀の首輪が僕の喉を締め上げていた。殺せ、という命令を無視した僕を逆に殺そうとしている。

そのせいで僕は息苦しさから一瞬、四肢の力を緩めてしまった。

だが、それが致命的な隙になった。

コルネリアはその隙を見逃さず、身を捩って僕の体の下から這い出した。

使い魔の魔術はすぐに状況が変わったことを認識し、首を絞めるのをやめてくれた。

僕は慌てて再びコルネリアを押さえ込もうと向き直ったが、そのときにはもう彼女が杖を摑んでこちらに突きつけたところだった。

「身の程を思い知りなさい！　魔獣！」

その言葉と同時に、短い杖の先から真っ赤な光が迸った。

至近距離にいた僕はそれを躱すことができず、光を全身に浴びると同時に意識を失ってしまった。

ぶつん、という何かが千切れるような衝撃と音。それに続く耐え難い激痛とともに僕は目を覚ました。

冷たくて硬い床に横向きに寝かされているようだ。上に目をやると黒い鉄の天井と、それにつながった鉄格子が見えた。どうやら今僕がいるのは檻の中らしい。鉄格子の先に見える景色から察するにコルネリアがいた部屋の中にあった檻の一つに入れられているようだった。

先ほどから感じている鋭い痛みに意識を向けると、僕の尻尾の先から大量の血が流れ出しているのが目に入った。そして僕の武器の一つであった尻尾の毒の針が姿を消している。さっきの痛みは尻尾を切り落とされたときのものだったのだ。

「あら。目を覚ましたかしら。さすがに回復が早いわね」

声がした方を向くと上機嫌に微笑むコルネリアが立っていた。

その手には鉈のような刃物と、大きなフラスコを持っている。フラスコの中にはまだ血を流し続けている僕の尻尾の針が入れられていた。

これは非常にまずい事態に陥ってしまったようだ。

僕は血を流し続ける尻尾の痛みに耐えながら必死に今の状況を分析した。

さっき受けた魔術は失神させる類いのもののようで動く分には支障がなさそうだ。だが、この檻の中にいる限り、コルネリアを倒すことはできない。檻は頑丈そうで牙と爪を駆使しても破るのは容易ではないだろう。だとしたらエレーナが来てくれるのを待つしか僕にできることはない。それまでにコルネリアに殺されないように会話で時間を稼ぐことが今採れる最善の策だ。

そう判断すると、僕は痛みに歯を食いしばりながら問いを投げかけてみた。

「なぜ……。僕の尻尾を？」

「まあ？　やっぱりあなた、人の言葉が話せるのね」

コルネリアは無邪気な好奇心に満ちた目を向けてくる。こちらとしては会話に乗ってくれるのは好都合だ。

「いいわ、少しおしゃべりに付き合ってあげましょう。尻尾を切った理由は二つ。一つはあなたのその長い尻尾の先で、檻の中から攻撃されるのを防ぐため。もう一つは単純な好奇心。あなたのような珍しい魔獣の毒針が手に入ることなんて滅多にないもの。魔術師としては採取して研究するのは当然よ」

コルネリアは笑顔を崩さずに答えた。

上品で優雅な笑顔だった。その手や顔に僕の返り血がついているというのに気にも留めない。僕の一部を切り取っておいて、笑いながらその理由を本人に説明してみせる。その一点を取ってみても彼女が普通の倫理観を持ち合わせていないことは明白だった。やはりコルネリアは殺人鬼なのだ。

「あなたは……。村人たちを殺したんですね？」

「そうよ。それが何か？」

コルネリアは心底不思議そうに首をかしげてみせた。

僕は人の命を奪うことを何とも思わないコルネリアの態度に怒りを覚えた。リース、バルトロメオ、アントニオ。僕の目の前で命を失っていった人たちの顔が頭をよぎる。彼らはまだまだ生きたいと願っていた。それは村人たちも同じはずだ。人の命を他人が不当に奪っていいはずがない。

「なぜです⁉　なぜそんな酷いことを⁉　失われた命は二度と戻ってこないんですよ！」

「それが必要なことだからよ」

コルネリアは手にしたフラスコと鉈を机に置き、静かに答えた。

「私には若い娘の血が必要なの。それはとても大切なことなのよ」

「訳がわかりませんよ！　人の命より大切なことって一体何なんです⁉」

「魔獣のくせに蒙昧な下民のようなことを言うのね、あなたは」

コルネリアは僕を小馬鹿(こばか)にしたように冷笑した。

「人の命は平等などという下らない教えを信じているの？　そんなわけないでしょう。命には尊いものとそうでないものがあるのよ。その尊さは人の主観によって変わるもの。ちょうどいいわ。今から食事の時間だから見せてあげましょう」

「何を言って……？」

訝る僕の前で、コルネリアは杖を取り出して部屋の入り口に向けて振った。

すると石が動くような音が通路の先から響いた。続いてひたひたという足音が聞こえ、部屋の入り口に一人の若い女性が姿を見せた。

その女性は薄汚れて茶色くなったローブのような服を一枚纏っているだけで他には何も身に着けていなかった。

「マイヤ、こちらにいらっしゃい」

コルネリアは女性を見上げながら優しい口調で話しかけた。

「お嬢様。わたし……気づいたら寝てしまっていて、一体何が起きたのでしょう？」

「何も問題はないわ。私を信じなさい。あなたは私たち領主兄妹に奉仕するためにこの城に来ているのでしょう。であれば黙って私に従うべきよ。さあ、こちらにいらっしゃい」

これはまずい。

僕は直感的にそう確信した。何がどうまずいのか、具体的にはわからないが、コルネリアは今まさに五一人目の殺人を犯そうとしている。この女性をコルネリアの言う通りにさせてはいけない。

僕はマイヤと呼ばれた女性に危険を伝えようと叫んだが、発したつもりの声は音にならなかった。

見ればコルネリアが後ろ手で杖を僕に向けている。何かの魔術で僕の声を封じているのだ。

「さあ」

マイヤは僕の心配をよそに素直に頷き、坂を下り始めた。彼女はコルネリアが殺人鬼だということを知らないのか、あるいは領主代行の命に逆らうという発想自体がないのかもしれない。

コルネリアの元にたどり着いてしまったら恐ろしいことが起こる。

何とかそれをマイヤに気づかせようと、檻に向かって体当たりを繰り返したが、その音さえコルネリアの魔術で封じられてしまう。そして僕のそんな予感は悪い意味で裏切られた。

マイヤが傾斜した床を半分ほど横切ったとき、コルネリアが動いた。彼女は机の上のレバーのようなものを摑むと、それをぐいっと倒したのだ。

その瞬間、ガコッという大きな音とともに、傾斜した床の中央が開いた。

床の上を歩いていたマイヤは悲鳴を上げる間もなく、急に出現した落とし穴に吸い込まれた。

呆気(あっけ)に取られた僕は落とし穴の中の仕掛けを見てさらに驚愕(きょうがく)した。

穴の側面の壁にはまるで剣山のようにびっしりと鋭く長い針が生えていたのだ。しかも恐ろしいことにその針の先にはどす黒い血の痕跡がべったりとついている。この落とし穴は部屋全体を使った大がかりな拷問器具だったのだ。

「お、お嬢様……。これは一体……？」

マイヤは自分の置かれた状況にうろたえながら震えた声をあげた。

それに対し、コルネリアはあくまでにこやかな口調で告げた。

「言ったでしょ、心配いらないわ。一瞬で済むわよ。あなたの奉仕に心から感謝するわ。それでは、さようなら」

その言葉と同時にコルネリアは摑んでいたレバーを横に捻った。

直後、ギィッという軋んだ音を上げて落とし穴の壁が中心に向かって動き始めた。

「い、いやぁっ‼　やめ――――」

マイヤの悲鳴は途中で途切れた。

壁が動き出すと同時に開いていた床が閉じたのだ。密閉された落とし穴の中からはただ石が擦れるゴゴッという音だけが聞こえ、やがて無数の針が肉を串刺しにする破裂音とともにくぐもったマイヤの断末魔の叫びが鳴り響いた。

「なんてことを……」

即死だ。中の様子を見なくとも彼女の命が失われたことは火を見るよりも明らかだった。

コルネリアが言った通り、一瞬で一人の人間の命が奪われたのだ。

マイヤの体を呑み込んだのっぺりとした床面を呆然と見つめながら、僕は自分の足元が崩れていくような心地がした。

針が肉を裂く瞬間の不快な音が何度も頭に鳴り響く。

さっきコルネリアに襲い掛かったとき、僕が躊躇わずに彼女を殺してさえいれば、マイヤは死なずに済んでいた。僕の過ちが人を殺したのだ。

人を殺す罪よりも、人を殺さなかった罪の方が重いというのか。

僕は自分を見失って頭を抱え込んだが、コルネリアの声が僕の自省を妨げた。

「あら。何をうなだれているの？　これからがあなたがさっき尋ねた問いの答えだというのに」

コルネリアは僕に向けて杖を振り、魔力で強引に顔を上げ、鉄の玉座の方に視線を向けさせた。

僕はぼうっとした頭でぼんやりと玉座を見つめた。

そこにはさっき見たときと同じく、領主と思わしき痩せた金髪の男が目を閉じて腰かけているだけだ。一体何が始まるというのか。

「さあ、兄上。お食事の時間ですよ」

そう言ってコルネリアが杖を振ると、玉座の男に異変が起こった。

「ゴァッ！」

男はうめき声を上げながら、飛び上がるように立ち上がった。

その体が何かに撃たれているかのように小刻みに動いている。よく見ると何本もの細い管状の何かが玉座の背面から伸び、男の全身のあちこちにつながれていた。管には赤い液体が流れており、それが男の体に向かって注入されているようだった。

「どうかしら？　これが私の作り上げた血液採取の仕組みよ。あの仕掛け床から自動で玉座を通して兄上に採れたての新鮮な血を供給できるの。しかも血液採取と同時に自動で不要な肉や骨も片づけられる機能つきなの！　これを完成させるのにはかなりの時間がかかったのよ。それでも効率的に血を抽出できるからやっぱり作ってよかったわ」

得意気に話すコルネリアの顔には笑みが浮かんでいた。

僕には彼女の言葉も態度もまるで理解できなかった。なぜこんな狂った仕組みを作って笑っていられるのか。

「……彼に血を与えて何になるっていうんです？」

「あら。分からないの？　兄上は吸血鬼なのよ」

「吸血鬼……⁉」

噂には聞いたことがある。人間の血を啜って生きるという人ならざる存在だ。そんな怪物がなぜこんなところに、まして領主として君臨しているのか。

「馬鹿（ばか）な……。どうして吸血鬼なんかを領主にしたんです⁉」

「逆よ。兄上は領主になってから吸血鬼になったの。領主になってすぐ、兄上は大きな病に罹ってしまった。そのせいで死の淵をさまよう羽目に……。私はそんな兄上を救って差し上げるためにその体を吸血鬼につくり変えたのよ」

コルネリアはさも崇高なことを為したかのように恍惚とした表情を見せた。

「吸血鬼になった兄上はもちろん病に打ち勝ったわ。所詮は人が罹る病ですからね。人を超えた存在になったのだから当然よ。ただ、知っての通り吸血鬼には人間の生き血が必要なの。そこで私たちに奉公する存在である娘たちから血をもらうことにしたというわけ。兄上はとりわけ若い女の血液がお好みですから。それを取り込んだときは特にお元気になられるのよ」

「馬鹿げている……！」

僕は吐き気を堪えながら、震える唇で呟いた。

「この人を生き延びさせるために何人が犠牲になったと思っているんですか⁉」

「さっきも言ったでしょう。人の命は平等ではないの。兄上の命と村人の命。その重みは天と地ほども違う。それは兄上が領主だからでも、貴族だからでもないわ。私がそう決めたからよ。命の価値なんて人の主観で決まるものなのよ」

そう語ったコルネリアの口調は極めて落ち着いたものだった。そのことが何よりも恐ろしかった。彼女は心の底からそう信じ、人を殺しているのだ。

「コル、ネリア……」

そのとき、血を取り込み終えた領主の男が初めて言葉を発した。

男は焦点の定まらない青い瞳を見開き、ぐらぐら揺れながら数歩動いた。

その動きも話し方も尋常ではない。吸血鬼とはこういうものなのか。僕にはただの生きる屍にしか見えない。

しかし、コルネリアは輝くような笑顔を見せて男に駆け寄り、その身を抱きしめた。

「あら！　兄上！　目を覚まされたのですね！」

「ち、あり、がとう」

「いえいえ、妹として当然のことです。まだ血が体に入ったばかりですからね。ひとまずお休みになって。その間に私が邪魔者を掃除しておきますから、その後二人でゆっくり楽しみましょう」

「ああ、おや、すみ」

コルネリアは男と口づけを交わすと、ゆっくりと玉座に腰をかけさせた。そして再び瞳を閉じた男の髪を愛おしそうに撫でる。

僕はそんな二人の様(さま)を見て身の毛がよだつような恐怖を感じた。

狂気だ。彼女たちは狂っているとしか思えない。どんなに大切な人を救うためでも人を殺すなどという発想は僕には思いつかない。

「さあ、これで理解できたかしら？」

コルネリアは僕がいる檻に近づき、しゃがみこんで視線を合わせてきた。

「……何をです？」

僕は彼女の瞳に宿る狂気が恐ろしくて、そっぽを向いて答えた。

「私の為すことの尊さを、よ」

「どんな言い訳をしてもあなたのしていることはただの人殺しです。理解などできるはずがない」

「あら、残念。あなたが理解してくれるのなら、ここで飼ってあげてもいいと思ったのに。ほら、私が必要なのは血だけでしょ？　残った肉をあなたが食べれば無駄がないわ」

「……お断りですよ。そもそも僕は人間を食べたりなんてしない」

「へえ」

コルネリアは意地の悪そうな冷笑を浮かべた。

「人間だったときには人肉を食べたのに、魔獣になったらそれを拒むのね」

「⁉」

僕は驚きのあまり息を呑んだ。

「なぜそれを……⁉」

「見くびらないでちょうだい。私は血に関する魔術の専門家なのよ。血が持つ記憶を読むくらい訳ないわ。あなたが眠っている間に色々と見せてもらったの」

血の気が引く思いがした。一体、コルネリアに何をどこまで知られてしまったのか。

「初めて人間の肉を食べたときはどうだった？　美味しかったかしら？」

「やめろ‼」

思い出したくない記憶を掘り起こされて僕は大声で叫んだ。

「何も気に病むことなどないでしょう？　あなたが生き残るためには他に手段はなかったのだもの。生きるために人間の命を食らうのは悪いことではないわ」

「そんなことはない！　あれは、僕のしたことは罪だ！　してはいけないことだったんだ！」

「自分を責めなくていいのよ、レオナルド」

コルネリアは甘く、囁くように、人間だったときの僕の名前を呼んだ。

「あなたは悪くない。悪いのは船を沈めた嵐よ。でもそれは自然の猛威だから憎みようがないもの。だからあなたは苦しんでいる。私たちも同じよ。病という嵐から生き残るために吸血鬼化を選んだ。あなたと私たち兄妹はとてもよく似ているわ。ねえ、私たちはわかり合えると思わない？」

コルネリアの言葉は蠱惑的に僕の耳朶に響いた。

彼女の言っていることは間違っている。無茶苦茶な論理をこねくり回して、無理矢理共通点を作っているだけだ。そう頭では理解しているのになぜか全てを否定することができない。僕は本質的にはコルネリアと同じだというのか。

「私を選びなさい、レオナルド。エレーナのことは忘れて私に仕えるのよ。そうすればあなたは本当の意味で救われる。もう苦しまなくていいのよ」

コルネリアの声を聞いているとなぜか頭がぼうっとしてくる。徐々に思考が鈍くなって意識が薄らいでいく。

コルネリアが手を伸ばし、僕の頭を撫でるように触れるとその感覚は加速した。

「僕、は……」

何も考えられなくなり、僕は命じられるようにコルネリアに向かって頷きかけた。

だがそのとき、カツンという高い靴音が地下室に響き渡った。

「私の使い魔をたぶらかすのはそこまでにしてもらおうか」

声の方を振り返ると、部屋の入り口にエレーナが立っていた。

腕を組んで仁王立ちしているその姿は珍しく怒気を孕んでいるように見える。

「出たわね。〈復讐の魔女〉」

コルネリアは立ち上がって向き直ると、手にした杖の先をエレーナに向けた。

「私を殺しに来たの？」

「お前も魔術師なら知っているだろう。私は復讐の依頼を受けた。そういうことだ」

「そう。でもそれはできないわよ、魔女」

ここまで届くほどの殺気を放つエレーナを前にしてもコルネリアは余裕の笑みを浮かべた。

「ほう？　まさかお前程度の魔術師が私に勝てるとでも思っているのか？」

「ええ。あなたには枷があるもの」

「枷だと？」

エレーナは訝しげに眉をひそめる。

「そうよ。ここにいる使い魔という人質がね」

その言葉を聞いてもエレーナはピクリとも表情を変えなかった。

「レオナルド、あなたにとってはレオニスかしら？　彼には私の血を打ち込んであるの。もし私を傷つけるようなことをすれば、その血が彼を殺すわ」

「血の魔術の一種か。なるほど。数年前に魔術学院で天才と称された少女が突然行方をくらますという事件があったな。確かその娘は血の魔術に異様に精通していたとか」

「そういうことよ。どう？　私を殺せないでしょう？」

「……どうかな？　確かに珍しい魔獣だが、魔術師にとって使い魔など簡単に切り捨てられる存在だ」

エレーナは仮面のような無表情で答えたが、コルネリアは乾いた笑いで応じた。

「できないわよ。だってあなたは魔女エレーナですもの」

「……解呪の血清があればその下らない術は解ける。さすがに用意しているんだろう？」

「話をそらしたわね。でも確かに血清はあるわ。ここにね」

コルネリアは僕の檻を離れて、机の脇に立ち、その上に置かれた注射器を指した。

「さあ、あなたに取りに来られるかしら？」

「図に乗るなよ、三流！」

その言葉が合図だったかのように、二人の魔術師の戦いの火蓋が切られた。

先に仕掛けたのはコルネリアだった。

激しい魔術の光線が雨のように放たれ、エレーナに襲い掛かる。

エレーナはそれらを避けることなく全て受けた。

しかし、ヴィットーリオのときと同じように、ここでも全ての魔術がエレーナに触れる直前で掻き消えていく。

エレーナが昼間語ったように、二人の力量差が圧倒的なのだ。

「年寄りのくせにとんだ化け物ね」

コルネリアは悪態をつきながら矢継ぎ早に魔術を繰り出すが、やはりエレーナには一つも効かない。

だが、エレーナの方は僕のことを気にしているのか、防御に専念し反撃を仕掛けることはしなかった。魔術は使わず、ただゆっくりと歩みを進め、真っすぐに血清が置かれた机を目指している。

その様子を見て僕はようやくコルネリアの狙い(ねら)に気がついた。彼女は最初から魔術でエレーナを倒そうとはしていなかったのだ。血清の場所を示してエレーナを誘導し、落とし穴の仕掛けにはめるつもりだ。

僕はエレーナに警告を発しようとしたが、何かが喉につかえたように声が出てこない。

ひょっとしたらコルネリアの魔術が僕の言動を妨害しているのかもしれない。僕は身振り手振りでなんとかして伝えようとしてみたが、エレーナは真っすぐコルネリアだけを見つめていて、こちらに視線を寄越さない。

そうこうしている間にエレーナは傾斜床の中央付近まで進んでしまった。そして次の一歩を踏み出そうと足をあげた瞬間を狙い、コルネリアがレバーを回した。

「っ‼」

僕は声にならない悲鳴を上げた。

マイヤと同じく、エレーナも床にできた穴に落ちていく。その顔には驚きの表情が浮かんでいた。

「かかったわね！」

コルネリアが快哉の声とともに二段階目のレバーを回す。

すぐに無数の針が生えた壁がエレーナに向かって動き始める。それと同時に床が閉じていく。

「アハハハッ！　私の勝ちよ！　魔女！」

コルネリアの勝利宣言を聞いても、迫ってくる針山を前にしても、エレーナは無表情で自分をはめた魔術師を見つめるだけで、悲鳴一つ上げることはなかった。ただ、床が完全に閉じる直前、あのいつものパチン、という指を鳴らす音だけが聞こえてきた。

次の瞬間、勝利を確信し、高笑いしていたコルネリアの姿が机の前から消え去っていた。

代わりにそこに立っていたのは落とし穴の中にいたはずのエレーナだった。

「⁉」

驚く間もなく、エレーナは机の上の注射器を掴むと、素早く僕に向かって投げつけた。

注射器は矢のように飛んで僕の前脚に突き刺さり、すぐに血清が流れ込んでくる。

その直後、くぐもったコルネリアの悲鳴とともに、針の山が彼女の肉体を突き刺す嫌な音が地下室中に響き渡った。


「全く。何をやっているんだ、君は」

エレーナは僕の前脚に刺さったままの注射器を外しながら、呆れ声を上げた。

「凶暴な魔獣のくせに何度も敵に捕まったり、傷を負ったりするんじゃない」

「すみません……」

僕は檻の中で深くうなだれた。

コルネリアを殺す絶好の機会を逃しただけでなく、エレーナの足手まといになってしまった。主の助けになるのが使い魔の役目だというのになんと情けないのだろう。

「いや、もういいから、さっさとそこから出たまえ」

エレーナがサッと手を振ると、太い鉄格子が飴のようにぐにゃりと歪(ゆが)んだ。続けて指をパチンと鳴らすと、僕の尻尾の傷が塞がった。

「ありがとうございます」

　僕は心から感謝を告げて檻の外へ出た。

　エレーナに見捨てられなくて本当に良かった。僕のことを気にしなければ、エレーナはもっと簡単に勝てていたことだろう。だが、彼女はそうはしなかった。エレーナは気分屋で自分勝手な人だし、目的のために手段を選ばない魔術師だというのは間違いないが、少なくとも自分の使い魔を見捨てない優しさを持っている。僕はそのことがうれしかったし、彼女が主であることが誇らしかった。

「コルネリアは……？」

「死んだよ。あの床が閉じる寸前に私が転移の魔術を使った。術者と相手の位置を入れ替える術だ。あそこに何かがあるのはすぐにわかったからな。奴はまんまと誘導され、私の代わりに自分の仕掛けにはまってくれたわけだ」

「そう……ですか」

　僕はピタリと閉ざされた落とし穴の床を見つめながらコルネリアのことを想った。

　残酷な人ではあった。彼女のせいで多くの人が殺され、その家族が悲しみにくれた。それでも彼女にも彼女なりに生きる理由があり、殺す理由があった。理解はできないが、彼女と会話し、それを知ってしまった以上、単純にコルネリアが死んで良かった、とは思えなかった。

「なんだ？　レオニス。まさか奴の色香に惑わされて、使い魔になりたかった、などと思っているんじゃないだろうな？」

「そんなことありませんよ」

エレーナはからかうような口調だったが、僕は昏い気持ちで答えた。

「ただ……。あの人は言ったんです。自分と僕は似ているって。僕もかつて人の肉を食べてしまいました。違うと思いたいけど、生き残るために禁忌を犯す選択をしたという意味では僕も本質的には彼女と変わらないのかもしれません……」

「私はそうは思わんな」

エレーナは静かに、しかしきっぱりとそう告げた。

「奴と君には決定的な違いがある。それは自分の選択の結果に対して罪の意識を感じているかどうかだ。罪とは本来、他人や法に定義されるものではない。己の中でのみ生まれ得る意識だ。そして罪を自覚し、過去を悔いることができるのが人間と獣の差だと私は考えている。そういう意味では君は実に人間らしいし、そんな君を私は気に入っているよ」

エレーナの言葉は僕の心にすっと染みこんでいった。コルネリアに捕らえられてからもやもやとしていた気持ちが少し晴れたようだった。

「……僕、やっぱりエレーナさんの使い魔で良かったです」

「当然だな。私ほどの美貌の持ち主の下僕でいられるなんて至上の喜びでしかないのだぞ。それよりもレオニス」

エレーナは僕に向き直ると、真剣な表情を向けてきた。

「なぜ、奴を殺すことを躊躇った？　私はその首輪の魔術が発動したのを感じた。それはつまり君が決定的な機会を逃す真似をしたということだ」

僕はエレーナの視線に耐え切れず、顔を伏せた。

あのとき、僕がコルネリアを殺せていれば、マイヤも死ななかったし、僕もエレーナも危険に晒されることはなかった。今回の件は間違いなく僕の責任だ。だが……。

「わかりません……。僕にもわからないんです」

何が僕を止めたのか。本当にわからなかった。慈悲なのか、情けなのか、それが何かはわからない。ただ、このまま殺してしまったらもう後戻りできなくなるのではないか、という漠然とした思いが牙を振り下ろすことを止めていた。

殺せていればもっといい結果になっていた。もしそのことを知った状態であのときに戻ったとしても、やはり僕にはできなかったのではないか。そんな気すらしてくる。

俯いたままの僕の様子を見てエレーナは大きなため息をついた。

「ならもういい。君に殺しを慣れさせるために敢えて別行動にしたが、逆効果だったかな。当面の間は私についてくるだけでよしとしよう」

「すみません……」

正直なところ、僕はその言葉にほっとしたが、エレーナは釘を刺すことも忘れなかった。

「だがな、レオニス。魔術師の世界には倫理も道徳もない。当たり前のように殺し、殺される世界だ。君が人間に戻るためにはそんな奴らを殺すしかないんだ。だからいつかはそれを為さねばならないときが来る。そのことを忘れないようにしたまえ」

エレーナの忠告はしこりのように僕の胸に残った。

彼女の言う通りだ。僕はいつか人を殺さなければならない。そのときまでに覚悟を決めなければならないのだ。

「さて、目的も果たしたことだし、こんな辛気臭いところに長居は無用だ。依頼人に報告して、早いところ帰るとしよう」

エレーナはそう言うとさっさと出口に向かって歩き始めた。

「ま、待ってください、エレーナさん。彼はどうするんですか?」

僕は慌てて主の後を追いかけつつ、玉座で眠ったままの領主の男を指した。

「ああ、あれか? 私は特に何もするつもりはないよ。依頼されたのは領主代行への復讐だけだからな。領主がどうなろうと知ったことではない」

「でも吸血鬼ですよ⁉ 放置したら誰かを襲うかもしれないですし……」

「あれは吸血鬼ではないよ。魔術で吸血鬼をつくり出すなど〈七賢者〉でも不可能だ。あれは出来損ないの吸血鬼もどきでしかない。一人では満足に歩くこともできないから害はないさ。ああ、でもそうだ」

エレーナは立ち止まってニヤリと笑みを浮かべた。

「この部屋に彼がいることだけは村人たちに伝えておくとしよう。彼らには事件の元凶の一つを裁く権利があるからな」

それからしばらくして、ヴェリテ村の領主が惨殺され、その首が城門に晒されたという話が風の便りに聞こえてきた。

穏やかな日が差す冬の午後、僕はエレーナの屋敷でティータイムの準備をしていた。

台所からティーポットとカップを居間に運び、茶菓子をよそった小皿をテーブルに並べる。水を入れたやかんを〈手〉に取り、暖炉の火にかければ、あとはお湯が沸くのを待つばかりだ。

あの半年前のヴェリテの一件の後、僕は切断された尻尾（しっぽ）の針の代わりに新しい〈手〉を得ていた。

「針を復活させることもできるが、どうせなら手があった方が便利だろう」というエレーナの思いつきによって、僕の尻尾の先は義手のような銀色の器官につくり変えられたのだった。

毒針にそれほどの執着があったわけではないが、魔術で体を改造されるようで僕は当初気が進まなかった。だが、やはりもともと人間だったこともあり、実際に義手を使い始めてみると想像以上に便利で、気づけばうきうきした気分で日々を送るようになっていた。

ただ、エレーナからは義手をつくるために消費した魔力分働くように、と毎日紅茶を淹れることを命じられていた。そういうわけで今では午後四時にティータイムの準備をするのが僕の日課になっている。

暖炉の前に寝そべり、床に置いた新聞を義手で開く。

こうしてお湯が沸くまでの間、エレーナが各地から取り寄せている新聞を読むことも日課の一環だ。

今回の新聞は僕の故郷であるセプテム王国で発行されているものだった。一面は例のヴェリテの事件について詳しく書かれた記事だ。セプテム王国からすれば外国で起きた猟奇的な大量殺人ということになるからか、陰謀論やオカルトを交えてありもしないことを面白おかしく論じていた。

僕は記事を読んでコルネリアのことを思い出した。あれから半年近く経つが、まだ僕は人を殺さずに済んでいる。エレーナと一緒にいくつかの仕事をこなす中で人の死を見ることはあっても、自分の牙と爪を血に染めてはいない。

主に釘を刺されたようにいつかそのときが来るのは間違いないが、僕は未だにその覚悟ができていなかった。必要なことだとはわかっていても、その一線を越えてしまえば大切な何かを失ってしまうような気がするのだ。

僕はかぶりを振って暗い考えを頭から追い出し、気分を変えようと適当にページをめくった。その最中、ページの端に書かれたある記事に目が吸い寄せられた。

『海賊団カルロ一味の脅威』

人間だった頃の幼馴染と同じ名前が入った不穏な見出しに僕は心が粟立ち、食い入るようにその記事を読み始めた。

『昨今、ヒエムス近海の治安が脅かされている。その原因は昨夏に突如として現れたカルロ海賊団だ。カルロ海賊団はヒエムス出身のカルロ・ニックスが率いるギャングで、主な構成員は昨年閉鎖されたウェスタ孤児院の元孤児たちとみられている。彼らは船速を活かした一撃離脱戦法で知られ、これまでに十隻以上の商船が被害にあってきた。今般、さらに活動範囲を広げているとみられ、商船の被害報告が急増している。この状況を受け、海運組合は護衛船を手配していると言うが、十分に行き届いていないのが現状だ。一刻も早い王国海軍の協力が待たれる』

記事を読み終えた僕は信じられない思いで新聞の端をきつく握りしめた。

書かれていたカルロという男は僕の幼馴染の彼のことだ。ヒエムスで孤児院出身であることを示す〈ニックス〉という姓に加え、僕らが育ったウェスタ孤児院の名前まで出ているのだから間違いない。しかし、一体なぜあのカルロが海賊なんかに……。

カルロは確かに少し荒っぽい気性の持ち主ではあったが、人一倍仲間思いで分別のある男だった。そんな彼が同じ孤児院で育った仲間を巻き込んで犯罪に手を染めるなんて考えられない。この記事は何かの間違いとしか思えなかった。

しかし、もしこれが本当だったとしたら……。カルロは、孤児院の仲間たちはこれからどうなってしまうのか。それにアンナは……？　もう一人の幼馴染であり、僕が愛した女性である彼女は一体今どうしているのだろう……。

僕の心は彼らのことを想う気持ちで埋め尽くされ、後ろから近づいて来る気配に全く気づかなかった。

「何をボケっとしているのだ？　君は」

ハッとして振り返ると、腕組みをしたエレーナが新聞を覗き込んでいた。

その顔は見るからに不機嫌そうで、柳眉をひそめている。

「あ、これは……」

咄嗟に新聞を隠そうとしたが、エレーナはすでに僕が何を読んでいたか気づいた後だった。

「ほう？　カルロ海賊団。孤児の海賊団とは随分と珍しいな。それで君はこの記事の何がそんなに引っ掛かったのかね？」

カルロのことをエレーナに相談していいものか、僕は迷った。本音を言えばエレーナの力を借りたかったが、依頼でもないのにエレーナが動く理由がない。それにあの記事を読み、突然彼らの状況に直面したことで僕は動揺し、混乱していた。

「えーっと……」

まごつく僕の様子を見て、エレーナは浅くため息をついて苦笑いを浮かべた。

「まあいい。ひとまず茶を飲むとするか。あれが蒸発しきらないうちに、な」

エレーナが指さした先では、沸騰し続けるやかんが何度目とも分からない笛のような音を鳴らしていた。

紅茶はやかんの中にかろうじて残っていたお湯で無事淹れることができた。尻尾の義手でティーカップを握り、一口飲むと、芳醇な茶葉の豊かな香りが鼻を抜けていった。

人心地ついた僕は、エレーナに促されるままにカルロやアンナ、孤児院の仲間たちのことを説明した。

「なるほどな。君にそれほど親しい友がいたとは知らなかった。しかし、孤児たちが海賊団を結成する、というのはあまり聞かない話だな。そもそも孤児だけでは船を用意できないだろうし、手に入れたとしても動かすこともままならないだろう。後ろに本物のギャングなり海賊組織がいるというならわかるが」

「僕が知る限り、カルロにはそんな裏社会とのつながりはありませんでした……。この一年半の間に何かがあったのかもしれませんが……」

思えば僕が王立学院へと旅立ってから今日までの間、監獄に面会に来てくれたときを除いてカルロやアンナがどこで何をしていたかは全く知らない。魔獣になってからは自分のことに手一杯で彼らのことを気にかける余裕がなく、孤児院が閉鎖されていたことすらあの記事で知ったくらいだ。僕が知らないうちに彼らはすっかり変わってしまっていたのだろうか。

「……エレーナさんの仕事とは関係ないのはわかっているのですが、彼らの様子を見に行くことはできないでしょうか？」

「事情は理解したが、事はそう簡単ではないぞ、レオニス」

エレーナは苦笑交じりに答えた。

「仕事でない以上、私の魔力を消費することへの対価が必要だ。ヒエムスへの移動、その海賊の捜索、場合によっては何者かと戦うこともあるかもしれない。それらへの対価はなかなかの重労働になる」

「カルロたちをなんとかできる可能性があるのなら何でもします」

「そうか」

僕の答えを聞くとエレーナはニヤリと含みのある笑みを浮かべた。

「それならちょうどいい。今しがた、因縁のある男から依頼の手紙が届いてね。その仕事で君が十分な活躍を見せてくれれば、それを対価として海賊団の捜索を請け負おう」

「……わかりました。最善を尽くします」

「うむ。大いに期待させてもらおう」

カルロたちのことをなんとかするためにも、まずは目の前の仕事に集中しなければならない。

僕はそう思って気持ちを切り替え、エレーナの話に耳を傾けた。

「ではまずは手紙の差出人の話からするとしようか。正直なところ、そやつのことを話すだけでも腹立たしいほどの因縁があるのだが……、仕方あるまい」

エレーナは優雅な手つきでティーカップを手に取り、紅茶を口に含むと、気だるそうに語り始めた。

「差出人はウーゴという魔術師だ。手癖(てくせ)の悪さで有名な男でね。魔術師同士の揉(も)め事(ごと)や相続問題に関(かか)わっては貴重な〝呪具(じゅぐ)〟をかっさらっていくコソ泥だ」

「呪具ですか？」

呪具とは魔術がかけられた道具を指す言葉だ。遠く離れたところを見られる水晶球や、空飛ぶ絨毯、不思議な力が秘められた剣など魔術関連の特殊な物品を呪具と呼称する。

「ああ。呪具の中には〝魔術素質(インゲニウム)〟を補えるようなものもあるから、ものによっては価値が高い。本人は呪具蒐集家などと名乗っているが、魔術師界隈では呪具泥棒と呼ばれて毛嫌いされている男さ」

「そんな泥棒とエレーナさんにどんな因縁があるんです？　貴重な呪具を獲られたとか？」

僕が思いつきを口にすると、エレーナは口をとがらせてそっぽを向いた。

「この私が呪具などに執着すると思うかね？　私ほどの魔術師なら大抵のことは自分の力で叶(かな)えられる。ただ、依頼となると話は別だ」

エレーナは嫌な記憶を思い出したように天井(てんじょう)を睨(にら)んだ。

「あれは今年の春先だったか。ある依頼のために貴重な呪具が多く眠っているという島に赴いてね。同じ頃ちょうどウーゴも噂を聞きつけていたらしく現地で鉢合わせたのだが……。奴(やつ)

の方が一足早く、すでに呪具は奪われた後だった。当然、取り返してやろうとしたのだが、ウーゴは魔力攪乱の煙幕を使ってまんまと逃げおおせた。その上、隙を突いて何らかの魔術で私を昏倒させていったのだ。この私をだぞ！　思い出しただけでも腹が立つ」

「なるほど……。それはなかなかの因縁ですね……」

最強の魔術師に思えるエレーナでも隙を突かれれば倒されることもあるということか。

それにしてもいくら貴重な呪具を得るためとはいえ、この人を敵に回すとは、ウーゴという人は相当な命知らずのようだ。しかもそんな相手に平然と依頼を出してくるなんて、もはや豪胆を通り越して鈍感としか思えない。

「でもそれなら、なぜ依頼を受けることにしたんですか？」

「問題はそこだよ」

エレーナは苦虫を嚙み潰（つぶ）したような顔になった。

「普通なら当然あの大馬鹿（ばか）者の依頼なぞ即却下。今頃（いまごろ）は暖炉の火にくべているさ。しかし、今回は事情が違う。復讐の標的たる人物がある希少な呪具を所持している、と奴は言ってきているのだ。依頼を果たせば魔力のついでにそれが手に入るかもしれない」

「希少な呪具？」

「ああ。その名を〈猿の手〉という」

エレーナは深刻そうな表情でその呪具の名を告げたが、僕にはピンとこなかった。今までエレーナから大量の魔術関連の本を渡され、それを悉く読破してきたが〈猿の手〉なんていう言葉は見たことがない。

「まあ、君が知らないのも無理はない。名前が載っている文献自体がほぼ存在しないからな。しかし、魔術の世界において得体が知れないということは、それだけ強力で危険なものだということを意味する」

「一体、どういう呪具なんですか？　その〈猿の手〉って」

「端的に言えば使用者の願いを叶えるものだ。見た目は指が三本ある猿の手のミイラでね。願いを叶える度にその指が折れていく」

それだけ聞くとちょっと不気味なだけで特に危険はないように思えた。

「願いを叶えるって言っても、何か制限があるんですよね？　使用者の魔術素質に依るとか」

「それがないのさ。〈猿の手〉はどんな願いでも何かしらの形で叶えるという。魔力の消費もなく、誰にでも扱えるものなんだ」

「それって……対価を必要としないってことですか？」

「そうだ。本来魔術には必ず対価がいる。これは魔術の世界における絶対の法則だ。大半の魔術はその対価を魔力に求めるわけだが、何の対価も要求しない魔術というのはそれ自体が歪んでいる。おそらく何かのきっかけで思いもよらない対価を勝手に奪うような仕組みなんだろう。実際、文献に残っている記録では〈猿の手〉を使用した者は例外なく皆、非業の死を遂げているからな」

僕は徐々に背筋が寒くなっていくのを感じた。最近魔術を理解してきたからこそ、その異常さがわかる。〈猿の手〉は彼女の言う通り得体の知れない危険な品、いや呪いの品と言ってもいいかもしれない。

「でも、エレーナさんはそんな怪しげなものを手に入れてどうしようっていうんです？」

さっき本人も言った通り、エレーナなら自分の魔術でほとんどのことは実現できる。〈猿の手〉を欲する理由などないはずだが……。

「無論、〈猿の手〉を手に入れたとて使うつもりなどないさ。ただ、〈猿の手〉の仕組みを研究し、解明すればいろいろ使い道があるかと思ってね」

エレーナはそう言うと少し目をそらした。

その様子を見て僕はピンときた。

エレーナの魔術を以てしても、未だ実現できていないことが一つある。

それは僕に呪いをかけた相手を特定することだ。

「エレーナさん……」

魔術は引かれ合う、とはいうもののエレーナの使い魔になってから一年弱、いまだ呪いをかけた相手には出くわさない。もはや元の体に戻ることは無理なのかもしれないと諦めかけていたが、エレーナは彼女なりに手を尽くそうとしてくれているのだ。

「ありがとうございます。僕のために……」

「……何か勘違いしているようだな、レオニス」

声を詰まらせた僕に対し、エレーナは呆れたような表情で一瞥をくれた。

「私は私の目的を果たすために〈猿の手〉を研究したいだけだ。別に君のためではない」

「え……?」

僕は肩透かしをくらったような気分になったが、よく考えたらエレーナはそういう人だった。それにいつも書斎に籠もって魔術の研究をしているから、きっと彼女は彼女で何かの目的、果たしたい願いのようなものがあるのだろう。

「まあ、私の目的のついでなら、君のことを考えてやらないこともない」

「……ありがとうございます。でもそれじゃあ結局、その呪具のために依頼を受けるということになるんですか?」

「受けるかどうかは向こうに赴いて話を聞いてからだ。そもそもウーゴの奴が私を呼びつけること自体が業腹だがね」

エレーナは思いっきり顔をしかめながら答えた。

「それにこの事件、実は君とも関係があるのだぞ」

「僕が、ですか?」

「ウーゴの手紙は奴の友人とやらが巻き込まれた殺人事件の犯人への復讐を頼みたいというも

のだが、この事件が起きたのがフルクトゥスというウルカヌス聖教国の街なのさ。その上、犯人が魔術師ではないかと噂されていてね。ある異端審問官が調査に乗り出すらしい」

「それってまさか……」

「そう、ヴィットーリオだ」

エレーナはそう言って不敵な笑みを浮かべた。

「ヴィットーリオの排除は依頼の本筋ではない。しかし、鉢合わせる可能性は十分にある。覚悟はできているかね、レオニス？」

リースを殺した憎き敵。彼女だけじゃない。ヴィットーリオは異端殲滅の名のもとに多くの人間を殺してきた。僕はそんな奴をこの手で討つとリースの墓前に誓った。

だが、いかにヴィットーリオが極悪非道な男だったとしても人間であることは変わりない。魔獣になっても未だ人を殺したことがない僕に果たしてあの男を殺せるのか。まだその答えは出ていない。ただ、逃げることだけはできるはずがなかった。

「もちろんです。奴の相手は僕に任せてください」


フルクトゥスは周りを高い城壁に囲まれた大きな港街だった。

ウルカヌス聖教国に属するこの街は大陸の北沿岸の中央に位置しており、付近を流れる暖流の影響で北部の割に冬でも比較的暖かい。この穏やかな気候に加え、鎖国主義のウルカヌス聖教国で唯一、他国との貿易が許されている街でもあるため、多くの人と物が行き交う大都市となっていた。

　街の中心地である港に直結する形で各国の商館が置かれ、その周りを取り囲むように国内の商人向けの宿屋が立ち並んでいる。そのさらに外側には一般市民のための市場と住宅街が広がっていた。

　僕とエレーナは警備の厳しい港を避けて内陸側からフルクトゥスに入り、ウーゴとの待ち合わせ場所である宿屋に向かって市街を歩いているところだった。

「大きな街ですね」

　僕は石畳できれいに舗装された道を慎重に歩きながら、呟くように言った。昼日中の街中を歩いているので例の黒猫の姿に擬態していたが、質量は魔獣のままだからうっかり道行く人とぶつかったりすれば事故になりかねない。

「まあ、今やここはウルカヌス聖教国内でも有数の人口を誇る大都市だからね」

　答えたエレーナはいつものイブニングドレスの上に黒いローブを頭から被っていた。

　本人は不本意らしかったが、さすがにこれだけの人がいる中で目立つ格好をしていると大騒ぎになるという僕の意見を受けてのものだ。

「ヒエムス出身の君からすれば物珍しいだろう」

　ヒエムスもフルクトゥスと同じく港街だったが、貧富の差が激しい社会構造のせいで荒んだ表情の人が多かった気がする。対照的にこの街を歩く人々の顔は明るい。冬でも比較的温暖なこの気候と交易で得た富がそうさせるのだろうか。

「背の高い立派な建物が多いですね。それに何だか街の人たちも活気に溢(あふ)れているような気がします」

「この街もほんの三〇年前までは地方の小さな漁港に過ぎなかったのだがね。ウルカヌス聖教国が興り、貿易港として開発を行ってからはみるみるうちに発展していった。ウルカヌス聖教国というのも一般市民からすれば案外住みやすい国なのかもしれないな」

ヴィットーリオという存在のせいで僕の中のウルカヌス聖教の印象はあまりよくないが、確かにウルカヌス聖教を信じている普通の人たちにとっては不自由はないのかもしれない。

「……でも、異端審問官がうろうろしているような国は、僕みたいな存在や魔術師にとっては生きづらいですけどね」

「確かに魔術師が敢(あ)えてすみかに選ぶ国ではないな。逆に言えば脛(すね)に疵(きず)を持っているような、魔術師から追われる魔術師にとっては隠れやすいとも言えるがね。特にこの街はウルカヌス聖教国の中では最も規制が緩く、異端審問官も常駐していない。諸外国の人間が集まる貿易港で、血の気の多い審問官どもが外国人に手を出せば国際問題になりかねないからな。さて、着いたぞ」

エレーナはそう言って道の先にある白亜の石壁が美しい五階建ての館の入り口を指さした。

館の門の前に目を向けると、紺色のジャケットを着た金髪の男がこちらに向かって手を振りながら、輝くような陽気な笑顔を浮かべて立っているのが見えた。

「お久しぶりですね、エレーナ先生！　お元気でしたか？」

ウーゴと思わしき男は肩口まである金髪を風になびかせながら、爽やかに笑いかけてきた。日焼けした小麦色の肌に、コバルトブルーの美しい瞳と真っ白な歯がよく映えている。思わず「ニカッ」という表現をしたくなるような端整で清々しい笑顔だ。

「ウーゴ！　貴様、よくも私の前に顔が出せたな！」

エレーナはウーゴの笑顔を見るなり、猛然と詰め寄った。

そして一瞬で彼のジャケットの内ポケットから短い杖を抜き取ると、そのままそれを喉元に突き付けた。

「いやぁ。エレーナ先生は今日もお綺麗だなぁ。怒った顔も美しくて素敵ですよ」

〈復讐の魔女〉に命を握られている状態にもかかわらず、ウーゴは笑顔を崩さない。それどころかウィンクする余裕まである。もはや異常と言っていいほどの胆力だ。

「そんな当然のことを言っても世辞にもならんぞ！　言っておくが、この前ヒエムスでお前が私を昏倒させたことは死ぬまで忘れることはない。無論、お前が死ぬまで、という意味だ」

「えー？　俺がエレーナ先生を昏倒させるだなんて、そんなことするはずないじゃないですか。そもそも俺みたいな未熟者が最高の魔術師である〈七賢者〉の一人を、一瞬とはいえ倒すなん

て芸当、できもしないですよ」

ウーゴは参ったなぁ、というように両手を上げて大げさに首をすくめて見せたが、エレーナはピクリとも杖を動かさず、無感動に彼を睨み続けるだけだった。

「まあ、まあ。俺とエレーナ先生の間には不幸な行き違いがあったのかもしれません。それでも、ここに来ていただけたのは俺の手紙を読んでくださったからですよね?」

ウーゴは手を上げたまま本日二度目のウィンクを繰り出す。

その様子を見てエレーナは大きく長いため息をつき、杖を下ろした。

「……もういい。お前とやりあっても時間の無駄だったな。依頼を受けるかは内容次第だが、話くらいは聞いてやる。あくまで例の呪具、〈猿の手〉を手に入れるため、だがね」

「さすがエレーナ先生! 話が早くて助かります。……ちなみに、さっきから気になっていたんですけど、この黒猫君が噂の使い魔ですか?」

ウーゴの青い瞳が探るように僕を見つめてきた。

「ああ。彼が私の使い魔のレオニスだ。聞いているだろうが、人食いで有名な魔獣だよ。しかし、薬で食人衝動は抑えているから心配は無用だ」

確かにその通りなのだが、もう少し気の利(き)いた紹介をしてくれてもいいのに、と僕は思った。

「レオニスです。よろしくお願いします」

「こちらこそよろしく! レオニス君」

ウーゴは再びニカッと爽やかな笑顔を見せつけてきた。

「さて、それじゃあ早速ですが、中に入りましょうか。今回の依頼の詳細をお話しします」

五階建ての宿屋は白を基調とした明るい内装だった。広々としたロビーを抜け、客室へと続く螺旋階段を上る。

ウーゴが滞在している部屋は最上階の貴賓室だった。フロアまるごとを貸しきっており、三つの客室と食堂(ダイニングルーム)、暖炉がついた談話室(ラウンジ)まで備わっている。真っ赤(まか)な絨毯が敷かれ、絵画や彫刻に彩(いろど)られた豪華なインテリアはまるで貴族の邸宅のようだった。

「それじゃあ、依頼の内容を聞かせてもらおうか」

エレーナは部屋の主かのように我が物顔で談話室のソファにふんぞり返りながら言った。

ウーゴからは依頼達成までの間、自由に部屋を使っていいと言われていたが、金を払っているのは彼である。それでここまで堂々と振る舞える人はなかなかいない。

「エレーナ先生、やる気満々ですね。もちろん、俺としてはありがたいことですけど」

ウーゴのニカッと笑いを見て、エレーナはげんなりしたような表情になった。

「……私はとっとと依頼を片付けて〈猿の手〉を手に入れたいだけだよ。それで、依頼人はお前と別にいると手紙に書いてあったが?」

「ええ。今回の復讐は俺ではなく、俺の友人が依頼人になります」

　ウーゴはスッと真顔になって語り始めた。

　ウーゴによると、先週この街に住む彼の旧友が突然夜道で襲われ、殺されたという。依頼人はその旧友の妻にあたる女性で、夫を殺した犯人の死を望んでいる。

「……殺された彼とは古くからの仲で、家族ぐるみの付き合いでした。それで俺としても何とか犯人に報いを受けさせたいというわけです」

「話はわかったが、その程度のことならお前自身が手を下すこともできるのではないか？」

　エレーナは訝るというより確かめるように尋ねた。

「もちろん、それも考えましたが、その復讐の標的が問題でして……。今回の殺人事件、犯人は被害者の胸を裂き、心臓を抉り出しているんです。その上、目撃者によると犯人はその場で取り出した心臓を食べていた、と……」

　おぞましい話に思わず僕は全身の毛を逆立てた。想像以上に猟奇的な事件だ。

　それに思い出したくもないのに、かつて経験してしまった人間の心臓を咀嚼するときの嫌な感覚と口に広がる血の味が蘇ってくる。

「そしてその犯人の特徴ですが、灰色の狼のような毛皮のフードを被り、人間とは思えないほど大きな犬歯の男だったそうです」

「……〈心臓喰らい〉ということか？」

「はい。間違いありません。被害者である俺の友人は魔術師ではありませんでしたが、神官の血を引く者で、魔術素質を持っていました」

「……そうか。これはまた厄介な奴が戻ってきたものだな」

エレーナは苦虫を噛み潰したような表情を浮かべたが、僕は話についていけず、おずおずと尋ねた。

「……あの、〈心臓喰らい〉って何ですか?」

エレーナは軽くため息をつきながらもちゃんと答えてくれた。

「〈心臓喰らい〉というのは五〇年前に現れた連続殺人鬼の魔術師のことだ。魔術師だけを狙い、その心臓を抉り出して喰らうという猟奇的な手口で十二人をも殺害し、魔術界を震撼させた。殺された魔術師たちもそれなりに力のある者だったにもかかわらず自衛できなかったからな。魔術師たちを束ねる魔術師協会はこの事件を起こした殺人鬼であるアルノルフォという男を指名手配したが、未だに見つけられていない。手配後からは犯行が収まったからどこかに潜伏しているのだろうといわれていたが、まさか五〇年の沈黙を破って今さら現れるとはな」

魔術師だけを殺そうとする魔術師の殺人鬼。魔術師ではない僕には理解できない領域だが、尋常ではない相手ということだけはわかった。

「しかし、ウーゴ、アルノルフォが相手ならなおのこと、お前自身で奴を殺せばよいのではないか?　アルノルフォは強敵ではあるが、お前の力なら互角以上に戦えるだろう」

「戦う以前の問題で、結界を破ることができないんですよ。奴の隠れ家はすでに特定したんですが、結界に阻まれて立ち入れませんでした。……それと実は俺、魔術素質が落ちちゃっているんですよね」

「……何？」

ウーゴの言葉を聞いて、エレーナは目を吊り上げた。

「お前まさか……。カッサンドラに〈反魂〉の魔術を使ったのか？」

「そういうことです。まあ、使った上に失敗しちゃったんですけどね」

おどけるように言うウーゴに対し、エレーナは無言で鋭い視線を投げた。

部屋に重苦しい沈黙の時が流れる。

二人の間の張り詰めた空気に気圧され、僕は口をはさめなくなった。

エレーナはしばらくウーゴの青い瞳をじっと見つめていたが、やがて大きなため息をつき、ゆっくりと腕を組んだ。

「……この大馬鹿者め。だが事情は理解した。ウーゴ、お前は自分一人ではアルノルフォに敵(かな)わないから私の助力を請うために手紙をよこしたわけだな？」

「はい。恥ずかしながらその通りです」

「……よかろう。私は魔術師からの復讐の依頼は受けないが、今回は一般人であるお前の友人が依頼人ということだから大目に見てやる」

「ありがとうございます。エレーナ先生」

「ただし、三つ確認したいことがある」

「何なりと」

「まず一つ目だが、異端審問官のヴィットーリオという男についてだ。その男もこの事件を調査していると聞いたが、奴の動きを何か摑んでいるか？」

ヴィットーリオの名前が出て、僕は思わず身を硬くした。きっとエレーナは僕のことを気づかって奴の動向を聞いてくれたのだろう。

「そいつの噂はもちろん聞いたことがありますが、この事件に関わってきているというのは初耳ですね。というわけですみませんが何も情報はないです」

「そうか……。ならいい。では次だが、アルノルフォが〈猿の手〉を持っているということは間違いないんだろうな？」

「ええ。実は〈猿の手〉は俺も以前から探していまして。〈猿の手〉の魔力に反応する呪具を持っているんですが、アルノルフォの隠れ家を見つけたときにそれが反応したので間違いありません」

「……よかろう。では三点目だ。首尾よくアルノルフォを殺したとして、貴様が私の目の前で〈猿の手〉をかっさらうようなことはないだろうな？」

「もちろんですよ！　エレーナ先生を騙すようなこと、この俺がすると思いますか？」

大げさに両手をあげてみせるウーゴを、エレーナはじろりと見た。

「杖に誓って、そんなことはしないと言えるか？」

「杖に誓いますよ。俺は〈猿の手〉を奪ったりしません」

ウーゴは懐から短い杖を取り出すと、胸の前で掲げ、宣誓するように告げた。

エレーナはそれを見て力を抜き、ゆっくりと頷いた。

「……いいだろう。アルノルフォ殺しを受けてやる」

「エレーナ先生……！　よかった！　本当にありがとうございます！」

「礼は奴を殺した後でいい。依頼人には会えるか？」

「残念ながら彼女はまだ喪に服していましてね……。今日で諸々落ち着くはずなので、明日紹介させてください」

「わかった。では明日、正式に依頼を受けた後、さっそく奴の隠れ家とやらを強襲するぞ」

「了解です！　さすがはエレーナ先生！　では今日のところはまずは腹ごしらえといきましょうか。夕食はこの街で最も腕の立つシェフの料理を届けさせますよ！」


届けられた夕食はウーゴの宣言通り最高のものだった。

新鮮な野菜のサラダにじゃがいもを使ったスープ。メインディッシュは川魚のフリットと、牛肉のステーキだった。特にこのステーキが素晴らしく、骨付きの分厚い肉を外はカリっと香ばしく、中はしっとりとレアに焼き上げられていた。

僕も二人と一緒に料理を堪能させてもらったのだが、盛り付けまで美しいので食べるのに苦労した。尻尾の義手でフォークは握れても、ナイフを持つ手がない。僕はなんとかフォークだけで食べようとしていたが、ウーゴが笑って「作法は気にしなくていい」と言ってくれたので、口でかぶりついて無事にステーキを味わうことができた。

そんな彼の態度の節々からは、僕を野蛮な魔獣ではなく知性を持つ生き物として接してくれていることを感じられた。呪具泥棒ではあるのかもしれないが、ウーゴは根っからの悪人ではないのだろう。そういう彼の個性がエレーナの態度も軟化させているのかもしれない。

美味しい料理と酒のおかげで自然と会話は弾み、話はエレーナとウーゴの過去についてのものになった。

「ウーゴさんはエレーナさんとは長い付き合いなんですか？」

「そうだね……。初めて会ったのは俺が十代の頃だから、だいたい一五〇年くらいかな」

「ひゃ、一五〇⁉」

信じられない数字が飛び出してきた。以前エレーナもさらっと一〇〇年以上この仕事をしていると発言していたが、魔術師というのは皆長寿なのだろうか……。

「それじゃあウーゴさんは今一六〇歳くらいということですか？」

「うーん。自分でも正確な歳は覚えていないけどだいたいそんなもんかな。なにか驚いているみたいだけど、一六〇歳なんて魔術師としてはまだ中堅くらいのもんだよ。ひょっとしてレオニス君は俺ら魔術師のことをあまり知らないのかい？」

「ウーゴ、その言い方では私がレオニスにしっかり教えていないみたいではないか？」

食後のデザートを堪能していたエレーナがむっとした様子で割りこんできた。

「エレーナ先生は昔から実践主義とか言って、座学の時間は本を読ませるだけでしたもんね」

ウーゴは愉快そうにくつくつと笑った。

確かにエレーナは直接聞けばちゃんと教えてくれるが、基本は本を渡して「後は読んでおけ」ということが多い。魔術師が書いた本の中には『魔術師とは何か』という解説をするものなどないだろうから、僕も自分が理解していないことに今さら気づいたわけだ。

「実践主義の何が悪いというのだ」

エレーナはむくれてツンと顔を背ける（そむ）と、葡萄酒をぐびぐびと飲み始める。

「仕方ないなぁ。エレーナ先生に代わって俺が教えてあげよう。俺たち魔術師っていうのはそのほとんどが〝魔族〟の血を引いているんだ」

「〝魔族〟……？」

「おっと、そこからか。〝魔術素質〟はわかるかな？」

「魔術の力量の指標みたいなものですよね」

魔術素質の差があれば相手が繰り出した魔術に魔力をぶつけて打ち消すことができる。以前、エレーナから教わったことだ。

「だいたいあっているかな。魔術素質はその個体が一度に扱える魔力の量の上限という意味だよ。普通の人間は魔術素質がゼロだからそもそも魔力が扱えず、結果として魔術を使うことができない。ここまではいいかな？」

　僕はこくんと頷いた。

「それに対し〝魔族〟というのは高い魔術素質を持つ亜人種のことをいうんだ。いくつか種族はいるけど、有名なのは吸血鬼とか人狼あたりかな。君も聞いたことくらいあるだろう？」

「ええ。おとぎ話の世界の住人だと思っていましたけど……」

「昔はもっとたくさんいたらしいけど、最近は相当数が減っているからね。人狼にいたっては吸血鬼との戦争に敗れて絶滅したっていう説もあるくらいさ。話を戻すけど、人間には魔術素質がなくて、魔族には魔術素質がある。じゃあ魔術を扱える人間である魔術師というのは何なのか、っていうと魔族と人間の混血ということになるわけさ。そして魔族は皆一様に長命だ。不老不死に近い種族もいるくらいね。そんな彼らの血を引いているから魔術師も寿命が長いんだ」

「そういうことだったんですね……」

「ちなみに魔族の血が濃ければ濃いほど、魔術素質が高いし、寿命も長いよ」

　そうだとすると、魔術師の中でも最高と謳われる賢者であるエレーナは一体いくつなのだろう。

気になって彼女の方を見やるとぎろりと睨まれた。やはり魔女であっても女性に歳を聞いてはいけないようだ。

「それにしてもウーゴさんはなぜエレーナさんのことを先生と呼ぶんですか？　さっきのお話だと魔術を教わっていたようですし……。ひょっとして――」

「師匠‼」

そのとき突然、バタンという大きな音とともに部屋の扉が開け放たれ、茶色いポニーテールの女の子が駆けこんできた。

「もう！　探しましたよ、師匠！」

現れたのはエレーナの弟子を自称する少女、ルチアだった。

以前会ったときのローブ姿とは違い、白いワンピースを着ている。ここまで走ってきたのか、白い頰(ほお)は赤く上気していた。

「ルチア⁉　なぜ君がここにいる？　魔術学院はどうしたのだ？」

「師匠がお仕事でいらっしゃると聞いて、急いで休暇の申し出をしたんですよ！　里帰りということですぐに許可は下りました！」

「そういえば、君はこの街の出身だったな……」

「弟子であるわたしがいれば師匠も心強いですよね⁉　さあ、早速殺人事件の犯人を捜しに行きましょう！」

ルチアは大きな薄紅色の目を輝かせながら勢い込んだ。

それに対してエレーナは額に手を当てて大きなため息をつく。

「ルチア、まだ学生の君を仕事に巻き込むつもりはないよ。それにいつも言っているが、君を弟子にしたつもりはない」

「師匠が何をおっしゃろうとわたしは師匠の弟子ですよ。ずっと前からそう心に誓っていますから」

論理的には破綻しているはずなのだが、ルチアは自信に満ちた表情だ。

「それに今回はこのフルクトゥスが事件の舞台じゃないですか⁉　わたし、この街については土地勘がありますし、絶対に師匠のお役に立てますよ！」

「すでにウーゴが犯人の隠れ家を特定してくれているから、もはや土地勘は関係ないよ。ルチア、今の君の仕事は学生だろう。学院に戻って勉学に励むのが君の為すべきことだ。私はそのために魔術学院へ推薦状を出したのだから」

エレーナは以前のように姿をくらましたいところなのだろうが、今はこの地でやる仕事がある以上そうはいかない。だからこそ、言葉を尽くして丁寧に粘り強くルチアを説得しようとした。しかし……。

「納得できません……！　この魔獣が師匠の横に立つことが許されて、わたしはお手伝いすらすることもできないなんて……。受け入れられないです！」

ルチアは今にも泣き出しそうになりながら必死に食い下がってきた。

「レオニスは私の使い魔だからね。それに彼は戦闘訓練も積んだ魔獣だ。今回の標的は強力な魔術師である上に、ウルカヌス聖教の異端審問官ともぶつかるかもしれない。私は君の安全を考えて止めているんだ」

「身の危険なんてわたしは気にしません！　少しでも師匠のお役に立てるなら命だって賭けられます！」

「……伝わらないようだからはっきり言おう。ルチア、今の君では戦力にはならない。君には才能がある。だがいくら才能がある魔術師でも魔術素質は訓練しなければ高められない。今は我慢したまえ」

「師匠、それでもわたしは……！」

「話は終わりだ。もう遅いから君は家に帰りなさい。ウーゴ、悪いがルチアを送っていってくれるか？　私は先に休ませてもらうよ」

エレーナは強引に話を打ち切り、食堂を出ていこうとした。

だがルチアはなおも諦めず、去り行く彼女の背中に向かって叫んだ。

「わたしだって戦えます！　魔術素質が足りなくても強力な魔術を使う方法が一つだけあるって魔術学院で習いました！」

その言葉にエレーナはぴたりと足を止めた。

「〈召喚魔術〉を使えばわたしだって戦力になれます！　その使い方さえ教えてもらえればわたしだって――」

その瞬間、バリッという鋭い音とともに葡萄酒が入っていた瓶が割れ、中の液体が飛び散った。

それと同時に一瞬で部屋の空気が張り詰めた。まるで水の中にいるように息が苦しく、見えない何かに縫いつけられているかのように体を動かすことができない。

魔力だ。

僕の魔獣としての本能がそう伝えていた。強力な魔力の波動がエレーナから放たれている。エレーナは何の魔術も使わず、ただ魔力を放っているだけなのに、そのあまりに密度の高い魔力に僕らの体が耐え切れず麻痺状態に陥っているのだ。

「二度と口にするな」

振り返ったエレーナの双眸は紅く燃え上がっているかのように見えた。

「〈召喚魔術〉を使うなど、最も愚かな魔術師のやることだ。今度その言葉を口にすればお前は魔術学院から退学しなければならない。魔術師は魔力以外の対価を求めるものには決して手を染めてはならない。そのことを肝に銘じておけ」

エレーナはそう言うと力の放出を解き、今度こそ食堂を出て行った。

後に残されたのは呆然とする僕と、しくしくと泣き始めたルチア。そして葡萄酒が滴る絨毯を見て深いため息をつくウーゴだった。

あんな状態になったエレーナを見てどうすればいいかわからなくなってしまった僕は、とにかく食堂を片付けることにした。

ウーゴはルチアを家まで送っており不在だ。僕は尻尾の義手でちりとりを持って、ガラスの破片を集め、前脚で雑巾(ぞうきん)を押さえながらこぼれた葡萄酒を拭いた。

ひとしきり片付けを終え、僕が談話室のソファに落ち着いた頃、ウーゴが帰ってきた。

「お疲れさん」

ウーゴはニカッと笑って、魔術で暖炉に火を入れてくれた。

「まあ、なんていうか。レオニス君もルチアちゃんも災難だったね」

ウーゴは葉巻に火をつけ、くゆらせながら苦笑いを浮かべた。

「あれはなんだったんです？　エレーナさんは〈召喚魔術〉という言葉に反応したように思えたんですが……」

「そうだねぇ……。〈召喚魔術〉はエレーナ先生にとっては禁句みたいなもんだからなあ」

「〈召喚魔術〉って一体何なんですか？」

その言葉は今まで僕がエレーナに渡された本の中には出てこないものだった。

「俺ら魔術師は基本的に皆、魔術師協会っていう団体に所属しているんだけど、その魔術師協会が使用を禁止している魔術、禁術が三つある。そのうちの一つが〈召喚魔術〉だよ。

　さっきも話題にあがったけど、魔術師が使える魔力の量は魔術素質の高さに依存する。魔術素質の高さは生まれもった才能に依るところが大きいけど、訓練して鍛えなければ伸びてはいかない。だから、強力な魔術は才を持って生まれた熟練の魔術師にしか行使することができない。これは魔術師にとっての不文律と言ってもいい。だけど唯一それを覆す魔術というのが〈召喚魔術〉だ」

　ウーゴはそこで一度言葉を切り、大きく煙を吐き出した。

「〈召喚魔術〉は名前の通り、異界から悪魔を召喚する魔術で、呼び出した悪魔の能力を行使することで目的を達成させる。ただし、その対価は魔力じゃないんだ。術者の体の一部または全部、あるいは魂。それが対価として悪魔に奪われてしまう。悪魔の力を使用するからその力は絶大だけど、払う犠牲はとても大きい。要するに実力を問われず何でもできてしまう代わりにリスクの高い魔術ってところかな。

〈召喚魔術〉が禁術に指定されているのはそういうわけさ。犠牲を伴う上に実力がない魔術師でも扱えてしまうんだから危険極まりないよね。だから魔術師協会は〈召喚魔術〉を厳しく管理している。使い方を知っているのは〈七賢者〉とそれに次ぐ地位にある導師級の魔術師だけだよ。俺は今は階級すらない一般魔術師だけど、実は元導師だから使い方は知っているんだけどね」

　ウーゴは自分の魔術素質は落ちていると言っていた。詳しくはわからないが、おそらくそのせいで導師という地位を失ったのだろう。

「なるほど……」

「それで〈召喚魔術〉がエレーナさんにとって禁句っていうのはなぜなんです？」

　さすがに禁術だからという理由だけでエレーナがあんなに怒るとは思えない。

「ああ、その話だったね。あれは一三〇年前くらいかな。ある魔術師が禁忌を破り、〈召喚魔術〉を行使したんだ。そいつは術で得た力と、自分の考えに賛同する仲間の魔術師の力を借り、魔術師協会に対して反乱を起こした。戦いは街一つを壊滅させるほどの大事件に発展し、最終的にそいつの師である賢者が直接手を下したことでようやく収まった。この事件は戦いの舞台となった場所の名前をとって〈ヒジュラの災厄〉といわれている」

「それじゃあもしかして……」

「そう、事件を起こしたのはエレーナ先生の弟子さ。それも彼女の一番弟子とされている人だった。エレーナ先生は自らの手で弟子を討ち、ヒジュラ湖の底に封印したんだ。それ以来、彼女は〈復讐の魔女〉として魔力を集めて回るようになった。俺も詳しくは知らないけど、集めた魔力の大半はその弟子に宿った悪魔の封印を維持するために使っているらしいよ。封印の維持にも相当量の魔力が必要なはずだからね」

「まさかエレーナさんにそんな過去があったなんて……」

エレーナの屋敷が立っている場所はかつて手塩にかけた弟子と死闘を繰り広げた地だったのか。そしてあの湖の中に今も封印が施された弟子の躰が眠っている。彼女は一体どんな気持ちで屋敷を建て、今まで暮らしてきたのだろう。僕はそんなエレーナの気持ちを想うと言いようのない悲しみがこみ上げてきた。

「まあ、ルチアちゃんはこの話を知らなかったんだろうね。それでエレーナ先生の逆鱗に触れてしまったわけだ。そもそも彼女が弟子を取らないことにしているのも、この事件のせいだからね。俺が若いときのエレーナ先生は魔術学院の創始者として魔術師の教育にすごい力を入れている人だったよ。十代の頃は俺もエレーナ先生の授業を受けたもんさ。けど、きっとあの事件で人を育てることに自信をなくしちゃったんだろうなぁ……」

ウーゴがエレーナを先生と呼ぶ理由がようやくわかった。それにかたくなにルチアを弟子にしない理由も。しかし、エレーナとルチアの関係はこのままでいいのだろうか。

「さて、背景も説明したことだし。後はレオニス君、君の出番だ」

「え？」

「いやぁ、こんな状態じゃあ明日の戦いにも本腰が入らないだろう？　君は使い魔としてエレーナ先生のフォローをする必要があると思うな」

「使い魔ってそんなことも仕事のうちなんですか⁉　そもそも付き合いの浅い僕の言葉なんかエレーナさんが聞いてくれるかどうか……」

「大丈夫だよ！　君はある意味、エレーナ先生に選ばれし者だからね」

ウーゴは得意のニカッと笑いを浮かべると、杖を振るって僕を部屋の外へ放り出した。

「ちょ、ちょっと⁉　ウーゴさん！」

「エレーナ先生は自分の部屋にいるよ。それじゃあ、あとよろしく！」

そうして談話室の扉は無慈悲に閉じられた。


結局、僕はウーゴに促されるままエレーナの部屋に向かった。

エレーナを説得できるかどうかはわからないが、彼女自身のためにもルチアとの関係を改善すべきだと僕も思う。ウーゴの話を聞いた限り、きっとエレーナもルチアもお互いのことを必要としているはずだ。

短い廊下を抜け、エレーナの部屋の扉をノックする。

……が、応答はない。

僕は「失礼します」と呟くように言いながら、尻尾の義手でドアノブを回した。

扉をくぐると中は小さな居間になっており、右手に寝室の扉、正面にはバルコニーがつながっている。そして夜風にそよぐレースカーテンの向こうに、バルコニーの椅子に腰かけているエレーナの姿が見えた。彼女は手すりに肘をつき、ぼうっと夜の街を眺めていた。

月と街の灯りに照らされたエレーナの美しい姿はどこか儚さを感じさせ、幻想的な絵画を見ているような気持ちになる。僕は一瞬見惚れそうになりながら、ゆっくりと彼女に近づいていった。

「なんだ？ ウーゴにそそのかされて私の様子でも探りに来たのか？」

エレーナは夜景を見つめたまま、ぶっきらぼうに言った。

「……いえ。エレーナさんが心配だから様子を見に来たんですよ。僕はあなたの使い魔じゃないですか」

「……ふん。生意気な使い魔だ。人語を話せる魔獣を使い魔にしたのは失敗だったかな？ 命じていないのにお節介にも話しかけてくる」

エレーナはきつい言葉を投げかけてきたが、それこそが彼女がいつも通りでないことを証明していた。普段の彼女は皮肉を言うにしても自分が失敗したなどとは決して口にはしない。きっとさっきのルチアの言葉とそれに対して取ってしまった彼女自身の言動に傷つき、心が乱れているのだろう。

「……エレーナさんのかつてのお弟子さんの話、聞きました」

エレーナの態度をより硬化させてしまうかもしれないと思ったが、知ったことを隠す方が不誠実だと思い、僕は正直に話した。

「あのおしゃべりめ……」

エレーナは鼻を鳴らして悪態をついた。

「あの話を聞いたのならわかるだろう。〈召喚魔術〉は決して触れてはならない禁忌だ。私がルチアに対して取った対応は正しかった」

あのエレーナが自身の行動の正当性をわざわざ主張するとは。これは相当弱っているようだ。

実際、エレーナの横顔からはいつもの揺るぎない自信が消え、憂いを帯びた表情になっている。しかしそれはそれで逆に彼女の美しさを際立たせていた。主にこんな顔をされたら下僕としては何としても支えなければと思ってしまう。

「……そうですね。ルチアの発言は不適切だった。エレーナさんが厳しく叱責したのも彼女のためを想ってのことです」

「……その通りだ」

「でも、このままルチアを放っておくのは違うと僕は思います。彼女があの発言をした背景にはエレーナさんとの関係に対する焦りがあった。これを機にルチアとの関係を見直してみるのはどうですか？」

「……私にどうしろと言いたいのだ？　君は」

エレーナは僕に向き直り、真紅の視線をぶつけてきた。

「私はあの事件の後、誓いを立てたのだ。二度と他人に魔術を教えない、と」

「……そのときのエレーナさんの想いは尊重します。でも、今を生きているルチアのためにそこを曲げてあげることはできないんですか？」

「誓いを破ることはできない」

エレーナは鋭い口調で断言した。

「いいか、レオニス。魔術師は人でありながら人ならざる者だ。それゆえ常人の世の理に縛られることはない。その代わり、己に課した誓いだけは絶対に破ることはできない。もしそれを破れば自分自身に跳ね返り、魔術素質が毀損され、力を弱めることにつながる。魔術師の誓いというのはそれほど重いものだ」

「魔術師の誓いにはそんな意味が……。もしかして、ウーゴさんが魔術素質を落とした原因っていうのも……？」

「私も今日まで知らなかったが、そういうことだな。魔術師協会の制約を受けない〈七賢者〉は例外だが、魔術師は皆、協会に加入する際に禁術の不使用を誓わされる。あいつは〈反魂〉の魔術という禁術を使ったことで力を失ったのだ。まあ、そもそもその原因をつくったのが今回の標的であるアルノルフォだがね」

「え……？　ウーゴさん自身がアルノルフォと関係していたんですか？」

僕は一瞬ルチアのことを忘れて聞き返してしまった。

「なんだ？　あいつめ私のことはべらべらと話したくせに、自分のことは語らなかったのか」

エレーナは不機嫌そうに鼻を鳴らした。

「私はウーゴと違って他人の過去を垂れ流す趣味はない。しかし、明日の戦いに備えて一応君も知っておいた方がいいだろう」

　そう前置きすると、エレーナは夜景に視線を移して語り始めた。

「ウーゴにはかつてカッサンドラという妻がいた。二人とも私が魔術学院で教えた生徒だったからよく覚えている。仲の良い夫婦だったが、五〇年前にカッサンドラは殺されてしまってね」

「まさかその犯人というのが、〈心臓喰らい〉のアルノルフォなんですか？」

「そうだ。ウーゴは妻を生き返らせるため、禁術とわかっていながら、〈反魂〉の魔術を使ったのさ。誓いを破った以上、今のあいつは手品くらいの魔術しか使えなくなっているはずだ。しかもそれほどの代償を払った上に蘇生に失敗していたとなれば、あいつの恨みは相当なものだろう。今にして思えば、ウーゴが呪具を集めていたのは失った魔術の代わりになる力を求めてのことなのだろう。最愛の妻の命を奪った男を殺すためにな」

「それじゃあ、今回の依頼というのは……」

「あいつの友人の復讐という体にはなるが、実質的にはウーゴ自身の仇討ちということだよ」

「……」

　ウーゴの過去を聞いて僕はやるせない気持ちになった。彼の明るい態度の裏にそんな事情があったなんて。

　彼は一体どんな想いでこれまで過ごしてきたのだろう。そして今、仇への復讐を前にしてどんな心境なのだろうか。ウーゴとは出会ったばかりでそれほど親しいわけではないが、彼の事情を知ってしまった以上、僕も力になりたいと思った。

しかし、ウーゴの想いを無事遂げさせるためにも、まずエレーナとルチアの問題を解決しなくてはならない。そのために今ここに来たのだから。

僕は頭を切り替えて、エレーナに話を切り出した。

「……ルチアの話に戻りますけど、何かしらの形で彼女を認めてあげることはできないでしょうか？」

エレーナがルチアを弟子として認めないことに固執している背景は理解できた。しかし、それは裏を返せば誓いに抵触さえしなければいいということのような気もする。

「ルチアのエレーナさんに対する憧れは強烈です。命を賭けられると言わせるほどに。そんな彼女に何度強く言っても逆効果です。それこそ心を歪めたり、他人の悪意に踊らされたりして禁忌に手を染めてしまう可能性だってあります。それくらいならルチアを受け入れてしっかり面倒を見てあげる方が彼女のためじゃないですか？」

「……どうやって？　弟子にはできないと言っただろう」

「弟子ではなく、助手ということにするのはどうでしょうか？」

「レオニス……。弟子と助手の何が違うというんだね？　結局私は誓いに縛られて魔術を教えることはできないのだぞ」

「弟子という言葉は子弟関係を表します。弟子は師匠から物事を学びますし、弟子の中には助手の要素が含まれていることも確かです。しかし、逆に助手という言葉の中には弟子の要素が入ることはありません。助手は雇用関係を示す言葉ですから、あくまでエレーナさんの手助けをするだけの存在です。ルチアが魔術を学ぶのは魔術学院であって、エレーナさんは彼女の雇い主として日々の生活や仕事の補助をしてもらうだけ。ルチアもエレーナさんが直々に助手と認めれば納得してその立場を受け入れると思います」

実際ルチアは何度も屋敷にやってきてはその度に致命的に汚いことで有名なエレーナの書斎を片付けていっている。もはや呼称の問題だけでルチアは実質的に助手と言ってもいい関係性だ。

「……君の言っていることは詭弁だぞ、レオニス」

「そうかもしれません。ですがエレーナさんの誓いの裏はかけていると思います」

「……確かに助手ということにすれば誓いに抵触することはない。しかし……」

エレーナの赤い瞳にはなおも迷いが見えた。

それほどまでに〈ヒジュラの災厄〉は彼女の心に深い傷を残しているのだろう。

「ルチアなら大丈夫ですよ。彼女は何度もめげずにエレーナさんの屋敷に突撃してきているじゃないですか。根が真っすぐじゃなきゃできないことです」

「……純粋すぎるがゆえに危ないこともあるのだぞ」

エレーナは呟くように言ったが、すぐにかぶりを振った。

「しかし、いい加減私も前へ進まなければならないのだろうな。ルチアとあの子は違う人間なのだから」

「そうですよ。それにエレーナさんも一三〇年前とは違います。僕という使い魔がついていますから」

　それはエレーナを励まそうとして言った冗談のつもりだった。しかし、言ってからそれが本心であることに僕は気づいた。

「ほう。君がかね？　それは随分と心強い相棒だ」

　エレーナはいつもの不敵な笑みに戻り、冗談めかして答えた。

　エレーナと僕は契約で縛られた主と使い魔というだけの一時的な関係で、僕が呪いを解いて人間に戻れたら別れを告げることになるのだと思っていた。だが、僕はどこかで彼女ともっと一緒にいたいと思い始めてきている。だとしたら果たして僕は呪いをかけた相手を探し続けるべきなのだろうか。

「それなら安心してルチアを助手として迎え入れられるな。君も彼女が道を踏み外さないようにしっかり見張っていてくれよ。さて、明日は早いからもう休むとしよう」

　エレーナはそう言うと椅子から腰を上げ、寝室に入っていった。

　そして振り返りざまに僕の方に顔を向けた。

「期待しているぞ、レオニス」

そう言った彼女の笑顔は以前よりどこかぬくもりを感じさせた。

「任せてください」

僕は彷徨い始めた自分の心に蓋をして朗らかにそう答えた。


翌日は慌ただしかった。

朝一番にルチアを呼び出して助手への任命を行い、その後すぐに依頼人となるウーゴの友人の元へ出向いた。

彼女はまだ夫を失った動揺から立ち直ることができず、涙ながらに事情を話してくれたが、ウーゴも敬愛する魔術師であるエレーナが復讐の依頼を受けると聞いて感極まっていた。エレーナは魔水晶を渡し、いつもの不敵な笑みとともに確実に依頼を果たすと請け負った。

そうして準備を整えたエレーナ、ウーゴ、ルチア、そして僕の三人と一匹は、フルクトゥス郊外にある小高い丘のふもとにやってきていた。

「ウーゴ、ここがお前が探し出したというアルノルフォの隠れ家か？」

エレーナは目の前に口を開けている洞窟を指しながら尋ねた。

入り口は大人一人がようやく入れるほどの大きさだが、奥は暗くてここからではどれくらい広いのかはよくわからない。

「はい。探知系の呪具を使ってアルノルフォの痕跡を追い、ここにたどり着きました。入ってすぐはただの鍾乳洞ですが、しばらく進むと大きな石造りの扉にぶち当たるんです。そこからは結界が張られていて扉を開けることができませんでした」

「ふむ。洞窟の中に扉か。何となく読めてきたぞ。まあ、とりあえず行ってみるか」

一行はエレーナの言葉に従い、ウーゴを先頭にして洞窟の中へと進んで行った。

エレーナの指示で灯りの用意はルチアが担当することになった。

ルチアは師匠の役に立てることを喜びながら、魔術学院で習った灯りの魔術（イグニス・ファトウス）を使った。僕らはルチアの杖の先から出た白い鬼火に照らされた鍾乳洞を進み、やがてウーゴが言っていた石でできた大きな扉へ行き着いた。

両開きの扉は洞窟の入り口よりも大きく、古い屋敷の門扉のようだった。表面には細かい装飾が施され、見たこともない文字が一文刻まれている。

「やはりな」

エレーナは扉に刻まれた文字を手でなぞりながら興味深そうに頷いた。

「これは相当に古いものだぞ。扉にかけられている結界もだ」

「ということは、アルノルフォの結界ではないんですか？」

「ああ。これは遺跡だよ。遺跡自体に残された結界がまだ生きているんだ。ウーゴが破れないのも無理はない。これは人狼族が造った遺跡とその結界だからな」

「人狼族……」

エレーナの言葉で僕は昨日のウーゴの魔族についての説明を思い出した。

「確か絶滅したっていう噂のある種族でしたよね？」

「そうだ。人狼族はかつて魔族の中でも吸血鬼に匹敵する最強の一角だったが、九〇〇年前の吸血鬼との全面戦争に敗れて全滅した。この遺跡はその戦争期に人狼族が各地に造ったシェルターの一つだろうな。扉に書かれている言葉は古代語で『我らが同胞のみがこの扉をくぐる』だ。結界は人狼族の血を引く者のみを通す仕組みさ」

「そうか！」

エレーナの説明を聞いてウーゴが得心したように頷いた。

「アルノルフォは人狼の血を濃く引く魔術師一族の出身だった。奴はこの五〇年間、こういった人狼族のシェルターに潜んでいたんですね。だから魔術師協会の追跡を逃れられたわけだ」

「そういうことだ。魔術師の中でも人狼の血を引く者は一握りだからな。当然、我々の中にもいない」

「エレーナさん、だとしたら僕らではこの結界を突破することはできないんじゃ……？」

「わかっていないわね、レオニス」

僕の疑問にルチアが小馬鹿にしたように鼻を鳴らした。

「師匠は〈七賢者〉なのよ。人狼の結界の規則になんか従わなくても、中に入る方法をご存じに決まっているでしょう？」

「その通りだ、ルチア」

エレーナは不敵な笑みを浮かべながら杖を手元に出現させた。

「結界が錠前だとするならば、人狼の血は鍵だ。普通なら鍵を何とかして捻りだすところだろうが、私はそんなまどろっこしいことはしない。私は鍵は壊す主義だからな」

エレーナはそう言うと、杖を扉に向けて思いっきり振り下ろした。

昨夜彼女が発した魔力の波動が何十倍にもなって杖先から迸っているのを肌で感じる。

濃密な魔力を叩きつけられた扉は、バリバリという音を上げながら軋み、ガラスのように無数のヒビが広がっていく。そして次の瞬間、轟音とともに粉々に砕け散った。

「これで扉は開いたな」

エレーナはドレスに降りかかった扉の残骸を払いながら事もなげに言うと、悠々と奥へと進んで行った。

「さすが師匠！」

無邪気に喜ぶルチアもすぐに後を追う。

残された僕とウーゴは顔を見合わせて苦笑した。

「そういえばエレーナ先生ってこういう人だったなぁ……」

ウーゴは僕の隣を歩きながら忍び笑いを漏らした。

扉の中は地下神殿といった趣を感じさせる場所だった。四角く切られた大きな石が壁、床、天井にまで敷き詰められ、広い通路のように奥へと延びている。それらの石の一つ一つには繊細な絵が刻み込まれていて、灯りに照らされた遺跡は神々しさすら感じさせる。

先頭はエレーナと、その隣にぴたりと張り付くルチアとなり、ウーゴと僕は横並びでその後に続いていた。

「エレーナさんって昔からしょっちゅう鍵を壊していたんですか?」

「うん。俺が魔術学院にいた頃も解錠の魔術の授業で、『鍵なんて壊せばいいんだ』って言って、他の先生に怒られていたよ。一人前の魔術師で解錠の魔術が使えないのなんてエレーナ先生くらいだよ。なんか妙なところで不器用な人だよなぁ」

そう語るウーゴの顔は昔を懐かしむようで少し楽しそうだった。

「聞こえているぞ、ウーゴ、レオニス」

エレーナはこちらを振り返らず、尖(とが)った声を出した。

「いやいや! エレーナ先生が昔から素敵だったという話ですよ! もちろん今も変わらずお綺麗で完璧(かんぺき)な魔術師ですけどね」

「ふん。当然のことを言われてもな」

エレーナは素っ気なく応じたが、さっきよりも口調は柔らかくなっていた。今まで気づかなかったが、ひょっとしたらエレーナはこうしておだてられるとあっさり機嫌がよくなる人なのかもしれない。

「実際、エレーナ先生は俺たち生徒からはめちゃくちゃ人気あったんだよ」

ウーゴは僕にだけ聞こえるように声のトーンを落として言った。

「美人だし、強いし、たまにちょっと抜けたところもあって。一見いい加減だけど、本当はすごく教育熱心で。男からも女からも好かれて学生みんなが先生に夢中だったよ」

「ウーゴさんにとってエレーナさんは学生時代を思い出す人なんですね」

僕にとって孤児院でのアンナやカルロとの生活がそうだったように、ウーゴにとってはそれが素晴らしい思い出なのだろう。

「そうだな。……本当にあの頃は楽しかった。妻のカッサンドラと会ったのもその頃だった。……そして、アルノルフォと友人だったのも」

「え？」

僕は昨夜聞いた、ウーゴの妻がアルノルフォに殺されたという話を思い出してどきりとした。

するとウーゴはニカッと笑って言った。

「あ、その顔。やっぱり俺のことエレーナ先生から聞いているな？　全く先生もおしゃべりなんだから」

ウーゴが作り出した冗談めいた空気に阻まれ、僕はそれ以上彼に踏み込めなくなった。

ウーゴもそれきり押し黙った。

僕らの間に沈黙が流れ始めたそのとき、

「止まれ」

前を行くエレーナが突然足を止めた。

途端に空気が張り詰める。

「敵が来るぞ。ウーゴ、お前も灯りを出せるか？」

「はい。それくらいの魔術なら今でも使えますよ」

ルチアの灯りに加えてウーゴが作り出した白い鬼火が宙に浮かぶ。

通路の奥まで光が延びたその直後、二つの黒い影がこちらに向かって走ってくるのが見えた。

「レオニス！　右を！」

「はい！」

僕は主の命に応（こた）えて、通路の右端から走り寄る影に飛び掛かった。

それと同時にパチンというエレーナが指を鳴らす音が響く。

次の瞬間、左側からグォォウという獣の断末魔が聞こえてきた。

僕が右の影に渾身の体当たりをかますと、それは無様に床へ転がった。

灯りに照らされたそいつは子牛ほどの大きさの黒い犬だった。ハッ、ハッと息を吐きながら、血走った金入りの瞳でこちらを睨んでいる。口からは鋭く長い犬歯が生え、牙の先からは緑色のよだれのようなものが滴っていた。

黒い犬は僕の一撃に一瞬ひるんだようだったが、すぐにまたこちらへ跳びかかろうと全身に力を込めた。

しかしその瞬間、再びパチンという音が鳴り響き、同時に影を塗り固めたような黒い槍が犬の体を刺し貫いていた。

「ひとまず終わったな」

エレーナのその言葉で僕は緊張を解き、息を吐いた。

見れば通路の左側にも同じように黒い槍に体を貫かれた犬の死骸が転がっていた。

結局、エレーナ一人がほとんど一瞬で二体の敵を倒してしまったようだ。一応僕も時間を稼いだから貢献はしているのかもしれないが。

「この魔獣、オルトロスですか？」

ルチアが犬の死骸に近づき、光を当てて観察するようにして尋ねた。

「そうだ。よく勉強しているな。特徴はわかるか？」

「はい！」

エレーナに褒められ、ルチアは張り切って答えた。

その様子はまるで授業で当てられた生徒のようだ。

「オルトロスは犬によく似た魔獣ですが、体力も筋力も俊敏さも犬とは比べ物にならないほどに優れています。特に脅威となるのは牙から分泌される毒で、人が噛（か）まれれば数分で命を落としかねません」

「素晴らしい。完璧な説明だ」

尊敬する師匠に賞賛されルチアは赤面した。

「レオニスも勉強になったな？」

「ええ……」

そんな危険な魔獣に向かって予備知識なしに向かっていかされたのかと思うと背筋が寒くなる。というか、僕とルチアで扱いが違い過ぎないだろうか。

「オルトロスといえばかつて人狼族が好んで使役していた魔獣だ。この二体も銀の首輪がついているから使い魔化されていたようだな」

「アルノルフォは魔獣の扱いに長けた魔術師です。奴の使い魔で間違いないでしょうね」

そう言ったウーゴの顔は険しいものだった。

「今の攻撃で確実にアルノルフォは敵襲を察知したはずです。奴が逃げる前に追い詰めないと」

「確かにそうだな。先を急ぐとしよう」

僕らは元の隊列に戻り、再び通路を進み始めた。

それからしばらくは敵襲もなく、皆の雰囲気が落ち着いてきたので、僕は前々から気になっていたことをウーゴに尋ねてみた。

「あの……、僕が聞くのも変ですけど、そもそも魔獣って何なんですか？」

さっき初めて自分以外の魔獣という存在に会って、今更ながらその定義を確認したくなったのだ。

僕の発言を聞いて、ルチアが「そんなことも知らないの？」と言いたげな顔をしてこちらを振り返ったのが視界に入ったが、それは無視することにした。

「そういえばレオニス君は昨日まで魔術師についても知らなかったんだったね。それなら魔獣について知らないのも無理はないか。昨夜話した魔族については覚えているかい？」

「ええ。魔術素質を持った亜人種が魔族だということでしたよね」

「そう。魔獣っていうのはその獣版なんだ。つまり魔術素質を持った動物ということさ」

「なるほど……」

確かに僕にも魔術素質があるとエレーナに言われたし、彼女の訓練のおかげで今では自分の魔力で相手の魔力攻撃を相殺できるようになってきていた。

「ただ、魔獣たちは魔族や魔術師みたいに体系化された技術である魔術を使うことはない。その代わりに魔術素質を活かした特殊能力を持っていたりする。さっきのオルトロスでいえば牙に仕込まれた猛毒だね。今はないみたいだけど、君の尻尾にも元々毒針があっただろう？」

「そういえばそうでしたね」

コルネリアに尻尾を切り落とされた痛みを思い出して、僕は思わず尻尾を丸めた。

「毒針よりも今のその義手の方が気に入っているだろう、レオニス？　なにせ、どんな刃物や鈍器でも傷つかない特殊な金属を原料に使っているからな」

エレーナは僕に魔術師や魔獣の定義を教えていなかったことをこれ以上深掘りされたくないのか、強引に話に割り込んできた。

「そうですね。毒針より遥かに便利で助かっています」

実際便利は便利なのだが、さきほどのオルトロスとの戦いを考えるに、戦闘面では毒針の方が優っていたような気もした。もちろんそんなことは面と向かっては言わないが。

「さすが師匠！　わたしも師匠に義手を作っていただきたいくらいです！」

「ルチア……。君はまず義手が必要な事態に陥らないよう精進したまえ」

そんな他愛ない会話に花を咲かせていると、長い通路が終わり、部屋のような四角く区切られた空間に行き着いた。大きさは街の広場ほどで、奥には通路が続いているようだ。

「これは……。厄介な仕掛けを施してくれる」

エレーナは部屋の入り口に立つなり、唸（うな）るように言った。

「一体何が厄介なんです？」

パッと見る限りこれといった特徴はなく、僕には何の変哲もない部屋のように見えた。

「あれだ」

エレーナが指さしたのは、入り口から三分の一ほど進んだところの、右側の壁と床の間に埋め込まれた、人の拳ほどの大きさの水晶球だった。よく見るとそれはうっすらと赤い光を放っており、同じ水晶球が反対側の壁にも埋まっていた。

「あの水晶を起点に〝魔力遮断の結界〟が張られている」

「それ、魔術学院で習いました！　魔力遮断の結界とは、結界内の魔力の動きを完全に停止させるものですよね！」

「その通り。魔術師にとって天敵といえる結界だ。おそらく魔術を得意とする吸血鬼をはめるために人狼族が設置した結界が生きているのだろう。この結界は必ず起点となる水晶球が四つあるのだが、これらを同時に破壊しなければ破ることができない。うち二つは見えているが、残り二つはこの部屋の先か、地中に埋まっているようだな」

「つまり……。結界は破れないと？」

ウーゴの問いにエレーナは憮然とした表情で頷いた。

「そうだ。結界が途切れるところまでは魔術なしで進まなければならない」

「うーん。それだったらさっさと駆け抜けてしまえばいいんじゃないですか？」

僕が思ったことを口にしたら、またしてもルチアに呆れられた。

「馬鹿ね。魔力が遮断されたら、今照らしているこの灯りも消えてしまうのよ？　暗がりの中であてもなく進むのは危険過ぎるでしょう。罠があるかもしれないし、さっきみたいにオルトロスが襲ってくるかもしれないじゃない」

「じゃあ、どうすればいいって言うんだい？」

「そうね……。結界の外側から奥の方まで灯りを照らす人と、その灯りを頼りに先へ進んで安全を確かめる人に分かれる、とか？」

「そうだな。他に方法はあるまい。レオニス、君は魔獣で夜目が利くし、魔術がなくても戦える。先に進んで調べてくれ」

「わかりました」

なんだがルチアに言い負かされたようで悔しかったが、エレーナの言うことはもっともなので僕は頷いた。

「そういうことなら俺もレオニス君と一緒に行きますよ。元々大して魔術が使えない身なので他の道具を用意していますからね」

ウーゴはニカッと笑うと上着の内側から拳銃を取り出して見せた。

「お前、そんなものまで持っていたのか」

「使える道具は何でも使う、っていうのが今の俺のポリシーなので」

「なら、任せる。レオニス、ウーゴ、頼んだぞ。結界が途切れる場所まで進んで安全を確認したら、魔術で灯りをつけて合図してくれ」

「了解です！」

そういうことで、僕とウーゴは並んで魔力遮断の結界の中へ踏み出した。

するとウーゴの右肩辺りに浮かんでいた鬼火がスッと消えてなくなった。

なるほど。魔力が遮断される、というのはこういうことなのか。

普通の人間なら洞窟を進むときには必ず松明を持って入るだろうが、彼らは魔術師であるがゆえにそんな用意はしていない。後ろからルチアの鬼火が照らしてくれているから大丈夫だが、もし全員が一気に結界の中に入っていたら灯りを失ってパニックに陥りそうだ。

僕らは慎重に歩を進めたが、拍子抜けするくらい何事もなく部屋を抜けることができた——と思ったときにそれは起こった。部屋の出口の手前でいきなり天井から巨大な岩が落下してきたのだ。

僕は魔獣の反射神経を発揮し、咄嗟に尻尾の義手でウーゴの背中を突き飛ばし、同時に前方へ向かって全力で跳躍した。

背後で凄まじい音が鳴ると同時に、床がぶるぶると震える。

粉塵が舞う中で身を起こすと、暗がりの中でウーゴが膝をついているのがぼんやりと見えた。

「ウーゴさん！　大丈夫ですか⁉」

「ああ！　たぶん、レオニス君に押されたおかげで助かったよ。ありがとう」

「よかった……」

ウーゴが無事なのは幸いだったが、状況は明らかに良くない。

後ろを振り返り、前脚を突き出して状況を確認してみると、僕が危惧した通りさっきまで何もなかったはずの空間に岩の壁ができていた。

「……ウーゴさん、戻れなくなりました」

僕らは今、さっきいた部屋の奥の通路に到達していたが、背後には岩が落ちてきていて部屋の出入り口を塞(ふさ)いでいるのだ。岩を押したり叩いたりしてみたが、魔獣の僕の力でも動かせそうにない。

「なんだって……⁉ それじゃあエレーナ先生は？」

「合流できないかもしれません……」

この岩は魔力遮断の結界の中にある。こちら側で岩をどけられない以上、向こう側でどうにかしてもらうしかないが、魔術なしでは動かすことも破壊することも不可能だろう。

「エレーナさん！ 聞こえますか⁉」

僕は岩越しに声が届くよう、大声で叫んだ。

「聞こえている！ 君たちは無事だったか？」

「二人共無事です！」

「そうか……。すまないがこちらは駄目そうだ」

そう言ったエレーナの声は僕が聞いたこともないくらい、心底無念そうだった。

「大岩が落ちて開いた穴からオルトロスが飛び出してきてな。迂闊(うかつ)にも結界の中に入った隙を突かれた。何とか倒したがルチアが噛まれてしまった……」

「ルチアが⁉　彼女は無事ですか⁉」

「応急処置はしたが、毒のせいで危険な状態だ。私はすぐにここを出てルチアの治療にあたる」

「そう……ですか」

「ルチアの解毒が終わり次第、この岩をどかすための準備をして戻る。おそらく半日もかからないだろう。悪いがお前たちはそのまま待機していてくれ」

「……エレーナ先生、残念ですが俺は待ちません。このまま先へ進みます」

それまで黙っていたウーゴが突然宣言するように口を挟んだ。

その口調は普段の軽快なものではなく、決意に満ちた重々しいものだった。

「あと半日もあれば、アルノルフォが逃げて拠点を変えるかもしれない。俺はこのチャンスを逃すつもりはありません。今日ここで奴を討ちます」

「……そうか。ならば止めはしない。しかしウーゴ、お前は自分ではアルノルフォに敵わないから私に助力を請うたのではなかったのか？」

「すでに助けていただきましたよ。エレーナ先生がいなければこの遺跡に入れなかったじゃないですか。あとは自分の手で決着をつけます。こういうときのために戦闘用の呪具もいろいろ持ってきていますから」

「……わかった。好きにしろ。レオニス、君は――」

「僕も行かせてください」

　僕はエレーナの言葉を待たずに答えていた。

　危険な戦いになるであろうことはわかっていた。しかし、ここでウーゴ一人を行かせるほど僕は非情にはなれなかった。事情を知ってしまった以上、彼が自分の想いを遂げるための手助けになることをしたいのだ。

　魔術素質を毀損した魔術師にとって、魔獣の護衛がどれほどの力になるのかはわからないが、僕にもできることがあるはずだ。

「エレーナさんがいない以上、使い魔の僕が復讐の依頼の達成を見届ける必要がありますよね？　それに〈猿の手〉を回収しないといけませんし」

「……いいだろう。ただし、無茶はしなくていい。君は私の使い魔だ。危なくなったらウーゴを置いて逃げるように」

「はい。しかと承りました」

「ああ。私も可能な限り早く戻り、君たちを援護するとしよう。ではな、レオニス、ウーゴ。幸運を祈る」

　直後、岩の向こうでエレーナが走り去る気配がした。

「……本当にいいのかい？　レオニス君」

ウーゴは暗がりの中で立ち上がり、手探りで僕の体に手を置きながら問うた。

「はい。ここで待っていてもオルトロスが襲いかかってくる可能性もありますし、ウーゴさんと一緒に行動した方が逆に安全かもしれません。僕じゃ頼りないでしょうが、お手伝いさせてください」

「いや、君がいてくれて心強いさ。恩に着るよ」

ウーゴにポンポンと背中を叩かれ、僕は胸が温かくなった。

「そもそも、この灯りが使えない状態で俺一人じゃあ、真っすぐ進むのにも苦労するしね」

「暗がりを進むのなら任せてください。さあ、アルノルフォが逃げないうちに奥へ進みましょう」

そうして僕はウーゴを先導して暗闇(くらやみ)の中を歩み始めた。

魔力遮断の結界は恐れていたほど広くはなく、すぐに途切れて再びウーゴが灯りの魔術を使えるようになった。

その先も遺跡には落とし穴やトラバサミといった典型的な罠がいくつか張られていたが、僕の魔獣としての五感と、ウーゴの罠探知の魔術のおかげで比較的安全に進むことができた。

「周辺の地形と入り口の位置からして、そろそろ最深部に近づいてきている気がするな」

ウーゴは魔術で検知した罠を慎重に避けて歩きながら呟いた。

「いよいよアルノルフォと対決ですね……」

「……レオニス君、ここまで来たからには先に言っておきたいことがある」

ウーゴは歩みを止めず、前を向いたまま告げた。

どこか改まった彼の口調に僕は姿勢を正した。

「なんでしょう？」

「俺がアルノルフォを追っている理由についてだ。わかっていると思うけど、一つはもちろん復讐だ。だけどそれだけじゃない」

「じゃあ、何のために？」

ウーゴはそこで立ち止まって、僕に向き合った。

「妻のカッサンドラを生き返らせるためだ」

「……ウーゴさんは以前、そのことに失敗して魔術素質を毀損したと聞きましたが」

「ああ。俺はかつて禁術である〈反魂〉の魔術でカッサンドラを蘇らせようとして失敗した。だけど、その一回の失敗で諦めたわけじゃない」

ウーゴの口調は静かだった。しかしそれでいて奥にどろりとした執念めいたものが込められているのが伝わってきた。

「俺は何年もの間、〈反魂〉の魔術以外に人を死から蘇らせる方法を探し続けていた。それと同時になぜ、〈反魂〉の魔術が失敗したのかも調べていた。そしてつい最近その原因を特定できたんだ」

語り続けるウーゴの瞳には昏い炎が燃え上がっているように僕には見えた。

「原因はアルノルフォだったんだ。カッサンドラを殺したとき、奴は彼女の心臓を食べた。人狼族は心臓を食べた相手の魂を取り込み、記憶と技能を自分のものにできるといわれている。奴は魔術師だけど、人狼族の血を濃く引いている。そのせいでカッサンドラの魂はアルノルフォに奪われてしまったんだ。魂がなければ肉体を蘇生してもそれはただの器に過ぎない。だから術は失敗したんだよ」

そう言うと、ウーゴは上着のポケットから一振りの短剣を取り出して、僕に見せてきた。

「これは〈魂剝ぎ〉という名の呪具だ。殺傷能力は見た目通りたいしたことはないけど、刺した相手の魂をそぎ落とすことができる。普通の人間なら魂そのものが削られ、いろんなものを失わせるけど、アルノルフォのように他人の魂を吸収している奴に使えば、奪われた魂を解放することができる。そして魂さえ解放すればカッサンドラを蘇らせる方法はまだある」

「つまり、ウーゴさんの最大の目的は単にアルノルフォを殺すことではなく、その前に〈魂剝ぎ〉を使って奥さんの魂を解放すること、なんですね」

「そういうことさ。逆に言えばこの短剣で刺す前にアルノルフォを殺してしまっては意味がない。万一乱戦になったときに備えて、そのことをレオニス君にも知っておいてほしかったんだ」

「わかりました……。肝に銘じておきます」

正直、自分自身が十二人もの魔術師を葬ったというアルノルフォを追い詰めることができるとは思えなかったし、未だに人を殺す覚悟すら持てていなかったが、僕は深く頷いた。

「ありがとう」

ウーゴは礼を言いながらニカッと笑った。

なんだか久しぶりにこの笑顔を見た気がする。

「少し休憩しすぎたかもな。そろそろ奥へ進もうか」

ウーゴの言葉にうなずき再び歩みを進めると、遺跡の通路はすぐに終わり、石が積み上げられたアーチ状の大きな門へとたどり着いた。

門をくぐった先は広大な空間だった。これまで通ってきたどの通路や部屋よりも広くて立派で、神殿のような造りをしている。

石でできた人狼らしき種族の彫刻がぐるりと円形に並び立てられ、その中央には階段でつながった高い舞台が祭壇のように置かれている。

そして、その祭壇の上に一人の男が立っていた。

「やあ。誰かと思えば、なつかしのウーゴじゃないか」

金色の瞳に人間とは思えないほど大きな犬歯。灰色の毛皮のフードを頭にかぶったその男は、久しぶりに友人に会ったかのようにウーゴに向かって気さくに手を振った。

「アルノルフォ……。ようやく会えたな。随分と探したぞ」

返すウーゴの口調は対照的に低く唸るようなものだった。

「へえ。キミがボクを探していたとはね。何か用事かな？」

「お前っ！　ふざけるなよ！」

緊張感のない返事にウーゴは感情を昂らせた。

「なぜ、カッサンドラを殺した⁉　俺も、彼女も友達だっただろう？　なぜ殺した……⁉」

「なんだ。そんなことを気にしていたのかい？」

アルノルフォは呆れたように笑った。

「確かに学生の頃はよく一緒に遊んだね。でもそれは子供のときの話だ。ボクは成長して研究を進めた結果、自分の使命を知った。崇高な使命の前では過去の友なんてどうでもいいし、必要ないのさ」

「使命だと……？」

「そう。血と魂に刻まれた使命だよ。ボクは失われた人狼族を復活させるんだ」

アルノルフォは自分に酔ったように言って両手を広げてみせた。

「お前のその使命とやらとカッサンドラを殺すことと何の関係があるんだ？」

「大ありだよ。ボクは魂の研究を続けていて気づいたんだ。血と魂は深く結びついているということにね。血肉は魂に、魂は血肉に影響される。だとするならば、自分の魂における先祖の魔族の割合を高めていけば、血肉の方もどんどん先祖に近づいていくんじゃないか。元々ボクは人狼の血が濃くて半分近く引いている。そのボクが魂を人狼に近づけていけば、血肉の方も同時に引きずられて完全な人狼になれる。血が絶えた人狼族を魂によって復活させる。それこそがボクの使命なんだよ。そのためには人狼の血を引いた魔術師の魂を取り込む必要があった。カッサンドラもけっこう濃く人狼の血を引いていたからね。彼女の心臓と魂をもらったのはそういう理由さ」

アルノルフォは金の瞳をぎらつかせながら早口でまくしたてたが、僕にも、そしてもちろんウーゴにも彼が言っている言葉の意味は何一つ理解できなかった。

「もういい……。お前がすでに俺たちの友人ではないということがよくわかった。カッサンドラのために、魔術界のために、お前はここで殺す」

「なんだい？　結局それが目的なのかい？　でもキミがボクに勝てるのかな？　今のボクは昔よりも遥かに高い魔術素質を持っているんだよ。なにせ十二人分の魔術師の魂を取り込んでいるんだからね。もちろん、カッサンドラのものも含めて」

「……魂はお前のような薄汚い殺人鬼がいつまでも弄(もてあそ)べるものじゃない。それをここで証明してやる」

アルノルフォの言葉にウーゴは静かな怒りを発し、杖を抜いた。

それにあわせてアルノルフォも杖を構える。

「面白いことを言うね。人狼の血を引いていないキミの魂になんて興味はないけど、せっかくだから殺してボクの中に取り込んであげるよ！」

戦いは静かに始まった。

アルノルフォもウーゴも互いに杖を向け合ったまま動かない。

熟練の魔術師同士の戦いは一撃必殺の遠距離攻撃魔術の撃ち合いとなるため、互いが放とうとしている術の探り合いになりやすい。実は今のウーゴは魔術をまともに撃てないのだが、アルノルフォはそれを知らないので警戒しているのだろう。

僕は遠距離攻撃ができないので跳びかかる間合いを測っていたが、アルノルフォはこちらよりも高い位置にある祭壇に立っているうえ、そこまでの距離も五〇歩ほどある。いくら魔獣の身体能力でも一息で詰められる状態でない以上、アルノルフォの隙を探るしかなかった。

「どうしたんだい？　ウーゴ。さっきの威勢はどこにいったのかな」

アルノルフォは油断なく杖を構えたまま、せせら笑った。

挑発して先に術を出させ、その隙を突こうというのだろう。

しかしウーゴは動じず無言で杖を構え続けるだけだった。

「二対一だというのに仕掛けてこないなんて臆病もいいところじゃないかい？　……いや、ひょっとして仕掛けたくても術が出せないのかな？　例えば禁術である〈反魂〉の魔術を使って魔術素質を毀損しているとか」

「……」

「ハハハハハ！　まさか図星なのかい？　かつては魔術学院でボクと首席の座を争ったはずのキミがなんて情けない！　でも、それなら力の差を見せつけて一息に終わらせてあげるよ！」

その言葉とともに、アルノルフォはウーゴに向けて真っ赤な魔術の光線を放った。

強力な熱線の魔術だ。

魔術素質を毀損したウーゴでは防御もままならない。だが――。

「何⁉」

アルノルフォの魔術は僕が伸ばした尻尾の義手によって阻まれていた。

銀色の義手は熱線を真っ向から受け止めたが、傷一つついていない。さすがはエレーナ特製の義手だ。

「そこだ！」

ウーゴはアルノルフォの魔術行使の隙をついて、攻撃用の呪具を投擲した。

青白い輝きを放つ石が地面にぶつかって割れると、そこから無数の氷の針が発生し、アルノルフォに向かって襲いかかる。

アルノルフォは氷の針を迎え撃つために魔術で炎の壁を展開する。

今だ！

攻撃のきっかけを掴んだ僕は二人の魔術師の攻防をかいくぐりながら、祭壇へと続く階段を駆け上った。

そしてその勢いのまま、アルノルフォの右側面から跳びかかる。

「⁉」

アルノルフォは僕の動きに反応し、即座に盾の魔術を使ってきた。

人一人の体が覆い切れるほど大きな盾が魔力によって実体化して立ちはだかる。

僕はそれに覆いかぶさるようにぶつかりながら爪の攻撃を加えたが、どうにも盾を破ることができない。

悔しいがアルノルフォは自分で言う通り相当な実力の持ち主だ。

防戦一方に押し込まれているとはいえ、正面に魔術防御、側面に物理防御の障壁を同時に二つも展開できるなど、並みの魔術師ができることではない。

「どうした⁉　二対一でこの程度かい？」

アルノルフォは挑発しながら、反撃のために三つ目の魔術を組み立てようとしている。

僕は自分を阻む盾を打ち砕こうと爪と牙を駆使したが、魔力で編まれた鋼鉄の壁はびくともしない。ウーゴも遮二無二呪具を投擲して攻撃を続けるが、それらは悉く炎の壁に弾かれてしまう。

「こんな魔術防御も破れないなんて。魔術素質を毀損した魔術師の最期というのは惨めなものだね。残念だけどこれでさよならだよ、ウーゴ」

アルノルフォの左肩付近に拳大の火の玉が形成されていく。このまま魔術を受ければウーゴはひとたまりもない。

だが、実はここまでは全て事前に僕とウーゴが立てた作戦の通りに進んでいたのだった。

「それはどうかな」

アルノルフォの火球の魔術が打ち出される寸前、ウーゴは突如として呪具の攻撃を止めると、上着の内側から拳銃を引き抜き、即座に撃った。

バン、という射撃音と同時にアルノルフォの腹部から血が噴き出す。

「これは……⁉」

魔力による攻撃しか警戒していなかったアルノルフォは銃撃を全く予想できていなかった。

炎の壁は魔力攻撃は防げても弾丸に対する防御にはならない。

しかもアルノルフォが負傷により集中を切らしたことで、完成間近だった火球の魔術も炎の壁も、僕を阻んでいた盾の魔術も全てが立ち消えた。

この好機を逃すわけにはいかない。

僕は雄叫びを上げながら地面を蹴り、アルノルフォに摑みかかった。

「どけ！　この魔獣め！」

アルノルフォがいかに優秀な魔術師でも、この近距離で僕の巨体を振り払うことはできない。

僕は体重差を活かして無理矢理アルノルフォを押し倒すと、その右腕に向かって前脚を振り下ろした。

魔獣の鋭い爪は一撃で肉を引き裂き、骨までも砕いた。

「ぐぁぁぁっ！」

右腕を潰されたアルノルフォは絶叫しながら杖を取り落とす。

僕は尻尾を伸ばして転がった杖を掴むと、そのまま義手に力を込めて粉々に握りつぶした。

杖は大半の魔術師にとって自身の能力を引き出すための最も重要な道具だ。アルノルフォが賢者ほどの域に達していない限り、もう大がかりな魔術は使えないだろう。

僕はそのままアルノルフォの上にのしかかり、四肢で体を押さえつけて動きを封じた。

「でかしたぞ！　レオニス君！」

ウーゴが〈魂剝ぎ〉の短剣を手に階段を駆け上ってくる。

このまま押さえつけていれば、〈魂剝ぎ〉の力でカッサンドラの魂を解放することができる。

そうなれば僕らの勝利だ。

しかし――。

「舐めるなよ！　この雑魚どもが！」

アルノルフォはそう簡単には屈してくれなかった。

彼が必死に身を捩って無事な左手を床に叩きつけると、腹から流れ出た血が妖しく輝き、祭壇の床に吸い込まれた。

すると地響きとともに、僕とアルノルフォがいる祭壇が上に持ち上がり始めた。

「レオニス君！」

ウーゴは駆け上っていた階段ごと置き去りにされていく。

いや、よく見れば祭壇が上がっているのではない。祭壇以外の地面が下に沈んでいるのだ。沈降とそれに伴う揺れはすぐに収まったが、階段の先と祭壇は切り離され、二〇歩以上の距離ができてしまった。ウーゴがこちらへ飛び乗るのは魔術を駆使しなければ難しいだろう。問題はそれを為せるほどの魔術素質が今のウーゴにあるのかだ。

「待っていろ！　レオニス君」

ウーゴはなんとか壁をよじ登ろうと服のポケットに隠している呪具を探る。

「おいおい。目の前じゃなくて後ろに気を配った方がいいんじゃないのかい？　ウーゴ」

僕の足元でせせら笑いを浮かべたアルノルフォの言葉に応えるように、ウーゴの背後から低く獰猛な獣の唸り声が鳴り響いた。見れば床が下がったことで現れた壁面に大きな穴が空いている。そしてその穴の中から象ほどの大きさもある魔獣が姿を現した。

「これは……⁉　まさかケルベルスか⁉」

ウーゴが戦慄(せんりつ)したように言葉を漏らした。

その視線の先にある巨体は三つ首の犬の怪物だった。

「そうさ！　人狼族が使役した魔獣たちの中でも最強と謳われた魔犬、ケルベルス！　ボクはこの魔獣を生み出す神秘の術を解明したんだよ！」

アルノルフォは僕に押さえつけられながら恍惚とした笑みを浮かべた。

「この一体のために大量の生贄が必要になった上に寿命も短くて未完成だけど、魔術素質を毀損した魔術師一人を縊り殺すのには十分過ぎるだろう？　さあ、ウーゴを殺せ！　ケルベルス！」

三つ首の犬の怪物は巨体に見合わない身軽さで穴から這い出ると、ウーゴに向けて突進を始めた。

「ウーゴさん！」

僕は彼の救援に向かおうと声をかけたが、ウーゴは背を向けてそれを拒んだ。

「レオニス君はそのままそいつを押さえていてくれ！　この怪物は俺が何とかする！」

ウーゴはそう言いながら足場を蹴って階段から飛び降りた。

予想以上の速度でケルベルスが突っ込んできたのだ。

その大きさゆえに上に登れないケルベルスは階段そのものに体当たりをかました。魔獣の強烈な突撃を受けた階段は一瞬で砕け散り、瓦礫の山へと姿を変えた。

三つの頭を器用に振って自身に降りかかった石の礫（つぶて）を弾（はじ）き飛ばしながら、ケルベルスがゆらりと立ち上がる。

「全く、躾のなっていない魔獣だな……！」

体勢を立て直したウーゴが渋い顔で棒状の呪具を構える。

魔犬はその凶暴な三つ首をウーゴの方へ向けると、再び突進を開始した。

ウーゴは手にした呪具で身体強化の魔術を施し、跳躍してなんとかケルベルスの攻撃を凌ぐ。

どうする⁉

僕は自分の足元で激しく抵抗を続けるアルノルフォを何とか押さえつけながら考えを巡らせた。

弱体化した魔術師がケルベルスを相手に勝利するのは難しい。今はなんとか突進を躱すことができているが、反撃をしなければいつかは捉(とら)えられてしまう。しかし、こうも素早く攻撃を仕掛けられては呪具を投げる暇がないし、さっき撃った拳銃も再装填に時間がかかる。僕が助けに入って隙をつくらなければ勝機はない。そしてそれは命を失うことを意味する。

しかしここでアルノルフォを自由にさせてしまったら、こいつに逃げる隙を与えてしまうかもしれない。〈魂剝ぎ〉の短剣を使う絶好の機会を失うことになればウーゴの願いは叶わない。

「どうした？　主(あるじ)を助けにいくべきだろう、人食い魔獣」

アルノルフォはもがきながらも嘲るような笑いを浮かべてくる。

「耳を貸すな、レオニス君！　こっちは何とかするから、君は絶対にそいつを逃がすな！」

ウーゴを助けるか、このままアルノルフォを押さえるか。あるいは――。

僕は自らの足元で必死に抗い続けるアルノルフォに視線を落とした。

今、僕の手でアルノルフォを殺すか。

〈魂剝ぎ〉の短剣を使うことなくアルノルフォが死ねばウーゴの願いは叶わないが、少なくとも仇を討つことはできる。しかもケルベルスがアルノルフォの魔術で作られた存在ならば彼の死によって活動を停止するかもしれない。そうなればウーゴの危機を救うことにもなる。

それにそもそもこの男はエレーナが受けた仕事の標的だ。その上、十二人もの魔術師と何の罪もない人間を殺して笑っているような殺人鬼だ。ここで誰かが息の根を止めなければいつかどこかでまた悲劇を引き起こすに違いない。

僕にはアルノルフォの金色の瞳が、かつてのコルネリアの青い瞳とかぶって見えた。

殺さないことで殺されてしまった命。

あのとき僕がコルネリアを殺していれば、マイヤという女性の命を救えていたはずだと悔やんだ。ここでアルノルフォを殺せばあの過ちへの贖いになるのかもしれない。

だが、それでも――。

僕は顔を上げ、下で戦い続けるウーゴとケルベルスへ視線を移した。

見ればケルベルスが再度ウーゴに向けて突進を開始しようと起き上がったところだった。

それでも、僕はより多くの命が救われる可能性を選びたい……！

魔犬が地面を蹴る。それと同時にウーゴが呪具をひらめかせ、宙に舞う。

ケルベルスの突進が空を切り、壁に激突して止まった瞬間、僕はその巨体の左頭部に向けて飛び掛かっていた。

体を空中で回転させながら尻尾を鞭のようにしならせ、固く握った義手をケルベルスの頭へ目掛けて振り下ろす。

高所からの落下速度と自重を加えた一撃は見事にケルベルスの脳天に命中し、激しい衝撃とともに頭蓋骨をかち割った。

「――っ‼」

ケルベルスは苦悶の絶叫をあげながら激しく暴(あば)れまわり、足元に着地した僕を蹴り飛ばした。

「でかしたぞ！　レオニス君！」

僕が転がるのと同時に、ウーゴは雄叫びを上げながら複数の呪具を一気に投擲した。

それらが地面にぶつかり、無数の氷の針が痛みで呻き続けるケルベルスの頭部へと殺到する。

この機に残っている二つの頭も潰して息の根を止めるつもりだ。いかに巨大な魔獣といえども頭に大量の魔術攻撃を受ければひとたまりもないだろう。

しかし――。

呪具が生み出した氷の針はケルベルスに届く寸前で悉く霧散した。

「何……⁉」

「無駄だよ」

得意気な声がした方へ目を向けると、祭壇の上でアルノルフォがふらつきながら立ち上がったところだった。

腹部は銃撃の傷、右腕は潰され、全身には裂傷。もはや満身創痍だが、アルノルフォの金色の瞳には異様な光が宿っていた。

「キミたちはケルベルスのことを何もわかっていないようだね。こいつの真の力はその強大な魔術素質にあるんだよ！　呪具如(ごと)きが生み出す攻撃魔術なんて全く効きはしない！」

『魔術による攻撃は魔力によって構成されるものだからな。正しく魔力をぶつけてやれば相殺することができる』

かつてエレーナから教わり、彼女がコルネリアとの戦いで実践してみせた技だ。ケルベルスはその魔術素質の高さによって大量の魔力をぶつけ、呪具の攻撃魔術を完全に無効化してみせたのだ。

「それだけじゃない！　魔術素質によってケルベルスが持つ特殊能力、それは体の高速再生さ！　膨大な魔術素質による魔力防御と再生能力を併せ持つ魔犬。それがケルベルスなんだよ！」

まるでアルノルフォの言葉に応じるように、さっき砕いたはずのケルベルスの左の頭がボコボコとした泡のようなものに覆われ、再生していく。

三つも頭がある上に一つ潰してもすぐに再生するということは、同時に全ての頭を吹き飛ばす必要がある。そんな芸当ができるのは魔術しかないが、そのためにはケルベルスの魔力防御を突破しなければならない。

まさに鉄壁の防御だ。それに牙と爪が生え、こちらを轢き殺そうと突進してくるのだから堪ったものではない。

頭の再生を終え、こちらを見下ろすケルベルスの視線を受け、僕は絶望を抱きかけた。

「さてと。血を流しすぎたみたいだし、ボクはそろそろ失礼するよ。キミたちはボクの可愛い魔獣とゆっくり戯れているといい」

アルノルフォはそう言うと、呪文のような言葉を紡ぎながら自らの血で魔法陣を描き始めた。杖がない分発動までに時間はかかるはずだが、移動系統の魔術を使って逃げるつもりに違いない。

「ここまでか……」

ウーゴは呟くように言うと、手にしていた呪具を投げ捨てた。

「ウーゴさん……？」

ウーゴは無言で懐に手を突っ込むと、枯れ枝に似た物体を取り出した。赤子の腕くらいの長さで先端に三本の指があるそれは、僕とエレーナが探していた呪具の特徴に酷似している。

「それはまさか〈猿の手〉……⁉　なぜあなたがそれを⁉」

僕の驚愕をよそに、ウーゴはケルベルスへ向かって一歩踏み出しながら〈猿の手〉を掲げて叫んだ。

「〈猿の手〉よ、最後の願いだ。アルノルフォと奴の魔獣を倒せ！」

すると〈猿の手〉がウーゴの手の中で妖しく輝きを放ち、宙に浮かび上がった。そして、一本指をウーゴに向け、魔術をかけるようにくるくると回した。

次の瞬間、〈猿の手〉に呼応するようにウーゴが動いていた。

彼は夢遊病のようにふらりと前へ踏み出すと、

「ヴェニ・ディアボラス！」

手のひらを天に突き上げ、地獄の底から響くような低音で叫んだ。

直後、空間が軋んだ。

天井があるはずの場所が紙を破るように裂け、その中から一対の角と虚ろな目を持った、影のような巨大な顔がこちらを覗き込むようにして現れた。そして同時に得体の知れない力が一瞬にして辺りを包み込む気配がした。

突如として現われた超常の存在に、僕もアルノルフォも、ケルベルスさえも戦慄し、その場に縫い付けられたかのように一瞬硬直した。

あれはまずい。あれは死だ。

魔獣としての生存本能がけたたましい警鐘を鳴らす。僕が本能に突き動かされて祭壇の陰へ向かって跳躍するのと、その力が振るわれたのは同時だった。

「!?」

全身を貫くような轟音と衝撃に続いて圧倒的な力の奔流が襲いかかってきた。大地が裂け、風が暴れる。僕は全身を丸めて衝撃に耐えながら、その渦に呑み込まれ、そして意識を失った。


「起きたかね？　レオニス」

問いかける主の声で僕は目を覚ました。

開いた目に映った天井は見覚えのあるものだった。

どうやらフルクトゥスの宿屋のベッドに寝かされているらしい。

全身の骨と肉が軋むように悲鳴を上げているが、どうにかまだ生きているようだ。

「まったく。君は魔獣のくせに本当によく倒れるやつだな」

エレーナは皮肉っぽく言ったが、その目は笑っていなかった。

「頼りなくてすみません」

「いや、今回は私が不在の中よくやってくれたと思っているよ。生きているだけ上出来だ」

エレーナはそこでようやく薄い笑みを見せた。

「……あの、僕は一体どうなったのでしょうか？」

「そうだな、まずはその話からだ。君はウーゴが放った〈召喚魔術〉に巻き込まれたのだ」

あの大地を引き裂くほどの力は〈召喚魔術〉だったのか。だとすればあの空間の裂け目から顔を出したのは悪魔と呼ばれる存在なのだろう。僕はこちらを覗いていたあの虚ろな目を思い出して背筋が寒くなった。

「使用された術は〈ベリアル〉。悪魔の力によって召喚者の周囲の空間を大地ごと切り裂く破壊の〈召喚魔術〉だ。これによってアルノルフォとその使い魔は跡形もなく消滅し、人狼族の遺跡は半壊した。私がルチアの解毒を無事に終えて遺跡の上空まで戻ってきたときには、丘の地面にも大穴があいていたほど凄まじい破壊の爪痕が残っていたよ。すぐに君とウーゴを回収して応急処置をしたのが昨日。君の怪我も相当のものだったが、またしても丸一日眠ったら目を覚ませる程度に回復してしまうんだから大した治癒能力だな」

「……ウーゴさんは？　一体どうなったんです？」

　僕が震える声で尋ねると、エレーナは静かに答えた。

「〈召喚魔術〉による破壊からは召喚者本人は守られるようになっている。だからウーゴは君のように悪魔の力を受けてはいないよ。ただ、代償はきっちり持っていかれた」

「その代償って……？」

「〈召喚魔術〉で悪魔に払わされる代償は召喚者には選べない。ウーゴの場合は内臓の大半を持っていかれたな。今は私の魔術でなんとか命をつないでいるがね」

「そんな……。一体なんでこんなことに……？」

　まだ何が起きたか全く理解できていなかった。なぜウーゴが〈猿の手〉を持っていたのか。

なぜあの場面で突然〈召喚魔術〉を使用したのか。そして、彼の願いは叶えられたのか。

「私も疑問は山ほどある」

エレーナは憮然とした表情で答えた。

「しかしウーゴはレオニスが起きてから一緒に話すと言ってきかなくてね。そういうわけで私は君の寝顔を観察して待つ羽目になっていたのだ」

「それは……すみません」

彼女に寝顔を見られていたのかと思うと突然気恥ずかしくなってきた。

「あいつも隣の部屋で寝かせているからな。さっさと話を聞きにいくぞ」

エレーナは怪我で満足に動けない僕を魔術で浮かせながら部屋を移動した。

扉を開けて中へ入ると、そこには頭の後ろで手を組み、ベッドに寝転がっているウーゴの姿があった。

「やあ！　エレーナ先生。それにレオニス君も。無事目を覚ましたみたいで何よりだよ」

お馴染みのニカッと笑いを浮かべるウーゴは、以前と同じように朗らかな様子だったが、顔色は病人のように青かった。

エレーナは僕を床に下ろし、自分はベッド脇（わき）の椅子に腰かけて腕組みをした。

「さて。レオニスも起きたことだし、そろそろ事の真相を聞かせてもらおうか」

「ええ。もちろん」

ウーゴは笑顔のまま答え、天気の話でもするような何気ない様子で語り始めた。

「全ての始まりは〈猿の手〉でした。三か月前、あの呪具を手に入れたことで止まっていた俺の時間が動き出したんです。

お二人も知っての通り、俺はかつて妻を蘇らせようとして〈反魂〉の魔術に失敗しました。これまでの研究の結果、失敗した理由は彼女の魂が奪われていたからだ、ということが最近ようやくわかりました。そこで近頃は魂を取り戻す方法を探していたんです。

そんなときにたまたま手に入れたのが〈猿の手〉でした。俺も呪具蒐集家ですから、この呪具の噂はもちろん知っていて、怪しいとは思っていました。ただそれでも、彼女の魂を取り戻す手段が見つかるあてがなかったので、一縷の望みをかけて使ってみてしまったんです」

ウーゴは悪戯がばれた子供のような、バツの悪そうな表情を浮かべた。

「〈猿の手〉の効果はてきめんでした。願いをかけた次の瞬間には〈魂剝ぎ〉の短剣が俺の手中に現れたんです。これが一つ目の願いでした。彼女の魂を解放する手段が手に入ったなら、次は魂を奪ったアルノルフォの居場所を突き止めることです。俺は憑りつかれたかのようにすぐに二つ目の願いをかけました。その結果起きてしまったのがフルクトゥスの事件でした」

ウーゴはそこでため息をつき、初めて暗い顔になった。

「俺が願ったのはアルノルフォの居場所を突き止めること、ただそれだけだった。だけど、〈猿の手〉はそれを最も嫌な方法で叶えてきた。俺の親しい友人がアルノルフォの新しい標的になることです。俺は〈猿の手〉を使ったことを激しく後悔しましたが、結局事件の痕跡からアルノルフォの隠れ家を突き止めることができました。俺は、『起こったことは覆せない。だとしたら犠牲になってしまった友のためにも何としてでも自分の願いを叶えるしかない』そう自分自身に言い聞かせました。そして、遺跡の結界を破り、俺と友人の復讐を果たすためにエレーナ先生に頼ることを思いついたんです」

エレーナはそれを聞いて顔をしかめたが、話を遮(さえぎ)ることはしなかった。

「エレーナ先生とは以前呪具の奪い合いで出し抜いちゃったことがあったので、普通に依頼したんじゃ協力してもらえないと思い、アルノルフォが〈猿の手〉を持っていることにして手紙を出しました。エレーナ先生は最近願いを叶える系統の呪具を探しているって噂は聞いていたので、のってもらえるんじゃないかと。でも、アルノルフォを倒し終えたら、ちゃんと〈猿の手〉を渡す気だったんですよ。それに俺が何かしら嘘(うそ)をついているって、先生は気づいていたんじゃないですか？　じゃなきゃあんな緩い誓いで済ますわけがないですし」

「どうだかな」

エレーナはそっぽを向いてとぼけるように答えた。

「結界の突破に三つ目の願いを使う手段もありましたが、二つ目の願いが想定外の結果になったので、もうなるべく〈猿の手〉は使いたくはなかった。そして実際、エレーナ先生やレオニス君のおかげで、三つ目の願いを使うことなくアルノルフォを追い詰める一歩手前までいくことができた。しかし、奴が奥の手で呼び出したケルベルスには打つ手がなかった。そこでついに最後の願いをかけたんです。まあ、その結果がこのざまってわけなんですけど」

ウーゴはハハハと苦笑したが、それで腹を痛めたのか大きく咳き込んだ。

エレーナは彼が落ち着くのを待って問いを投げかけた。

「私はお前が自分の意志で〈召喚魔術〉を使ったものと思っていたが、違ったのか?」

「ええ……。〈召喚魔術〉は代償が大きいですし、もう一度禁術を使ったら完全に魔術素質を失ってしまうじゃないですか。さすがに自分でそんな真似はしないですよ。それにアルノルフォを殺す前に〈魂剝ぎ〉で刺さなければカッサンドラの魂を分離できない。俺にとって〈召喚魔術〉を使っていいことなんて一つもなかったんです」

「では〈猿の手〉が使わせたということか?」

「そうとしか考えられません。俺には〈召喚魔術〉を使った記憶自体がない。おそらく〈猿の手〉は俺に精神操作の魔術をかけて術を使わせたのでしょう」

「……ウーゴさんの友人の件といい、〈召喚魔術〉を使わせたことといい、〈猿の手〉はなぜわざわざこんな回りくどい願いの叶え方をしたんでしょう?」

「まさにそこだな。それが〈猿の手〉という呪具の恐ろしい点だ」

僕の疑問にエレーナは吐き捨てるように答えた。

「〈猿の手〉は使用者の願いを叶える。どんな手段を使っても、な。逆に言えば使用者が制御できるのは願いの結果だけだ。どういった手段でそれを為すかは〈猿の手〉が決める。おそらく〈猿の手〉にとって最も早く、最も効率の良い方法が選ばれるのだろう。あの遺跡での戦いの場合でいえば、ケルベルスは強力な魔力防御を誇っていた。〈猿の手〉は魔術でその防御を突破するよりも、魔力ではない悪魔の力を使って殺す方が効率が良いと判断したのだろう。そして〈猿の手〉自身では悪魔に対して代償となる体や魂を用意できないから、ウーゴを操って〈召喚魔術〉を発動させた。悪魔への代償でウーゴ自身の命が危うくなることを〈猿の手〉が知っていたかはわからないがね……」

「結局、あの呪具にいいように踊らされてしまったってことですね」

ウーゴは乾いた笑いをあげたが、僕もエレーナも当然笑えるような気分ではなかった。

そもそも〈猿の手〉が存在しなければ全ては起こり得なかったことだ。〈猿の手〉はまるで意図をもって事態を悪い方へ向かわせようとしたようにすら思える。

「……それで？　その胸糞の悪い呪具はその後どうなったのだ？」

「消えました」

ウーゴは急に無表情になって答えた。

「俺が意識を取り戻したのと同時に、瞬間移動の魔術を使ったかのようにどこかへ飛び去っていきました。きっとあれは自分で持ち主を選ぶ性質を備えているんでしょうね」

僕らは一様に押し黙った。

大きな犠牲が払われた。ルチアは毒を受け、ウーゴは内臓を失い、彼の友人の命まで失われたというのに、何一つ得るものなどない。やはり〈猿の手〉は呪われた一品だった。僕らはその呪いに弄ばれたのだ。あれに意志などないのかもしれないが、〈猿の手〉に嘲笑われているような気さえする。

「エレーナ先生、一つお願いがあるんですが」

「何だね？」

「今、俺の命をつないでいる先生の魔術。打ち切ってもらえませんか？」

ウーゴは言葉の意味と不釣り合いなほど明るいニカッと笑いを浮かべて言った。

「……どういうつもりだ？」

「知っての通り、俺は二回目の禁術使用で完全に魔術素質を失いました。なのでこれから先、生きていても、エレーナ先生にこの延命の対価を払い続けることができません」

「確かにそうだな」

エレーナは無表情にそう答えた。

「では明日の朝、魔術が切れるように設定しておこう」

「ま、待ってください！」

「ありがとうございます。この二日間の延命処置への対価は、俺が隠し持っている宝物庫の呪具ということで。これがその在り処を記したものです」

「だから、待ってください！」

僕の静止の言葉は届かず、二人はどんどん話を進めていった。

そしてエレーナはウーゴの宝物庫から呪具を回収するべく、部屋を出ていってしまった。

「なんで……。なんでなんですか？　ウーゴさん」

僕の問いにウーゴは笑顔で答えた。

「なぜって、さっき言った通りだよ。俺の延命が無駄だからさ」

「なぜ生きるのを投げ出すようなことをするんです？　対価は僕がエレーナさんに頼んでなんとかしてもらいます。だから、生きてください……！」

「気持ちはありがたいけど、必要ないよ。レオニス君は本当に魔術師の使い魔として相応しくないほどお人よしで優しいね。まだ会って数日の俺にそこまで言ってくれるんだから」

「僕はただ……。目の前で救える命が失われるのが嫌なだけです」

バルトロメオ、アントニオ、リース。僕の前で死んでいった人々の顔が浮かんだ。彼らは生きたいと望みながら死んでいった。それなのにウーゴは自ら死を選ぶというのか。

「レオニス君、君もわかっているだろう？　あのとき、アルノルフォは〈召喚魔術〉で死んだ。〈魂剥ぎ〉で刺す前に。つまり、カッサンドラの魂はアルノルフォに吸収されたままだ。もう彼女を生き返らせることは不可能になった。そんな俺にこれ以上生きる意味はないよ」

「僕には想像しかできないけど、それが辛いことだっていうのは痛いほどわかります。それ

「でも、生きてさえいれば、新しい目標や生きがいが見つかるかもしれないじゃないですか」

ウーゴは僕の必死の説得には応じず、緩やかに首を横に振った。

「たとえそうだとしても、俺は生きているべきじゃない。俺は罰を受けるべきだ」

「罰……?」

「ああ。俺が〈猿の手〉を使ったせいで何の罪もない友人が死んだ。その上、そのことを利用し、エレーナ先生を騙して君たちを自分の復讐に巻き込んだ。それだけじゃない。カッサンドラの魂を永遠に失わせることになったのは俺自身の過ちのせいなんだ」

「〈召喚魔術〉を使ってしまったのは〈猿の手〉のせいじゃないですか。……いや、そもそも〈猿の手〉を使わなければいけない状況にしてしまったのは僕のせいです。作戦がうまくいってアルノルフォを押さえ込んだあのとき、僕が奴を離さなければ……」

あの瞬間の葛藤を思い出して僕は目の前が暗くなった。

僕はまた選択を誤ったのか。あのときウーゴを信じてアルノルフォを押さえ続けていれば、ウーゴが〈召喚魔術〉を使うこともなかったかもしれない。だとしたらウーゴが死を選ぼうとしている原因は僕にあるようなものだ。

「俺が〈召喚魔術〉を使ったことに対してレオニス君が責任を感じる必要はないよ。あの場面で俺一人がケルベルスと戦い続けても勝機はなかったわけだから、君の判断は正しかった。決して君のせいなんかじゃない」

ウーゴは僕を元気づけるように前脚に手をのせてくれた。

「問題はそもそも俺がアルノルフォに戦いを仕掛けたことなんだ。本当にカッサンドラの魂を解放することを最優先に考えるなら、戦う前に〈魂剝ぎ〉でアルノルフォを刺すことを〈猿の手〉に願うべきだった。そうできなかったのは俺がアルノルフォをこの手で殺したいという私怨を抑えられなかったからだ。いざというとき確実に奴を殺せるようにと無意識に〈猿の手〉を温存した。だから、このことは俺のせいであり、俺は罰を受けなければいけないんだよ」

そう語るウーゴの顔には悟ったような微笑みが浮かんでいた。

「死が罰になるというんですか？」

「どうだろう？　でも俺には他に思いつかない。少なくとも死という罰を受けると思うことで、俺の苦しみは少しは和らぐよ」

ウーゴのその言葉を聞いて、僕はそれ以上何も言えなくなってしまった。

僕自身も友人の死体を食べてしまったことで、激しい罪の意識に襲われた。そして何度も死んでしまいたいと思った。僕は結局、彼らの死を無意味にしないために生き続けなければならないと思うことができたが、今のウーゴに僕がかけられる言葉は見つからなかった。

「さて、そういうわけで、残念だけどこれでお別れだ、レオニス君」

ウーゴはしんみりとした空気を打ち消すように、明るい口調で言った。

「君には何度も助けられた。結果は俺自身のせいで散々だったけど、君のおかげでアルノルフォへの復讐自体は遂げることができた。本当に感謝しているよ。さすが、エレーナ先生に選ばし者だね」

「……その言葉、前にも言っていましたけど、どういう意味なんです？」

「ああ、そうか。君自身はわかっていないか。〈ヒジュラの災厄〉の後、エレーナ先生は弟子を取らなくなったって言ったよね？」

「ええ……」

ルチアの件で問題になったことだからそのことは僕もよく覚えていた。

「実は弟子を取らなくなっただけじゃないんだ。魔術師っていうのは各々、〈七賢者〉を筆頭にした門派に所属していて、もちろんエレーナ先生も〈魔女〉の称号を持つ〈七賢者〉の一人だから多くの門徒を抱えていたんだけど……。〈ヒジュラの災厄〉の後、〈魔女〉の一門もエレーナ先生の指示で解散になった。それ以来一二〇年間、彼女は独りで〈復讐の魔女〉として生きてきた。弟子はもちろん、助手も使い魔も誰一人傍に置くことなくずっとね。レオニス君、君はその一二〇年間の沈黙を破った最初の一人なんだ。そういう意味でエレーナ先生に選ばれし者っていうことさ」

「ずっと独りだった……」

僕は改めてエレーナの過去を想った。そして僕自身のこれからのことを。人間に戻って彼女のもとを去るのか。魔獣として彼女と共に生き続けるのか。その答えもまだ出ていない。

「まあ、そういうわけだから、君の動向は意外と魔術師の界隈でも注目されているんだ。俺もエレーナ先生の元教え子として、君に期待していた一人だったんだよ。君と出会ってエレーナ先生は少し昔に戻りつつあるような気がしたな。最後に先生や君とワイワイやれて俺は楽しかったよ」

「僕も……ウーゴさんと出会えてよかったです」

「エレーナ先生に選ばれし者である君にそう言ってもらえるのはうれしいな。それじゃあ、さようなら。先生のこと、よろしく頼んだよ」

それが僕がウーゴと交わした最期の言葉になった。

僕が部屋の扉を閉めるまで、ウーゴは得意のニカッと笑いを浮かべ続けていた。

翌朝、ウーゴは静かに息を引き取った。

亡骸は彼の希望通り、フルクトゥスの近くの海岸沿いの丘の上に埋葬された。

スイセンの白い花が咲き誇るその場所に、ウーゴはカッサンドラと共に眠っている。

「……最期まで不思議な人でしたね」

眼下に打ち寄せる波を見つめながら、僕は呟くように言った。

「ふん……。最期まで大馬鹿者で、人を食ったような男だったよ」

鼻を鳴らしたエレーナの表情は少し憔悴（しょうすい）しているように見えた。

ウーゴが語っていたかつてのエレーナは弟子や教え子を大切にする人だった。本当は彼女もウーゴが死んでしまったことに心を痛めているのだろう。

「……ウーゴさんは自分の死は罰だと言っていました。彼がしたことは死を受け入れなければならないほど酷いことだったのでしょうか？」

「罰、か……」

エレーナは腕組みをして短いため息をついた。

「他人が与える罰は法や規範によって決められる。しかし、自分が与える罰は自身が感じた罪を尺度にしてはかられるものだ。自分が相応しいと感じる罰を受けなければ、背負うと決めた罪の重さに耐えきれなくなる」

「罪の重さですか……」

エレーナの言葉は僕に重くのしかかった。

人を食べたという僕の罪。それに対する刑罰、禁錮刑を僕は受け切らずに脱走した。だとしたら僕は自分自身で罰を決めなければならない。それは結局、こんな姿になっても生き続けなければいけないということなのだろうか。

ふとエレーナの横顔を見ると、その赤い瞳に深い憂いが浮かんでいるように見えた。

その表情を見て僕はウーゴが語ったエレーナの過去を想った。

ずっと、独りだった。

もしかしたら、弟子を取らず孤独に生きるということが彼女が自分に与えた罰だったのかもしれない。〈七賢者〉である魔女エレーナを罰せられる人がいなかったから、彼女は己をきつく縛る誓約を立てたのだろう。しかしいくら魔術師の寿命が長くても一〇〇年以上独りで生きるのは辛すぎる、と僕は思う。

ならば彼女が負い目を感じることなく、傍に寄り添える誰かがやはり必要なのだ。

人間に戻って彼女のもとを去るのか。魔獣として彼女と共に生き続けるのか。僕の中でその答えはまだ出ていない。しかし、決断をすべきそのときまで、必ずエレーナの隣に立ち続けるのだと僕は心に誓った。

「……僕、強くなりますね。もっとエレーナさんを支えられるように」

「ほう？　どうしたのだ？　急にやる気になって」

「いえ、ただ、なんとなくそう思っただけです」

「そうか。それほどやる気なら、明日から鍛錬を二倍に増やしてやろう」

エレーナはニヤリと楽しそうに笑った。

「え⁉　それはちょっと……。でもエレーナさんのお役に立てるようにこれまで以上に勉強しますよ」

「そうか。それは楽しみだな。期待しているぞ、レオニス」

そう言ったエレーナの顔にはいつもの不敵な笑みが浮かんでいた。

僕がそれを聞いたのは本当に偶然だった。

ウーゴを弔ってから十日後、ようやく僕の傷が癒え、フルクトゥスを発つことになった。

「全く。君のせいで急な休暇を取らされる羽目になったな」

僕が体を休めている間、エレーナは宿屋の部屋に籠もり、バルコニーで酒を飲みながら夕陽を眺めたり、ときどき様子を見に来るルチアと話をしたりして、いつもの魔術研究と仕事の日々とは違う過ごし方を楽しんでいるようだった。

「すみません。僕が怪我をしたばっかりに……」

「仕方あるまい。無理に君を動かすのも魔力と体力の無駄遣いになるからな。しかし、ここは魔術師にとって敵の多いウルカヌス聖教国の街だ。用が済んだならとっとと出るに越したことはない」

僕は黒猫の姿に変身させてもらい、思わぬ長期滞在をすることになった宿屋を後にした。

久しぶりに出た外の空気は暖かくて心地よく、春が近づいてきていることを感じさせた。

「エレーナさん、内陸側から出ないんですか？」

来た道と異なる港への道を歩き出したエレーナに僕は尋ねた。

「ああ。事前にルチアに確認してもらったが、内陸側の門はこのところかなり警備が厳しくなっていて、普段はいないはずの異端審問官まで監視に加わっているらしい。それならいっそ港を使った方がいい」

フルクトゥスの港は大きな帆船が何隻も係留され、様々な荷物を運ぶ水夫や、それらを検める役人でごった返していた。僕らは魔術によって気配を消しながら、そんな人混みの中を進み、〈霧行船(むこうせん)〉を安全に使える場所を探して波止場へと向かっていった。

そんなとき、魔獣の鋭敏な耳に吸い込まれるようにその言葉が飛び込んできた。

「おい、聞いたか？　カルロ海賊団の話」

突然降って湧(わ)いた幼馴染の手がかりに僕は思わず足を止め、声のする方へ歩き出していた。

「ああ、最近ヒエムス近海を荒らしているっていう奴(やつ)らか」

話をしているのは商人風の二人組だった。

「そうそう。今までは大した被害じゃないからってセプテム王国は無視を決め込んでいたんだけど、王族向けの商品を載せた船が被害にあったとかで、ついに海軍を動かすらしい」

「へえ。そりゃいい。ようやく俺(おれ)たちもヒエムスに船が出せそうだな。でも確か奴らの根城って〈魔術師の島〉っていう魔の海域の中じゃなかったか？　そんなところに攻め入られるのかね？」

「そこはさすがに海軍様なら大丈夫だろう。まあ失敗しても俺らの財布が痛むわけじゃないんだからお任せしようぜ」

「違いない」

二人組はそう言って笑うと船着き場の方へと去っていった。

僕はそれを見送りながら今しがた聞いた話の内容に戦慄した。

カルロたちが海軍に追われている……。

もはや一刻の猶予もないように感じられた。

僕が彼らと会ったところで何をどうすればいいかわからないが、とにかく今すぐカルロたちの元へ向かわなければ手遅れになってしまう気がする。

「何をしている？　レオニス」

頭の上から降ってきた声はエレーナのものだった。

見上げると不機嫌そうな主の赤い視線とぶつかった。

「ここはウルカヌス聖教国の領内だと言っただろう。面倒事に巻き込まれる前にさっさと屋敷に戻るぞ」

「エレーナさん……」

僕はエレーナに取り繕う余裕もなく、商人から聞いたカルロ海賊団の話をした。

「何とか、急いでカルロたちの元へ行くことはできませんか？」

「なるほど」

エレーナは僕の切羽詰まった様子に冷静に頷いた。

「事情は理解した。確かにそれは急いだ方が得策かもな。君が仕事で活躍したら協力するという約束だったが、ウーゴの一件でそれは果たされたと見なそう」

「ありがとうございます！ それじゃあ早速〈霧行船〉でヒエムスに――」

「落ち着け、レオニス。商人たちの話では彼らの根城は〈魔術師の島〉だというのだろう?」

「はい。確かにそう言っていました」

「だとすれば、ここから向かった方が早い。〈魔術師の島〉はヒエムスとフルクトゥスの間にある島だからね。ヒエムスからの方が距離は断然近いが、今からヒエムスに移動してさらに船に乗るより、この港から出る船を探した方が効率的だ」

「わかりました」

僕は頷き、エレーナと共に船着き場へ向かって歩き出した。

「しかし、まさか〈魔術師の島〉が拠点とはな」

エレーナは呟くように言った。

「それって文字通り魔術師が住んでいる島なんですか?」

「いや、今はいない。そこそこ高名な魔術師が余生を送るのに選んだ小さな島さ。彼はそこに大きな石造りの屋敷を構え、巨大な呪具である自動航行の帆船を使って行き来をしていた。彼自身は何年か前に死んだのだが、〈魔術師の島〉という名前は残り続けているんだ。おそらく君の友人たちは彼が残した自動航行の帆船を使っているんだろうね。あれは〝魔術素質(インゲニウム)〟がない人間でも扱える代物だったからな」

僕はそれを聞いて少しほっとした。

船が魔術師の遺産である呪具なら、少なくともカルロやアンナが海賊団やギャングのような裏社会とつながりをもってしまったわけではなさそうだ。

「それにしても、エレーナさん随分その島に詳しいんですね」

僕が疑問を口にすると、エレーナは口を尖らせた。

「以前少し話したが、私がウーゴと呪具の奪い合いをしたのがその島なのさ。結局、帆船と金にならない書物以外は全て(すべ)ウーゴに盗られたがね。そういうわけで、あの大馬鹿者(ばか)に昏倒させられた因縁の場所だよ。そういえば今思い出したがそのときだったな。ヒエムスで人間だったときの君のことが書かれていた新聞を読んだのは。一年前の今頃(いまごろ)、春先の寒い日だった」

「一年前、ですか……」

思い返せばちょうど去年の今頃、アンナとカルロが面会にやってきて、その日の夜にこの魔獣の姿に変わってしまったのだ。

あれからいろんなことがあった。リースに救われ、エレーナと出会い、コルネリアと戦った。ルチアとはエレーナ配下の同僚になり、ウーゴと共に殺人鬼アルノルフォと対峙(たいじ)した。一年の間に僕の中でも様々な変化があったが、まだ人間の姿に戻ることは叶っていない。

これからカルロやアンナに会ったとして、彼らは僕のことを覚えているのだろうか。いや、そもそも魔獣の姿の僕が行って何をどうすればいいというんだろう。

「どうした、レオニス？」

突然不安に駆られた僕はどうやら歩みが遅れてしまっていたらしい。

振り返ったエレーナが誘うように僕に手を伸ばした。

「いえ、なんだか急にいろいろ考えてしまって……」

「しっかりしたまえ」

エレーナは呆れたような表情で腕を組んだ。

「この私が下僕である君の希望を叶えるためにわざわざ協力してやるというのだ。もっと喜び勇んでついてくるべきところだぞ」

水平線に沈みかけた夕陽を背にしたエレーナは美しく、堂々としていていつも以上に輝いて見えた。

その姿に僕の心に生じた一時の気の迷いは吹き飛んだ。

エレーナ以上の味方などこの世界にいない。彼女の横に立つ限り、僕は前を向いて進んでいけるはずだ。

「さあ。行くぞ、レオニス」

僕は頷き、胸を張って主の元へ駆け寄った。

そして、幼馴染たちと再会するためにエレーナと共に歩き出した。


「……エレーナさん。これに乗るんですか……?」

前向きになったのも束の間、僕は目の前にそびえる帆船を見て震えていた。

三本のマストを備えたこの立派な商船は、こともあろうにかつて遭難したときに乗っていたものと同型だったからだ。

「直近ヒエムスに向かう船はこれだけだ。選択肢はないぞ」

案の定、僕は心的外傷を思い出して強烈な吐き気を催したが、エレーナは容赦しなかった。

透明化の魔術のおかげで誰にも見られることはなかったが、首輪に鎖をつけられた僕は文字通り引きずられるようにして船へと乗り込むはめになった。

多種多様な船がある中で最も苦手な型を引き当ててしまうなんて、どれだけついていないのだろう。自分で望んだことながら僕は早くもこの旅の先行きに不安を感じ始めていた。

しかしそんな僕の想いとは裏腹に航海は順調に進み、船は速度を上げてあっという間に外洋へと出た。

そして今は陽の落ちた夜の海を静かに進んでいるところだった。

甲板に出れば星が綺麗に見えそうな夜だったが、吐き気が収まらない僕は船体内部の客室で魔獣の大きな体を丸めて縮こまっているしかなかった。

「しかし、まさかここまでとはな」

木樽の上に腰かけたエレーナは僕の青い顔を見て苦笑した。

「……エレーナさん、今さらですけど、なんで目的の島まで〈霧行船〉や飛行魔術を使っていかないんですか?」

「ああ、そのことなら結界のせいだよ。人狼族の遺跡と同じように、〈魔術師の島〉にも古い結界が残っている。そのせいで魔術や呪具の類いでは島にたどり着けないようになっているのさ。結界の作用で一般人にも見つけにくいせいか、今では魔の海域と呼ばれているようだがね」

「そういうことですか……」

それさえなければこんな辛い目にあわなくて済んだのかと思うと、結界を張った見知らぬ魔術師のことが恨めしくなってくる。

「〈魔術師の島〉が近づいてきたら、救命艇を拝借して上陸するぞ。それまでにその吐き気をなんとかしたまえ」

「はい……」

僕は心を落ち着かせようと、客室の小さな窓から外を眺めた。

夜の海は星々と月の灯りを受けて煌めいている。僕はその光を追うようにして、夜空に輝く月をぼんやりと見上げた。銀盤はほとんど完全な円形で、もう明日にでも満月になりそうだ。

満月……。そういえば何かを忘れているような――。

「エ、エレーナさん！」

僕は大事なことを思い出して慌てて声を上げた。

「なんだね？　騒がしい」

「例の薬をください……。今月はまだ飲んでいないんです」

これからカルロたちに会うかもしれないというのに、ここで食人欲求が暴走してしまっては取り返しのつかないことになる。この気持ちの悪さであのまずい薬を飲むなど苦行中の苦行でしかないが背に腹は代えられない。

「ああ、そうだったな。ちょっと待ちたまえ」

エレーナがパチンと指を鳴らすと彼女の手の中に小さな薬瓶が現れた。

僕がそれを受け取ろうと義手を伸ばしたちょうどそのときだった。

ドンッ、という鈍い衝撃音とともに船が大きく揺れた。

「何事だ⁉」

エレーナは予想外の物音に反応し、反射的に立ち上がった。

「船が何かにぶつかったようだが……。大丈夫か、レオニス？」

「エレーナさん、薬が……」

先ほどの衝撃で薬瓶は僕の義手をすり抜け、床に落ちて砕け散っていた。当然、中身はこぼれてもう飲むことはできない。

「参ったな。それで手持ちは最後だ。屋敷に帰って作り直さなければ無いぞ……」

エレーナがぼやいていると、上のフロアにあたる甲板からドカドカという靴音と、人の怒声が聞こえてきた。

「……これは誰かが船に乗り込んできたな。さっきの衝撃は接舷したときの音だったわけか。これはひょっとして目当ての海賊かもしれないな」

「まさかカルロが……⁉」

僕は薬瓶が割れたショックも忘れて声をあげた。

「確かに位置的には〈魔術師の島〉は近い。しかし相手が誰であろうと接舷した以上、いずれここにも乗り込んでくるだろう。それならこちらから出向いて確かめてやろう」

エレーナは不敵な笑みを浮かべて、僕を船室の外へと誘った。

そうして甲板へ続く通路を歩き始めたとき、

「……っ⁉」

突然、見えない誰かに殴られたかのように、エレーナがぐらりとよろけ、床に膝をついた。

「エレーナさん⁉」

僕が慌てて駆け寄ると、彼女は見たことがないくらい青い顔をしていた。

「すぐに船から出るぞ、レオニス」

エレーナは珍しく焦ったような表情で僕の肩を摑んだ。

「えっ？」

「〝魔力遮断の結界〟だ。どういうわけだかわからないが、突如として魔力遮断の結界の中に放り込まれた。魔力が全く使えないのだ」

魔力の動きを止め全ての魔術を無効化する魔力遮断の結界。人狼族の遺跡に仕掛けられていたあれが、突如としてこの船の中に現れたというのか。一体なぜそんなことが……。

僕は嫌な予感に寒気がした。

船に乗り込んできたのはカルロたちの可能性もあるが、エレーナがこの状態だし、僕の薬も切れかかっている。ここは一度仕切り直すべきだ。

「予定と違いますが、甲板に出て救命艇で脱出しましょう」

僕の言葉にエレーナは素直に頷いた。

甲板には武装した海賊が待ち構えているかもしれない。最悪、強行突破が必要だ。

そう考え、魔術が使えないエレーナを庇うように僕は先頭に立った。廊下を抜けて階段を上り、なるべく音を立てないように甲板へと上がっていく。

幸いなことに甲板の上には誰もいなかった。夜の船上は月灯りだけでなく、各所に括りつけられた松明のおかげで想像以上に明るい。

その灯りに照らされて、四隻の小船がこの船を取り囲んでいるのが目に入った。

それぞれの小船の舳先(へさき)には赤い燐光を放つ水晶球が括りつけられている。どうやら魔力遮断の結界はこの小船に取り囲まれたことで発動したようだ。僕らは今、船体の中央から上がってきたところで、まさに結界のど真ん中に立ってしまっていた。

「まずいぞ……」

エレーナはその光景を見てぽつりと言った。

「こんな大がかりな仕掛けが用意されているということは、これは私たちをはめるための——」

「お待ちしていましたよ。異端者の皆さま」

背後から聞こえてきた粘っこい癖(くせ)のある声に、僕は戦慄した。

磔にされたリースの亡骸が脳裏に蘇(よみがえ)り、短剣で刺された腹の古傷が疼く。

恐る恐る振り返ると、船尾に設けられた船室の前にぞっとするような笑みを浮かべた男が立っていた。

オールバックにした黒い髪に切れ長の鋭い目。異端審問官であることを示す赤いT字型の刺繡が施された白いコート。そしてそのコートの上から見える右腕には肘から先がなかった。

「ヴィットーリオ……」

エレーナの呟きは波間に溶けていった。

「久しぶりですね、〈復讐の魔女〉。それと人食いの魔獣」

ヴィットーリオは腰に下げた剣も抜かず、余裕な素振りで話しかけてきた。

「お察しのようにこの船には今、異教徒が魔力と呼ぶ邪悪な力を封じる神聖術が発動しています。つまり、〈復讐の魔女〉の最大にして唯一の武器である魔術は一切使えない。お前たちは罠にかかった袋のネズミなのですよ」

ヴィットーリオの言葉に応えるように、彼の背後の船室から幾人もの武装した男たちがわらわらと飛び出してきていた。さらに船首側にある船室からも二〇人ほどの男たちが現れ、甲板の中央にいる僕らをゆっくりと取り囲んでいく。彼らは皆、一様に赤いT字型の刺繍が施された白いコートを纏い、揃いの長剣を構えていた。ヴィットーリオの所属する異端審問官の一団、〈神の鉄槌〉だ。

「なぜ、お前がここに……⁉」

ヴィットーリオは僕の疑問に嘲笑で答えた。

「まさかここまでうまくいくとは私も思いませんでしたよ。これもやはり神のお導きなのでしょう。しかし、きっかけを与えてくれたのはあなたなのですよ、人食いの魔獣」

「なんだって……？」

動揺した僕を見て、ヴィットーリオは唇の端をめくりあげた。

「私は元々殺人事件を起こした異端者を探しにフルクトゥスに来ていたわけですが、二週間ほど前、驚くべきことに〈復讐の魔女〉とその下僕である魔獣が街に入ったという情報が寄せられました。時を同じくしてフルクトゥス郊外で爆発（ばくはつ）の報告があり駆けつけてみると、人のものでも獣のものでもない血痕が残されていた。そこから推察したわけです。おそらくここで人食い魔獣が何者かと戦い、傷を負ったのだろう。血痕の量から察せられる傷の深さは、いくら魔獣とはいえ回復には時間がかかるはずだ。そうだとすれば魔獣はその主である魔女と共にしばらく街に留まるのではないか、とね」

奴の推察とやらは当たっている。まさか僕の血痕から行動を予測してくるなんて……。

ヴィットーリオは勝ち誇ったように自らの功績を語り続ける。

「そこで我々の教会の力を使ってフルクトゥスの街の門の警備を極限まで厳しくしてみたわけです。反対に港の方は警備のレベルを変えない。そうすれば港の方から出て行こうとするのではないか。確信はありませんでしたが、港に来る方に賭（か）け、〈神の鉄槌〉の兵力と船を結集させ、魔力を封じる神聖術を用意して十日間も待ち続けていたわけです。そして、今この状況こそがその成果というわけですよ！」

「くっ……！」

僕は悔しさと情けなさに歯噛みした。

僕の残した血がヴィットーリオをここまで連れてきた。僕のせいでエレーナまでもが追いつめられてしまったのだ。

「ククククク！　敵が罠にはまった瞬間というのはたまりませんねえ。やはり攻めるなら相手の弱点からということです」

僕を嘲るようなヴィットーリオの言葉に、頭の中が真っ赤に染まった。

リースを殺しただけでなく、僕を利用してエレーナを罠にはめたこの男だけは許せない。後悔と自己嫌悪をごちゃ混ぜにした、燃えるような怒りが僕の体を突き動かした。

「舐めるな！」

僕は叫びながら強く甲板を蹴った。

結界のせいで魔術を使えなくとも、爪と牙は影響を受けない。それなら僕の攻撃は通るはずだ。今の僕は以前とは違う。エレーナに訓練を施された今なら、ヴィットーリオを倒すことだってできるはずだ。

僕は一跳びで距離を詰め、無防備なヴィットーリオの頭に向かって右前脚の爪を振り下ろした。

だが――。

ガキンッという硬いものがぶつかり合う音とともに僕の一撃は防がれた。

ヴィットーリオの両脇にいた審問官が進み出て剣で攻撃を弾いたのだ。

「くっ！」

「全く。躾のなっていない魔獣ですね」

ヴィットーリオは挑発するように服の埃を払う仕草をした。

どこまでも人を食ったような態度だ。

「このっ！」

「落ち着け、レオニス」

僕はなおも向かっていこうとしたが、冷静な主の声で我に返り、一歩下がってエレーナの脇に控えた。

「ここまでの罠をはっておきながらただ包囲するだけとは。どうやら私に話があるようだな、ヴィットーリオ」

「ええ。どうやら魔女の方はまだ人間の言葉が通じるようですね。見ての通り我々の戦力差は明確です。このまま我々が剣で踏み込めば、確実にお前たちの首を刎ねられる」

「それはどうかな？　魔術を封じても、まだ私の使い魔は戦える」

「強がりはよしなさい。たとえ何人が犠牲になっても我々は確実にあなた方を殺します。ですが、ただ殺すだけでは不十分だ。〈復讐の魔女〉、お前は神の正義に捧げた私の右腕を奪った。その罪を贖ってもらいましょう」

「ほう？　どうやって？」

「降伏してこの場で火あぶりになりなさい」

僕は奥歯を噛み締めて怒りを堪えた。

ふざけているのか。こんな男に降伏などする意味がない。

「私が素直にお前に従うと思うのか？」

エレーナは薄い冷笑で返したが、ヴィットーリオは気味の悪い笑みを浮かべた。

「どうやら魔女にも誇りという概念は存在するようですね。ですが、降伏すればそこの魔獣の命だけは見逃す、と言ったらどうします？」

「……話にならんな」

エレーナは揺るぎない態度で答えたように見えた。

だが、日頃の彼女をよく知る僕は気づいてしまった。彼女が握った拳にわずかに力が入ったことを。その声に微かな動揺が交じっていることを。

「本当に？　本当によいのですか？　そこの使い魔を救う機会を逃してしまっても」

僕はエレーナの端整な顔に滲む苦悩を垣間見て胸が痛くなった。

ウーゴが話してくれたエレーナの過去が思い出される。彼女は自分の教え子や部下を誰よりも大切に想っているのだ。きっと僕のことも。以前コルネリアが言っていた通り、〈復讐の魔女〉は決して弟子や教え子、そして使い魔を見殺しにできない。

魔術が使えない状態でこれほどの大軍を相手にすれば、二人とも生き残れる確率はないに等しい。だから僕だけでも助けられる方法があれば、エレーナはそれにすがってしまうかもしれない。

だけど、それは絶対にだめだ。

誰かを犠牲にして生き残ることの辛さを僕はよく知っている。もう二度とあんな思いをしたくない。だから今度は何としても最後まで二人で戦い抜く。僕は心の中でそう決意した。

「ふざけるな!」

何かを言おうとしたエレーナを遮(さえぎ)って、僕はあらん限りの大声で叫んだ。

「罠にはめなければエレーナさんに敵(かな)わない卑怯(ひきょう)者のくせに、思いあがったような口を叩(たた)くなよ、この殺人鬼め!」

突然声を張り上げた僕にエレーナもヴィットーリオも驚きの表情を見せた。

「僕は絶対に諦(あきら)めない。必ずお前たちを倒して、二人でここを脱出してやる」

エレーナは僕を見てふっと笑みを浮かべると、表情を引き締めてヴィットーリオに向き直った。

「そういうことだ、審問官。我々は徹底抗戦することにした。殺したければ死ぬ気でかかってくることだな。言っておくが、私の使い魔は少々凶暴だぞ」

その言葉を聞いて、僕の全身に力が漲った。今ほど魔獣の体に変わって良かったと思えることはない。

「愚かな……。神の慈悲を踏みにじるとは。ならば望み通り切り刻んでくれる! かかれ!」

憤怒の形相となったヴィットーリオの号令に応じ、剣を抜いた審問官四人が斬りかかってきた。

「レオニス、後ろの二人を任せたぞ！　私は残りの相手をする」

「はい！」

正直、徒手空拳のエレーナが手練れの審問官と戦えるのか不安だったが、僕と対峙している二人も余計な心配をしていられるほど容易な相手ではない。僕はすぐに自分の敵に集中することになった。

二人の審問官は互いに連携して鋭い突きを打ち込んできたが、ゴーレムとの訓練で鍛え上げた僕には余裕で見切れる攻撃だった。そもそも彼らは人間を相手にするのが本職なのだから、獣の動きをする僕を捉えるのは難しいのだろう。

僕は繰り出される剣の間を縫って一人に飛び掛かり、がら空きの胸を狙って前脚を振るった。一見何気ないパンチのようだが、獣と人間では体重も体格も全く異なるので見た目より遥かに威力がある。

骨を折る嫌な感触と同時に、直撃を受けた審問官の体が大きく吹き飛ばされた。そのまま倒れて動かなくなる。殺してしまったかどうかはわからないが、さすがに今はそこまで気を回している余裕はない。全力を出し切って生き残るだけだ。

こちらの攻撃の隙をついてもう一人がすぐに斬りかかってくる。僕は体勢を変えず、頭に向かって振り下ろされた剣を、尻尾の義手で受け止めた。

「何⁉」

審問官が驚くのも無理はない。エレーナが作ったこの義手は特殊な金属でできていて、刃物でも鈍器でも傷つくことがないほど頑丈なのだ。

僕は刀身を掴んだまま尻尾に力を込め、驚く審問官を握った剣ごと投げ飛ばした。

審問官は無様に宙を舞うと、甲板の中央から生えている太いマストに頭から激突して昏倒した。

これならいける……！

彼らは想像していたよりも強くはない。人数は多いがこの程度なら勝てるかもしれない。問題はエレーナが耐え切れるかだ。

「エレーナさん！」

僕が彼女の方を振り返ると、相手の審問官が胸から血を噴いて倒れたところだった。

エレーナの足元にはすでに殺されたもう一人の審問官が転がっており、右手にはいつの間にか奪った血まみれの剣を握っている。

魔術が使えないことを心配する必要などなかったようだ。彼女はどうやら戦士としても一流らしい。

「この程度か。〈神の鉄槌〉とやらの実力は」

エレーナは落ちていたもう一本の剣を拾い上げて剣を二刀流に持ち、その切っ先をヴィットーリオに向けた。

「魔術師が体術や剣の心得がないというのは偏見だぞ、ヴィットーリオ。確実に私を殺したければ、教義を曲げてでも銃火器を持ち込むべきだったな」

頬に飛んだ返り血とともに凄絶な笑みを浮かべるエレーナは、絵画に描かれた戦女神のような危険な美しさを放っていた。

「かかってこい、能無しども！　この〈復讐の魔女〉が貴様らの首、悉く討ち取ってくれる」

「おのれ、魔女め……。一気にたたみかけるのだ！」

ヴィットーリオはエレーナの戦闘能力に動揺しながらも攻撃の合図を出した。それに応えて包囲網の中から十人以上の審問官が進み出る。

「何としても突破するぞ、レオニス！」

このまま包囲され続けるのはさすがにまずい。だが、包囲網の隙をついて一点でも突破すれば、海に飛びこみエレーナの魔術を使うことできる。その一瞬の隙ができるまでまずは耐えるしかない。

僕らは一体となって、進撃してくる審問官たちを迎え撃った。

エレーナの両手の剣が舞い、僕の尻尾と前脚が唸る。

僕らは個々の力の差で圧倒し、すでに十人は審問官たちを倒していた。だというのに未だ彼らの戦力が尽きる気配はない。何人斬っても、何人海に突き落としても審問官たちは仲間の屍を越えて進んでくる。

止まない進軍にいつしか僕もエレーナも息が切れ始めていた。そうなれば必然的に敵を倒す速度も遅くなってくる。

僕とエレーナは互いに背中を守りながら戦い続けたが、最初に比べて劣勢になってきているのは明らかだった。細かい手傷をいくつも負っているし、攻撃を躱せても相手を倒せていない。

もう持たないかもしれない……。

僕が焦り始めたその頃、今まで後ろに控えていたヴィットーリオが動き出した。最後の決着を自分の手でつけるつもりなのだ。

この状態で〈神の鉄槌〉最強といわれるヴィットーリオと戦うのはまずい。

僕はいよいよこれまで何度も頭をよぎった最後の手段を使うときが来たと悟った。

「エレーナさん！」

審問官の攻撃を避けながら呼びかける。

「〈召喚魔術〉を使ってください！　〈ベリアル〉ならこの状況を打開できるはずです！　もうそれしかありません！」

この場は魔力を遮断する結界が張られている。そのせいで魔力を必要とする魔術は使うことができない。しかし、代償が魔力ではない魔術、〈召喚魔術〉なら行使することができるはずだ。

「しかしそれでは……！」

　エレーナもそんなことは理解しているはずだが、敢えてここまで使わなかった。それがなぜかはもうわかっている。〈ベリアル〉は術者以外の周囲全てを吹き飛ばす破壊の術だ。当然今使えば僕も巻き込まれる。もちろんエレーナも代償を払わなければならないが、彼女が一番気にしているのは僕の安否だ。

「僕なら大丈夫です！　一度生き残っているんですから！」

「今回も無事とは限らんだろうが！」

　エレーナが敵を斬り倒しながら答える。

　顔を見ることはできなくても、彼女が苦悩していることがよくわかった。

「どのみちこのままではやられてしまいます！　どうか信じてください！　僕なら大丈夫！　エレーナさんからいろいろ教わったのでうまく避けますよ」

　その言葉にエレーナはとうとう頷いた。

「……わかった。〈ベリアル〉を使う。レオニス、必ず生き残れよ。これは命令だ」

「はい！　必ず！」

「よし。では十秒でいい。発動までの時間を稼いでくれ！」

　言うが早いか、エレーナは両手の剣を素早く投擲した。

　剣は近くにいた審問官の喉に突き刺さり、まとめて二人が倒れる。僕も瞬間的に全力を出し、一人を摑んで他の審問官たちに向かって投げつけた。一瞬、包囲が崩れる。

その隙にエレーナは呪文を唱えていた。

「ヴェニ・ディアボラス！」

エレーナが突き上げた手の向こう。月に照らされた空が裂け、中からあの恐ろしい悪魔が姿を現した。

突如出現した巨大な影に審問官たちはたじろぎ、動きを止めた。空間に満ちる未知の力に本能的な恐れを感じたのだろう。

しかしただ一人、悪魔に動じずこちらに突っ込んでくる者がいた。

「させぬぞ！　何かはわからぬが、お前たちの好きにはさせぬ！」

ヴィットーリオは味方の審問官を押しのけながら跳躍し、集中していて魔術の発動まで動けないエレーナを狙って剣を振り下ろした。

「やらせるものか！」

僕は尻尾を伸ばし、義手でヴィットーリオの剣を受け止めた。

「失せろっ！　この魔獣め！」

ヴィットーリオは素早く剣を引き、今度は僕の頭を目がけて突きを繰り出す。

「だめだ！　お前は僕が止める！」

必死で突きを躱すと、僕はヴィットーリオの脛に飛びついた。

「ぐっ！」

下半身に魔獣の突撃を受け、さすがのヴィットーリオも体勢を崩した。

僕は反撃の剣を全身に受けながらも死に物狂いでヴィットーリオの足を押さえつけた。

「どけっ！　どけっ！　私の邪魔をするな！　異端者め！　〈復讐の魔女〉！　お前だけは――」

そのとき、〈ベリアル〉の魔術が完成した。

空間に満ちていた未知の力が凝縮し、一気に弾けて急速に膨張していく。

そして轟音が船全体を貫き、圧倒的な力の奔流が一瞬にして全てを呑み込んだ。

全身が引き裂かれるような衝撃とともに力の暴風に巻き込まれる。その地獄のような瞬間が終わったかと思ったら、今度は急に重力を失い、空中に投げ出された。気絶しそうな激痛に耐え、何とか目を開くと、乗っていたはずの船が粉々に砕けて無数の板切れとなり、自分やヴィットーリオ、審問官たちの体と一緒に波に呑まれていくところだった。

そして、その砕け散った船の残骸の中心、わずかに残った甲板の上にエレーナが一人立っているのが見えた。彼女は真っ青な顔で口から血を吐くと、力を失ってその場に崩れ落ちた。

僕は倒れて動かなくなったエレーナの体を見つめながら、ゆっくりと海へと沈んでいった。

静かに打ち寄せる波の音で僕は目を覚ました。

そこは小さな入り江だった。

まだ夜で辺りは暗かったが、星の明かりを反射して輝く白い砂浜が美しい。周囲からは他の音は何も聞こえず、さざ波だけが繊細な旋律を奏でている。

ここは一体どこなのだろうか。

エレーナが放った〈ベリアル〉に巻き込まれ、海に落ちたところまでは覚えている。砂浜にいるということは海流に流されてここに漂着したようだが、ヴィットーリオや他の審問官の姿は見当たらない。彼らの生死はこの際置いておくとしても気がかりなのはエレーナの安否だ。〈召喚魔術〉の代償で体の一部を持っていかれたはずだから早く再会して手当てをしなければ。

そのためにはまず、自分が流れ着いた土地の情報を探るしかない。

僕は歩き出すべく立ち上がろうとしたが、すぐにつんのめって砂の上に倒れ込んだ。そうして初めて自分の体の異変に気がついた。

右前脚がなくなっているのだ。

人間でいう肘の関節部分から先がスッパリと切断されたように消失している。奇跡的に傷口が塞がっていたおかげで無事だったが、もしそうでなければ失血死しかねない重傷だ。確認するとその他にも脚、背、右頰と全身のあらゆるところに深い裂傷があった。この状態で漂流してよく生きていたものだと我ながら呆れてしまう。改めてこの魔獣の体の再生能力を思い知った。

しかし、いかにぼろぼろの状態とはいえ、ぼうっと休んではいられない。いつ生き残りの審問官が追ってくるかわからないし、エレーナを探さなければいけない。僕は唯一無事だった尻尾の義手で怪我をした右前脚を補いながら、這うようにして付近の散策を始めた。

砂浜の端にあった背の高い岩によじ登って見渡したところ、この島は蟹の爪のような形状をした小さな島だということがわかった。大きさとしては歩いて一時間もあれば一周できるくらいだろう。今いる三日月状の入り江が蟹の爪のハサミの部分にあたり、奥にいくほど狭まっていく構造で、島の反対側には急峻な岩場がそびえ立っている。砂浜の先は林になっているせいでよく見通せないが、ひょっとすると奥の方には人が住んでいる可能性もある。

もし、人と遭遇したらどうする……。

島に住んでいる人間がいるとすればまず間違いなく船と食料があるはずだ。船があればエレーナを探しに行くこともできるし、食料があれば生きながらえることができる。正直なところ、さっき歩き回って体力を消費したせいでかなり腹が減っている。魔獣の姿を一般の人間に見られることはいろんな意味で危険だが、そんなことに構っている状況ではないのではないか。

僕は飢えと疲れで混濁した頭でそう考え、島の奥へ進んでみることにした。

林の中は波の音も聞こえず静かだった。冬でも葉を落とさない針葉樹が生い茂っていて、足元の地面からは少々湿り気を感じる。入って気づいたのだが、この林の中には明らかに人が歩いたような形跡がいくつもあった。僕はこの島に人が住んでいることを確信しつつ、ゆっくりと歩を進めていった。

しばらく進むとすぐに林を抜けて開けた土地に出た。

林と急峻な岩場の間に位置するその空間は人の手が加えられた庭のような場所だった。その大半は薬草らしき植物が植えられているか、種をまく前の畑のように土が掘り起こされている。畑の端には煉瓦で作られた花壇があり、黄色い花が並んで咲いていた。そして、それらの中心部分にはこの小さな島には似つかわしくない石造りの立派な屋敷が、岩場を背にしてそびえ立っていた。

その場違いな建物を見て僕はようやく思い出した。

エレーナが語ってくれた〈魔術師の島〉のことを。

僕がヒエムスに来た理由を。

そうだ。ここはきっと僕が探していたあの海賊団の根城に違いない。

ついに、カルロやアンナに会えるのか……！

僕は自分の置かれた状況も魔獣の体のことさえも忘れ、期待に胸を高鳴らせながら屋敷に向けて踏み出した。

そのとき、不意に屋敷の扉が開いた。

幼馴染との再会に思いをはせていた僕は反応が遅れ、隠れることもできずに、中から出てきた人物と正面から顔を合わせる形になってしまった。

「あ……」

僕は屋敷の扉の前に立っていた女性の姿を見て思わず声を漏らした。

肩まで伸ばした明るい亜麻色の髪に、丸くて大きな薄茶色の瞳。再会することを夢にまで見た幼馴染の顔は、暗がりでも見間違えることはなかった。

「アンナ……」

僕が彼女の名前を呟くと、今まで雲で隠れていた月が夜空に姿を現した。

満月の光に照らされ、アンナの美しい髪が一層輝き、その瞳が戸惑いに揺れた。

その瞬間、僕の中の獣が雄叫びを上げた。

今月分の薬を飲んでいないことを思い出したときにはすでに手遅れだった。動悸が一気に激しくなる。目の前が真っ赤になり、体中の血が沸き立つような興奮に体が突き動かされる。

リースを食おうとしたあのときとは比べ物にならないほど強烈な食人衝動によって僕の理性は跡形もなくかき消された。

先ほどまで愛おしいと思っていた女性は、もはや絶好の食料としか見えなくなっていた。

肉が、肉が食いたい……！

僕は全身に負った怪我をものともせずに後ろ脚を踏ん張ると、アンナに向かって一直線に跳んだ。

その距離はわずか十数歩。手負いの魔獣でも女性一人を仕留めることなど造作もない。アンナは本能で危機を察し、慌てて屋敷に逃げ込もうとしたが、僕は一瞬で追いつき、無防備な背中に飛び掛かろうとした。

だがそのとき、突然現れた人影が僕と獲物の間に割って入った。

「させぬ！　させぬぞ！　魔獣！」

オールバックの黒い髪に切れ長の鋭い目。右腕の肘から先がないその男は、自身の血で真っ赤に染まったコートを羽織っている。体中が傷だらけで右足を引きずっているというのに、その男は左手に剣を握り、両目に狂気を宿して斬りかかってきた。

「この異端者めが！　神と人間の敵！　ここで私が討つ！」

僕は狩りを邪魔されて苛立ったが、すぐに考えを切り替えた。

あの雌の個体の方がいい味がしそうだが、今は飢えを満たし、体力を回復させることが最優先だ。だとすればこの雄を食らう方が効率がいい。

僕は男が突き出した剣を躱して懐（ふところ）に飛び込むと、その左腕を牙（きば）で骨ごとかみ砕いた。

「うわぁぁぁぁ！　おのれ！　離せ！　私は神罰の代行者だぞ！　神の代弁――」

剣を取り落として反撃できなくなった男は、なおも訳の分からないことを叫んでいたが、僕の耳には何の意味もない雑音だった。僕は彼を引き倒すと、無造作にその喉元を食いちぎった。男の口からひゅーという音が出て、それ以降、静かになった。僕は久しぶりにありつけた極上の肉に舌鼓を打ちながら、かつて異端審問官と呼ばれた男の亡骸を丁寧に咀嚼していった。

そうして肉を食らい、血を啜って、魔獣として生きるための糧を摂取し終えた後、僕はようやく正気に返った。

口の中に残る血肉の味と、目の前に転がっている骨と布切れを前に僕は愕然とした。

リースの墓前に誓った復讐は果たされた。

僕は見事に彼女の仇を討ち、これ以上ないほどに奴の遺体を辱めた。

だが、何も得るものなどなかった。むしろその逆だ。僕は人としての尊厳を失ったのだ。

体が魔獣になっても心は人間だ。だから人を食べることなど絶対にしない。僕はそんな矜持を持っていたつもりだった。だが、それはただエレーナの薬に救われていただけだった。独りになってそれを思い知らされた。本当の僕はただの獣でしかなかったのだ。

静かに輝く満月に照らされながら、僕は天に向かって吠えた。目から大粒の涙をこぼしながら、何度も何度も吠え続けた。

懐かしい匂いがする。

昔よく嗅いだ、陽だまりのような優しい匂い。久しく忘れていたあの孤児院での貧しくも満たされていた日々を思い出す。

その匂いに包まれながら僕は優しく頭を撫でられていた。

目を開けると、僕の頭を膝にのせているアンナと目が合った。

いつの間にか眠っていたようだ。魔獣の体が回復を促すために意識を落としていたのかもしれない。

僕は書斎のような立派な部屋に置かれたソファの上で寝かされていた。〈召喚魔術〉でやられた全身の傷には丁寧に包帯まで巻かれている。窓から見える景色から察するに、ここはさっきの庭の奥にあった屋敷の二階のようだ。アンナか誰かが僕を運んでくれたのだろうか。

「僕は……」

僕を見下ろすアンナの柔らかい表情と懐かしい仕草のせいで、魔獣になってから今までの出来事が全て夢だったのではないかと一瞬疑ってしまった。だが、未だに口の中に残る生臭い血の味が否応なく現実を突き付けてきた。僕はついに人を殺して食べてしまったのだ。それもたぶんアンナの目の前で。

「……どうして僕を助けてくれたんだい？」

どう見ても人食いの化け物でしかないこの身を運び、手当てまでしてくれた理由がわからず僕は尋ねた。本当はまたいつ食人衝動に襲われるかわからないのだから、すぐにこの場を離れるべきだ。そう頭では理解していたが、怪我と疲労に加えて誓いを破ったことに対する虚脱感で僕は半ば投げやりになっていた。

僕の問いにアンナは一瞬きょとんとしたが、すぐに昔と何一つ変わらない柔らかい微笑みを浮かべた。

「大切な人を助けるのに理由なんて必要ないよ」

予想外の言葉に僕の心臓は早鐘を打った。

「ひょっとして、僕が誰だかわかるのかい？」

口から飛び出した声は以前の自分の面影など微塵もなかったし、こんな姿で元は人間だったなんて想像できるはずもない。それでも――。

「当たり前でしょ」

アンナは目に涙を溜めながら、笑って答えた。

「やっと……。やっと会えたね、レオ」

その言葉を聞いて僕の目からも涙がこぼれた。

「……なぜ？　なぜ、僕だとわかったの？」

「なんでわからないと思ったの？　そのきれいな黒い髪も、優しくて理知的な紫色の瞳も、私の大好きなレオのままだもん。それにたぶんそんな特徴がなくても好きな人のことなら、どんな姿になっていたってわかるものだよ」

「アンナ……！」

僕は嗚咽を堪えながら彼女の膝に顔をうずめた。

本当は人間の姿に戻ってから再会したかった。この醜い魔獣がレオナルドだと愛する人に気づかれたくなかった。彼女の目の前で人を食べたのが僕だなんて知られたくなかった。

それでも。こんな体になった僕でも、レオナルドだと気づいてくれたことがうれしくて切なくて、僕はただただ泣いた。

アンナはそんな僕の頭を抱え、優しく抱きしめてくれた。そうして僕がひとしきり泣き止むまで頭を撫で続けてくれた。

「……レオ、もしよかったら話してくれる？　あなたに一体何が起きたのか」

「うん……。信じられないような話かもしれないけど……」

僕は魔獣の姿に変わってしまってからエレーナと出会うまでの経緯、この体の性質やそれを抑えるための薬の話、そして呪いを解くためにかけた相手を探していることなどをかいつまんで話した。

アンナはリースやエレーナのことを聞いてなぜか複雑な表情を浮かべた以外は黙って僕の話を聞いてくれた。

「そっか……。昨日のあれはその体のせいだったんだね……」

「うん……」

僕は再び人を食べてしまった罪悪感を思い出したが、アンナが理解を示してくれたことで少し救われた気持ちになった。

「そういえばレオはなんでこの島に来たの……？」

「そうだった……。僕、記事を読んだんだ」

僕は『海賊団カルロ一味の脅威』の記事を説明した。

「……そう。知っているんだね。カルロの……、いえ、私たちのこと」

アンナは急に暗い顔になった。

「教えてくれ。君とカルロと孤児院の仲間たちに何があったのか？　カルロは本当に海賊になったのかい？」

「……うん。孤児院が閉鎖されるって話になったときに、突然カルロがどこからか大きな船を手に入れてきたの。閉鎖されてしまったら私たちは行き場がなくなってしまうから、とにかく住む場所の代わりにでも、と思って追い立てられるようにその船に乗ってこの島にやって来たんだけど……。私たちの経歴じゃとても雇ってくれるところもなくて、生活できなかった。そのうちにカルロがこの船で海賊をやると言い出したの。船には不思議な力が備わっていて、一人でも簡単に操船できてしまう上に船速も速いし、銃火器も揃(そろ)っているからやるしかないって皆をたきつけて……。それで、男の子たちは皆賛同してしまったの。女の子たちは去っていった子もいたけど、私も含め何人かはこの屋敷で皆の暮らしを支えることを選んだんだ……」

アンナは話を終えると手で顔を覆った。

「……わかっているんだよ。私たちがやっていることは犯罪だって……。でも、他に皆で生きていく道も思いつかなくて……。本当はこんなこと、レオに知られたくなかった……」

「……」

僕はかける言葉がなかった。

ここに来て、皆に会って、僕はどうしたかったのだろう。とにかく事情を知りたいと思っていた。彼らが海賊なんてするはずない。もしそうだったとしても、何か理由があるはずだと。そう思ってこの島を目指してきたが、アンナの話を聞いた上で結局僕にできることなど何もないと思い知らされただけだった。

「……カルロに会えないかな？　実は近々軍が討伐に乗り出すっていう噂も聞いているんだ。その前に何とかしなきゃ」

「カルロと男の子たちは今は船で出ていてしばらく帰ってこないの。……それにカルロに会うのはやめたほうがいいよ」

アンナは俯いて首を横に振った。

「今のカルロはレオが知っているころのカルロとは違う。海賊をやっているうちにどんどん暴力に酔ってきているんだと思う……。今はもう誰の言葉も聞かない。私は……、カルロが怖い。

毎回カルロが帰ってくることが怖いの……」

腕を抱えて身を震わせるアンナの様子を見て、僕は信じられない思いがした。

僕の知っているカルロは人一倍仲間思いで頼れる兄貴分のような男だった。一体何がカルロをそんなに変えたというのか。

「それにカルロはレオのことを――」

アンナはそう言いかけて、何かに気づいたように口を押さえた。

彼女の視線は窓に注がれていた。窓の外には大粒の雨が降っており、その向こうに入り江に停泊している帆船が見えた。

「大変！　船が帰ってきたわ！　レオ、あなたはここにいてはいけない。私がカルロと皆を引き留めておくから、あなたは逃げて。この屋敷の裏には隠された洞窟があって、海に続いているの。そこに小さなボートが何隻か係留されているからそれを使って！」

アンナはさっき流した涙のあとを拭うと、僕の体を強く抱きしめてくれた。

「レオ、また会えて本当にうれしかった。私たちのことは忘れて、レオはレオで元気に生きてね」

アンナはそう言い残すと僕が止める間もなく、階下へと駆けていった。

僕はアンナに言われた通りこのまま去るべきか迷った。

アンナが何を意図していたかははっきりわからなかったが、僕はカルロに会うべきではないらしい。確かにアンナは僕だと気づいてくれたが、カルロがこの魔獣の姿を見てレオナルドだと気づくかは怪しい。こんな怪物が寝床にいたら問答無用で撃ち殺そうとしてもおかしくはないだろう。

一方で僕はカルロが変わったという理由がどうしても気になった。船やこの島をどうやって手に入れたのか。それがその答えにつながっているような気がした。

本人に聞けば早い話だが、相手がカルロなら別の手段があることを僕は知っていた。

僕はたくさんの本が収められた背の高い本棚の隣に置かれたベッドに目を向けた。そのベッドの頭側の板には、鉛筆で描かれた小さな絵がピンで止められている。その絵の独特なタッチはカルロが描いたものに違いなかった。彼は孤児院の部屋の自分のベッドにも同じことをしていたから、この部屋はカルロのものに間違いない。

僕はベッドの下を覗(のぞ)きこんだ。するとベッドと床との間の底の部分に奇妙な出っ張りがあるのが目に入った。両方の手のひらを合わせたくらいの大きさの木の板が張り付いているように見える。

これは孤児院にいるとき、カルロが自分のベッドの下に作っていた秘密の隠し場所と同じものだ。特別仲がよかった僕だけがその存在を教えてもらっていたのだが、カルロはいつもそこに自分の日記を隠していた。

昔カルロに教わった通りに尻尾の義手で板をいじると、板は簡単に外れ、中から一冊の手帳が転がり落ちてきた。黒くなめした革の表紙には装飾も文字もなく、これといった特徴のない簡素な手帳だった。

僕は生唾を飲み込みながらそれを拾うと、ソファの脇に置かれているテーブルの上に載せ、義手を使ってゆっくりと開いた。

最初のページを開くと、カルロの字で日付とその日の出来事が書かれ、その下に小さな絵が添えられていた。どうやらこれは絵日記になっているようだ。最初の数ページを見ると、この日記は僕がヒエムスを発って王立学院へ向かう日の少し前から始まっていることがわかった。

僕はカルロの字と絵を見て懐かしさがこみ上げてくると同時に、彼の内面に踏み込むようでさすがに少し気が引けた。知りたいのはあくまでも彼らが海賊となる前後の出来事だからそこだけを確認すればいい。そう思ってパラパラとページを飛ばしてめくっていった。

だが、途中のページで思いもよらないものを見つけて僕は思わず手を止めた。

それは一昨年の九月十一日のページだった。『街で行商人から珍しいものを手に入れた』とだけ書かれ、その下に奇妙な物体の絵が描かれている。干からびた木の枝のようなものから三本の指が伸びたそれは、人狼族の遺跡で見た〈猿の手〉に相違なかった。

身の毛がよだつ思いがした。あの恐ろしい呪具をまさかカルロも手にしていたとは……。だとしたら例の船を手に入れた経緯も〈猿の手〉に関連しているのかもしれない。

僕は夢中になって日記をめくり、あるページで再び手を止めた。

『十月七日。レオナルドが乗った船が沈んだという報せを受けた。どうやらこの手の力は本物のようだ』

添えられた絵には指が一本折れた状態の〈猿の手〉が描かれている。

僕はそのページに書かれた内容が信じられず、崩れ落ちるように尻(しり)もちをついた。

全身に力が入らない。頭がガンガンする。全てが悪夢であってほしいと心の底からそう願った。しかし、何度見返しても日記に書かれていた内容は変わらなかった。

カルロは〈猿の手〉を僕に使ったのだ。何を願ったかはわからない。それでも僕が遭難したことの原因がカルロと〈猿の手〉であることは間違いなかった。

僕は吐き気を堪えながら日記を読み進めた。そこから先は日付が飛び飛びになっていて絵も描かれなくなっていた。

『十一月十五日。レオナルドがヒエムスに帰ってきたらしいが、すぐに逮捕された。どうやら遭難中に人間の肉を食べたらしい。気持ちの悪い話だ』

『十一月二十八日。レオナルドの裁判が行われた。判決は禁錮刑三年。軽すぎる罰だ。まさに人を食ったような話だ』

『二月十六日。アンナはまだレオナルドに未練があるようだ。どうやったらあいつの存在を消せるのか。そろそろもう一度、手を使うときかもしれない』

『三月九日。レオナルドに面会に行った。あいつがいる限りアンナが心を変えることはない。それを確信した』

『三月十一日。レオナルドが脱獄した。監獄では人食い魔獣が現れたと騒ぎになっている。やはり手の力は本物だ。それにしても人食い魔獣とは皮肉がきいている』

『五月十四日。あいつが消えてから二か月が経った。アンナはまだレオナルドのことを忘れてはいないようだが、あいつが怪物になっている以上、時間が解決するだろう。しかし、新たな問題が起きた。俺たちの孤児院は閉鎖されるらしい。そろそろ最後の力を使うときかもしれない』

『六月二日。ついに全てを手に入れた。船と武器、そして俺の島。商船を襲って得られる富は莫大だ。これで二度と生活に困ることなどない。仲間たちは俺に完全服従している。アンナが俺を受け入れるのも時間の問題だろう』

日記はそこで終わっていた。


僕は日記を閉じて大きなため息をついた。

全身から冷や汗が出てくる。あまりの衝撃に僕は立ち上がることができなかった。

ついに真実へ行き着いた。僕を魔獣へと変えた犯人が誰か、はっきりとわかった。

だが、僕が求めていたものはこんなものではなかった。知らないことよりも知ることの方が辛(つら)いなんて想像もしていなかった。

一体これからどうすればいいというんだ。

しかし、僕を巡る現実は落ち込む猶予すら与えてくれなかった。

「全員、急げ！」

階下から聞こえてきた怒声は、誰あろう僕が探していた男のものだった。

「宝を持って、隠し通路のボートに乗り込むんだ！」

彼の言葉に続いて何人もの人間が動き回る音と気配がした。

「ま、待って、カルロ！　一体何が起きたの⁉」

アンナの声だ。

僕はおそるおそる部屋のドアを開けた。

この部屋の目の前には一階のホールへとつながる階段があり、手すりの間から階下の様子をうかがうことができた。

ホールの真ん中にはカルロらしき男がこちらを背に向けて立っており、アンナと向かいあっている。彼らの周りでは僕もよく知っている孤児たちが様々な荷物を抱えながら屋敷の奥の方へ走っていく。

「……待ち伏せだ。商船の航路を追っていたら、急に軍の船から砲撃を受けた。何とか奴らをまいてここまでたどり着けたが、船はもうもたない。軍がここを見つけて攻めてくるのも時間の問題だ。だから俺たちはこの島から脱出するんだ」

「そんな……。もう軍が動いているなんて……」

「もう、だと？」

孤児たちが過ぎ去り、外の雨音しか聞こえなくなったホールに、カルロの鋭い声が響いた。

「どういうことだ、アンナ？　お前、軍の襲撃を知っていたみたいな言い方じゃないか」

カルロに詰め寄られ、アンナは後ずさった。そのとき、彼女の目が手すり越しに僕と合った。

僕がまだ留まっていたことに驚いたのだろう。アンナは思わず小さく息を呑んだ。

その様子に気づいたカルロが振り向く瞬間、僕はドアを閉めていた。

しかし、すでに遅かった。

「お前の服についているその獣の毛……。まさか……！」

ドア越しに聞こえた微かな呟きに続いて、カルロが動き回る音が聞こえた。

「誰かアンナをボートへ連れて行け！　俺もすぐに向かうから出発の準備を進めろ！」

「だめ！　待って、カルロ！」

カルロの声に応えた誰かが彼女を連れ出したのだろう。アンナの声は次第に遠くなっていった。そして、ゆっくりと階段を上ってくる音が一つ。

窓から外に出れば、まだ逃げられるかもしれない。だが、もはや僕にもそんな気はなかった。

「動くな、魔獣」

ドアが蹴破られ、小銃を構えた男が部屋の中に入ってきた。

短く刈り揃えた黒い髪に切れ長の目。日焼けした小麦色の肌。全身を雨に濡らしたその男は日記の主にして、僕を魔獣へと変えた元凶の人物に相違なかった。

「カルロ……」

「お前……。レオナルドだな」

カルロは僕に小銃の照準をぴたりと合わせながら、睨みつけてきた。

「なぜお前がここにいる？」

カルロはそこでテーブルの上に置かれたままの日記を見つけ、全てを悟ったように頷いた。

「そうか。お前、それを読んだのか。まさか俺を怪しんでこんな島まで追ってくるとはな」

カルロは地獄の底から響くような低い声で凄むと、急に乾いた笑い声をあげた。

「どうだ？　真実を知った気分は？　仇の正体を知って清々したか？」

「カルロ……！　なんで⁉　なんでなんだよ⁉」

僕は絞り出すような声でカルロを問いただした。

怒りと悲しみで心の中に嵐が吹き荒れ、引き裂かれそうだった。

「僕らは幼馴染で、親友で、家族だろ⁉　なぜ僕にこんなことをしたんだ⁉」

「はっ。確かにそう思っていた時期もあった」

カルロはせせら笑いを浮かべると、一転して憎しみを込めた視線を投げてきた。

「だが、それはお前が俺からアンナを奪う前の話だ」

「奪う……？　何の話をしているんだ」

僕とアンナは十四歳くらいのときからお互いを意識し始めていた。カルロだってそのことはわかっていたし、それをからかうような間柄だったはずだ。

「ああ。やっぱりお前には自覚がないんだな。俺はお前よりずっと前からアンナのことを好いていた。しかも、俺はお前にそのことを相談していたんだぜ。お前の記憶からは都合よく消え去っているかもしれないがな」

「そんな……」

カルロにアンナのことを相談された記憶はおぼろげだがある。でもアンナは明確に僕のことを好いてくれていた。だからカルロも理解してくれていると思っていた。

「なら、言ってくれればよかったじゃないか！　そうすれば――」

「あの孤児院という狭い共同体の中でそんなことができると思うか？　それに、俺が言ってもお前は結局譲りはしないさ。自覚はないだろうが、お前は厄介なほどに頑固でお節介だ。アンナの気持ちを考えろと言って逆に俺に説教垂れてきただろうな」

「僕は……」

そんなことはしない、とは言い切れなかった。カルロは僕以上に僕のことをわかっている。それに実際、彼女の気持ちを踏みにじって僕ら二人で解決することではないはずだ。

「だがな。別に俺はその時点ではお前のことをそれほど憎んでいたわけじゃない。俺が本当に許せなかったのは、お前が一人で孤児院を抜けて王立学院とやらに行こうとしたことだ」

カルロは激しい憎悪を瞳に宿して言葉をぶつけてきた。

「お前はアンナの気持ちを受け取っておきながら、勝手に自分の夢を追ってあいつを置いていった。お前は、俺が願っても手に入らなかったものを、汚い手で捨てやがったんだ」

「そんなつもりじゃない！　僕は王立学院で学んで立派になって戻ってくるつもりだったんだ。アンナや君や孤児院のみんながもっといい生活をできるように！」

「ああ。そのお前が戻ってくるまでの間、アンナが辛い思いをすることを無視してな。お前は昔からそうだ。ちょっとばかり頭が回るのをいいことに、他人を見下してさも自分が一番正しいかのように振る舞う。俺はそんなお前のことがずっと大嫌いだったんだよ」

その言葉は僕の心を大きく抉った。

僕は親友で家族だと信じていた男にこれほどまでに恨まれていたのか……。

「だから、俺は願いを叶えるという噂の〈猿の手〉に願ってみたのさ。お前が遭難すればいいってな」

カルロは狂気に満ちた笑顔を浮かべた。

その表情を見て、僕の中に怒りが灯った。

「……ふざけるな！　そのせいで僕がどれほど苦しんだと思うんだ！　人の肉を食べてまで生

き残らなければならなかったんだぞ！」

「知るかよ。そんなこと」

カルロは僕の言葉を鼻で笑った。

「俺はただ願ってみただけだぜ。心の中で願っただけじゃあ罪にはならないもんだろう。それに人の肉を食ったのはお前が自分で決めて、やったことだ。それほど苦しいならそのまま野垂れ死ねばよかったんだ」

僕はそれを聞いて愕然とした。

この男は僕の受けた苦しみをそんな言葉で済ませるのか。死ぬよりも生きることがいかに辛いか知りもせず。

「実際、そうなった方が俺にとっては好都合だった。だが、お前は生きて戻ってきやがった。そのせいでアンナはいらない希望を持つことになった。だから今度はお前を人間じゃない怪物にすることを願った。人間じゃなけりゃさすがに恋もできないし、忘れざるを得ないだろう。しかし、まさかその姿になっているとはな」

カルロは僕の体をねめつけてせせら笑った。

「そこの棚に残っていた魔術の本で読んだぜ。獅子に似た胴体に人間のような顔を持つ凶悪で醜い人面魔獣。その名もマンティコア。人間の血肉を好んで食べる特徴を持っているなんて、お前にぴったりじゃないか」

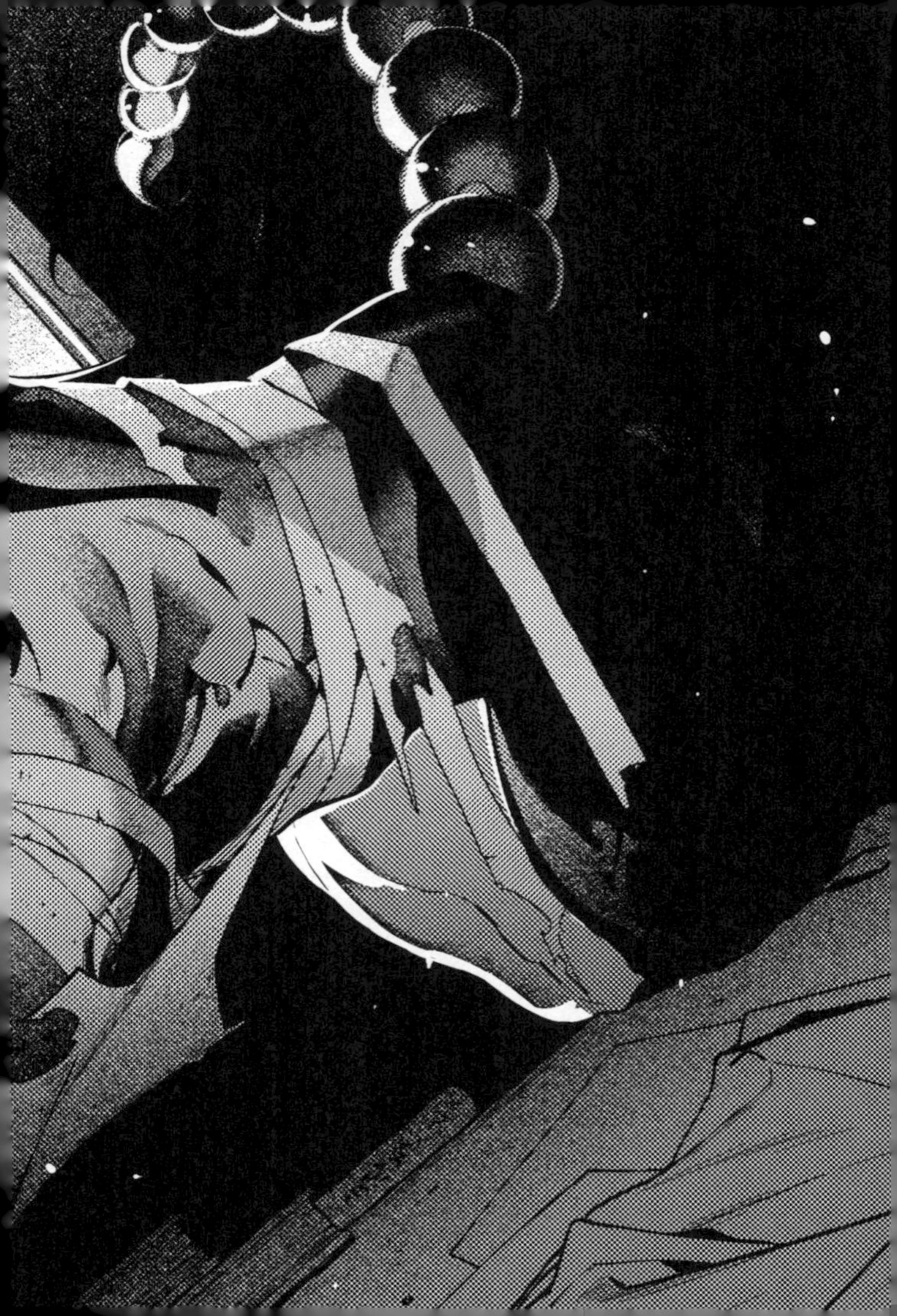

「本気で言っているのか？　カルロ……」

リースやアンナさえ食い殺そうとしたあの恐ろしい本能をこの男はただ嘲笑うというのか。

「ああ。〈猿の手〉がやったんだろうが、皮肉がきいていて最高だよ。あのとき、お前がその姿で殺されてさえいれば、全ては丸く収まって本気で笑えたんだがな。監獄から逃げ出してくれたおかげでこっちは散々だ。軍やらウルカヌス聖教やらがこぞってうちの孤児院にやってきて、お前を匿っていないか探し回るもんだから、支援者が手を引いちまったんだ」

カルロは暗い憎しみの炎を瞳に宿し、吐き捨てるように言った。

「それじゃあ、孤児院が閉鎖されたのは僕が脱獄したせいなのか……」

「はん！　今さら気づいたのかよ。俺は子供たちを食わせていくための力を〈猿の手〉に願った。そうして手に入れたのが船とこの島だ。せっかくアンナもお前のことを忘れかけていて、海賊稼業もうまく回り始めたところだったっていうのに、今度は海軍が攻めて来やがる。どうせお前が、俺が犯人だと感づいて追いつめるために手を回したんだろう？　その上、アンナだけ連れ去ろうとするとはどこまでも汚い奴だな！」

「違う！　僕は軍を呼んだりなんかしていない！　そのことを新聞で読んでアンナに伝えただけだ！」

「うるせえ！　全部、全部、全部！　お前のせいだ、レオナルド！　お前が最初に孤児院を出ていかなければ、とっとと死んでさえいれば、こんなことにはならなかったんだ。だから今度こそ、俺がこの手で終わりにしてやるよ。俺たちが安らかに暮らすために、ここで死ね！」

カルロはそう言って小銃の引き金に指をかけた。

引き金が引かれ、撃鉄が落ち、銃口の奥で火薬が燃え上がる。

魔獣である僕の目にはそれらの動きが全てスローモーションで見えていた。

僕は銃弾が飛び出してくる前に後ろ脚に力を込め、横方向に大きく跳躍した。

脇腹（わきばら）のすぐ横を掠めるように弾が飛んでいく。

僕はそのままベッドの上に乗ると、今度はカルロに向かって跳びかかった。

カルロはそれを見るとすぐに体を反転させて部屋の外へ身を投げ出していた。

僕の体当たりが外れた隙をつき、カルロは階段を転がり下りる。僕はそれを追って二階の手すりに飛び乗り、頭上から襲いかかろうとしたが、一階で起き上がったカルロが投擲した短剣が横腹を掠めた。

僕は血しぶきを噴く傷の痛みに耐えながらも手すりを蹴（け）り、一階で小銃に銃剣を装着していたカルロを強襲した。

カルロは身を躱そうとしたが、よけきれず、僕ともつれあいながらホールを転がる。

僕は上になって組み伏せようとしたが、もがくカルロの持った小銃の銃底が腹の傷にあたり、耐え切れずにのけぞった。

その隙に起き上がったカルロは後ろに飛び退き、銃剣が装着された小銃を槍のようにして構える。

そこに僕は重心を低くしながら跳びかかった。同時に尻尾を伸ばし、僕を狙って突き出される小銃を義手で握って動きを封じる。

「カルロ‼」

僕はカルロの後ろにあった分厚い扉ごと体をぶつけ、彼を屋敷の外の地面へ押し倒した。そして無事な左前脚で首を押さえつけ、さらに尻尾の義手に力を込めて小銃の銃身をへし折る。

「もう終わりだ。諦めろ」

「はっ！　さすがは化け物だな、レオナルド。もういいぜ。俺も疲れちまった。殺せよ」

カルロは空から落ちてくる雨粒に打たれながら、かつての彼らしい皮肉っぽい笑みを浮かべた。

「この屋敷に置いてあった本によれば、呪いをかけた相手を殺せばそれは解けるらしい。俺を殺せば人間に戻れるかもしれないぜ」

「なんでだよ⁉　カルロ！」

僕は笑うカルロを見下ろしながら叫んだ。

理解できなかった。僕を恨む理由も、それほど恨んで僕を苦しめておきながら、あっさり自分の死を受け入れられる理由も。最も近くにいたはずなのに僕には何一つカルロのことがわからなかった。

「……やれよ。レオナルド」

彼の言う通り、カルロを殺せば僕にかけられた〈魔獣化の呪い〉は解け、人間に戻れるかもしれない。僕はさっきすでに人を殺しているのだから今さら躊躇う必要もないし、これほどの仕打ちをされた相手に対して復讐しない理由がない。この無防備な首を前脚でへし折れば全てが終わる。たった一瞬、魔獣の僕にとっては造作もないことだ。

だが、それでも。僕にはできなかった。

自らの意志で人を殺すことも。親友であり、家族でもある男をこの手にかけることも。僕にはできなかった。

「生きろよ、カルロ。僕に生かされた意味を考えながら、罪を背負いながら生きてみせろよ！」

僕はそう言って涙をこぼした。

そして、カルロの首にかけていた前脚をどかし、降りしきる雨の中へ脚を踏み出した。

もはや人間だった僕にとっての帰るべき場所は失われた。マンティコアとしてエレーナの元で生きていく以外に道はない。だがそれも悪くはない。エレーナは僕を必要としてくれている。彼女の孤独を埋めることが今の僕にできる唯一のことだ。早く主の元に帰ろう――。

そう思って僕が歩き出した瞬間、雨音の間を縫って鋭い銃声が鳴り響いた。

振り返ると、カルロが銃口から煙を上げている拳銃をこちらに向けていた。

しかし、僕の体に銃弾は撃ち込まれていない。その代わりに、いつの間にか僕とカルロの間に立っていたアンナが、胸から血を噴き出しながらゆっくりと倒れていった。

「アンナ！」

僕は慌てて彼女の元へ走り、その身を起こしたが、すでに手遅れであることは明白だった。

「どうして……？」

「私……。カルロが、レオのこと……。恨んでいるの……、気づいていたから……。気に、なって……、戻って……来ちゃった」

アンナは口から血を吐きながら囁くように言葉を紡いだ。

「違うよ！　なんで僕なんかの代わりに……」

「言った、でしょ。大切な人を……助けるのに……、理由なんて必要ない……って」

そう言って彼女は昔と変わらない柔らかい微笑みを浮かべた。

「私……。幸せ、だったな。レオと……出会えて、一緒に暮らせて……。最後に、あなたを守れて、よかった……」

そうしてアンナの体は力を失った。

「うあぁぁぁっ！」

彼女の死を目の当たりにしたカルロは狂ったように叫ぶと、手にした拳銃を自らのこめかみにあてて引き金を引いた。

僕が止める間もなく、カルロは愛した女性の後を追って逝った。

僕は一瞬で家族だった二人を失った。

悲しみにくれる魔獣の咆哮が島中に鳴り響いた。強くなっていく雨の音でもかき消されない大きな嘆きが何度も何度もこだました。

遠く水平線に沈みゆく太陽を眺めながら、僕は孤島の岸辺に座って佇んでいた。

僕の後ろ、林の向こうでは炎に包まれた屋敷から煙が上がり、空を覆い尽くしている。

カルロとアンナの死後、僕は二人の遺体を弔い、彼らの屋敷に火を放った。それを見た孤児たちは軍の襲撃が来たと思い、すぐにボートで島から去っていった。

僕には最後まで何が正解だったのかわからなかった。どうすればこの悲劇を回避できたのか、何が自分にできたのか、考え続けていたが、何一つとして答えは出なかった。

ただ、その代わりに一つ新しく気づいたことがあった。

それはカルロが手にした〈猿の手〉を巡る一連の事件を振り返る中でわかったことだったが、それもまた僕にとって残酷な真実だった。

「待たせたな、レオニス」

瞬間移動してきたエレーナが僕の横に音もなく現れた。

彼女は普段通りの悠然とした様子で僕の隣に腰かけたが、元から白い肌はより一層白く見える。

「体は大丈夫ですか？　エレーナさん」

「問題はない。召喚の代償に臓器をいくつか持っていかれたが、予備のものをつないでおいたからな。だがそのせいでここに来るまで時間がかかった。君の方はどうだね？」

「ちょっと右前脚が欠けちゃっていますけど、他の怪我はたいしたことありません。当たり所が良かったみたいです」

「さすがはマンティコアの躰だな」

人食いの魔獣、マンティコア。

エレーナが僕の魔獣の肉体を指して言った言葉は、以前のように聞き取れない音にはなっていない。それはきっと僕が人の肉を食べたことで呪いの一部が解けたからなのだろう。

その言葉を認識できてしまうことに鈍い痛みを感じながら、僕はぼんやりとそう思った。

「しかし、私が気にしているのは躰のことではない。この島で君に何かがあったのだろう？」

エレーナは真剣な眼差しで僕を見つめ、穏やかに問いかけた。

「ええまあ……。いろいろと……」

まだ気持ちの整理はついていなかったが、彼女に話さないわけにはいかない。

僕は瀕死のヴィットーリオを殺し、食べてしまったこと。アンナ、カルロと再会したこと。自分がマンティコアになった経緯を知ったこと。そして彼らの最期について話した。自分でも驚くほど淡々とした口調で僕はそれらのことを語っていた。

黙って話を聞き終えたエレーナは眉間に皺を寄せて大きなため息をついた。

「そうか……。君は人間に戻る道を選びはしなかったのだな……」

「……僕がカルロを殺して人間に戻れたとしても、それでは人間の僕が帰る場所がありませんから。カルロのしたことを許すことはできませんが、だからといって彼を殺すことも僕にはできませんでした」

「君らしいな。使い魔としては甘いが、私は君のそういうところが嫌いではないよ」

エレーナはそう言って薄く微笑んだ。

その仕草から僕のことを想う気持ちが伝わってくる。だからこそ僕がこれから話そうとしていることが、どれほど彼女を傷つけるか、痛いほどわかった。でも、これは僕らのこれからのためにどうしても避けては通れない問題だった。

「……それに、今になってですが気づいたんです。あのとき、僕がカルロを殺したとしても、呪いは解けなかったって」

「ほう……？」

エレーナは柳眉をひそめた。

「つまり、君に呪いをかけた人物は彼ではないということか」

「ええ、その通りです」

僕はエレーナに向き直り、彼女の目をしっかりと見て語りかけた。

「〈猿の手〉は魔術を使い、所有者の願いを叶(かな)える。このことはウーゴさんの一件で判明しています。僕にかけられた〈魔獣化の呪い〉をかけたのはカルロ本人ではないんです」

「なるほど。だとすると呪いをかけたのは〈猿の手〉であり、君は〈猿の手〉を破壊しなければ人間に戻れないということか」

「いえ……。それも違います。〈猿の手〉は恐らく強い〝魔術素質(インゲニウム)〟を持っていますが、魔術に堪能なわけではないと思います。〈魔獣化の呪い〉のような〈七賢者〉にしか操(あやつ)れない古の魔術を操れるのであれば、アルノルフォを倒そうとしたときにもっと別の魔術でケルベルスの守りを崩していたでしょう」

「一理あるな。では〈猿の手〉はどうやって〈魔獣化の呪い〉を使ったというのだね？」

　僕はそこで大きく息を吸い込み、それを吐き出すようにして答えた。

「精神操作の魔術で別の魔術師に使わせたんです。〈魔獣化の呪い〉をかけることのできる〈七賢者〉のうちの一人を操って。そしてその魔術師は、エレーナさん、あなたです」

　エレーナは僕の言葉を聞いても微動だにせず、平然とした様子で問いを返してきた。

「……なぜ、そう思うのだね？」

「……理由は三つあります。一つはちょうど僕が呪いをかけられた頃、エレーナさんがヒエムスの近くにいたということです。〈七賢者〉のうち、エレーナさん以外は人里離れた場所に隠れ住んでいる。効率を重視する〈猿の手〉が〈魔獣化の呪い〉を使わせるとしたら、そのとき僕から最も近い距離にいたエレーナさんを選ぶはずです。

その上、エレーナさんには意識を失っている時間がありました。おっしゃっていましたよね？　この〈魔術師の島〉でウーゴさんに昏倒させられたと。あれはウーゴさんにやられたんじゃない。ウーゴさんが魔術攪乱を使った隙をついて〈猿の手〉が精神操作の魔術をかけたんです。だからエレーナさんには記憶がない」

「なるほど……」

エレーナは感心するように何度も頷いた。

僕は勢いに任せて自分の考えを捲し立てた。

「二つ目の理由は鍵です。僕がマンティコアになった直後に確認したとき、独房の鍵が壊されていました。おそらく〈魔獣化の呪い〉をかけるためには至近距離まで接近する必要があるのでしょう。普通の魔術師や、他の賢者なら絶対に解錠の魔術を使います。でもエレーナさんは違う。解錠の魔術のような細かい魔術は合わないといって覚えてこなかった。だから鍵を破壊して中に入ったんです。〈魔獣化の呪い〉を使える魔術師の中で鍵を壊す必要のある人物はあなた以外にいないんです」

「……続けたまえ」

エレーナは静かに先を促した。

僕は胸の痛みを堪えながら絞り出すようにその真実を告げた。

「最後の理由は、僕とエレーナさんが出会ったことです。魔術というのは引かれ合う性質を持つ。最初に会ったときに教わった言葉です。その言葉の通り、僕とエレーナさんは運命的な出会いを果たしました。僕が魔獣になってから最初に出会った魔術師はエレーナさんなんです」

一瞬、空白のような沈黙が生まれ、それを埋めるようにさざ波が立った。

「……そうか。見事な推理だ、レオニス。君はこの一年で随分と成長したようだな。魔術というものをよく理解している。さすがは私の使い魔だ」

エレーナは一瞬柔らかい微笑みを浮かべると、急に乾いた笑い声をあげた。

「……まさか私自身が君に呪いをかけていたとはね。とんだ道化だよ」

「でも、何か証拠があるわけでは……」

取り繕うように言う僕に対してエレーナはかぶりを振った。

「いや、今しがた私の躰の記憶を探ってみたが、確かに〈魔獣化の呪い〉を使った痕跡が残っていた。私自身に覚えがないから今まで試してもみなかったがね」

エレーナは自嘲気味に笑うと、一転して無表情になった。

「さて、ではどうする？　レオナルド・ニックスよ。君に呪いをかけた張本人である私を殺してみるかね？」

静かな口調だった。何の揺らぎもなく、感情も読み取らせない。夜のしじまを思わせる声と表情だった。

しかしだからこそ、その裏側にあるエレーナの苦悩が僕には痛いほどわかった。そんな彼女のことを独りにはできないと強く思った。

「……そんなつもりは元からありません。僕はエレーナさんの使い魔であることをやめたりしないですよ」

エレーナは僕の答えを聞いて意外そうな表情を浮かべた。

「さっき言った通り、今さら人間に戻ったところで僕を迎えてくれる居場所はありません。それどころか脱獄囚として追われる身です。それなら生活が保障されている使い魔の方が居心地がいいじゃないですか」

「……」

「それにうまく言えないですけど、僕はマンティコアになってよかったんじゃないかと思うんです。僕は人を食べるという罪を犯した。それに対して法の裁きは受けたけど、自分の中の罪の意識は消えなかった。その上、自分でも気づかずにずっとカルロやアンナのことを傷つけていたのかもしれない。だから、〈魔獣化の呪い〉はそんな僕に対するエレーナさんからの断罪だったんだと思える。いや、そう思って彼らの死を受け止めながらこの体で生きていきたい。それがきっと僕の贖罪なんです」

「そうか……。君は強いな、レオニス。もしかしたらかつての私には罪を受け止める強さがなかったのかもしれないな」

エレーナは呟くように言った。

「しかし使い魔で居続ける以上、君はこれまで通り私に絶対服従することになるぞ。当然その覚悟はあるのだろうな?」

そう言ったエレーナの顔にはいつもの不敵な笑みが戻っていた。

「大丈夫ですよ。エレーナさんが傍若無人な人だってことはよくわかっていますから」

僕は少し呆れたように笑って返す。

「この命が尽きるまで、僕の魂と運命はあなたと共にあります」

「さすがだ。それでこそ私の使い魔だな」

エレーナは今まで見た中で一番柔らかい表情で微笑んだ。

僕は彼女と並んで海の向こうに沈んでいく太陽を見つめた。一足早く顔を見せた一番星が穏やかな光で僕らを照らしていた。

あとがき

はじめまして、境井結綺（さかいゆうき）と申します。このたびは本書を手にとってくださり、誠にありがとうございます。

僭越ではありますが、少し自分語りをさせてください。

私は中学生の頃、本の虫みたいな学校生活を送っていました。学校の図書館で本を借り、通学時間、休み時間に読む。家に帰ってからも読む。……ついでに授業中もひたすら読む。

そんな中、出会ったのがライトノベルであり、ファンタジー小説でした。それまでミステリを好んで読んでいた私にとって、奥深く広がっていく未知の世界、ワクワクする冒険を描くファンタジーは衝撃的でした。そして思ったのです。自分もファンタジーを書こう。そしていつか世界に通じる作品を生み出すぞ、と。

世はちょうど某魔法学校の物語や、指輪を巡る偉大な伝説が映画化された時代でした。そういう本当に世界に魔法をかけてしまうようなファンタジー作品をリアルタイムで味わったからこそ、私もそれらを生み出す側になりたいと願うようになったのです。

そこから時は経ち、だいぶ大人になっていろいろ歪み、捻じれた私から生まれたのが『魔女の断罪、魔獣の贖罪』です。ワクワクの冒険ものではありませんが、ハラハラ、ドキドキはするファンタジー小説でしたよね……？

　そんな本書は私が好きなもう一つのジャンルであるミステリ小説の、「やられた！」「そういうことだったのか！」という興奮と痛快さ（？）が混じったような読後感を目指して書き上げたものになります。読者の皆様にそういった楽しみ方をしていただけたなら、作者冥利に尽きるというものです。


　最後にこの場を借りて謝辞を。

　ＧＡ文庫大賞で本作を見込んでいただき、刊行まで支え、導いてくださった担当編集の中村様、編集部の皆様、ならびに営業、校正に携わってくださった皆様。美麗なイラストで本作の魅力を引き出してくださった猫鍋蒼先生。印象に残る素敵な推薦コメントを書いてくださった駄犬先生。そして、何よりも本書を手に取ってくださった皆様。あらためて心より感謝申し上げます。

　まだまだ不肖な私ですが、皆様よりいただいたお力を胸に、誰かの心を震わせられるような作品を、そしていつかは世界へ通じる作品を生み出せるよう引き続き精進して参ります。

　また次のあとがきでお会いできることを願って。

境井　結綺